En

SHERLOCK HOLMES E LE OMBRE DI GUBBIO

HOBBY & WORK

Sherlock Holmes e le ombre di Gubbio

Prima edizione in questa collana: settembre 2008
ISBN 978-88-7851-762-2
Art director: Laura Cazzaniga
www.hobbyework.it
info@hobbyework.it

SHERLOCK HOLMES E LE OMBRE DI GUBBIO

Personaggi principali

Sherlock Holmes:	detective
Mycroft Holmes:	fratello di Sherlock
John Watson:	amico di Sherlock
Mary:	moglie di Watson
Moriarty:	capostazione del Devon
Elizabeth Forrester:	amica di Mary
Paolo Salimbeni:	sottufficiale della Regia Marina Italiana
Pier Luigi Neri:	esponente socialista di Gubbio
Orfeo Goracci, Sabrina Morena, Rita Monelli, Catiuscia Maronni:	amici di Neri
Filippo Benelli:	medico
Gianna Benelli:	direttrice della biblioteca di Gubbio
Permoli:	studioso di Gubbio
Renzo Menichetti:	amico di Neri
Aliseo Giorgini:	capo contabile della "Banca Romana"
Amilcare Bencivenga:	ispettore di pubblica sicurezza
Giacomo Alvisi:	senatore del regno d'Italia
Francesco Crispi:	primo ministro del Regno d'Italia

1

Sarò sempre grato alla signora Forrester per aver suggerito alla sua amica Mary Morstan di contattare Sherlock Holmes a proposito del caso che riguardava il grande Tesoro di Agra. Destino volle che quella volta sia stato proprio io l'unico a entrare in possesso di un tesoro, perché Mary acconsentì a divenire mia moglie.

Diverse delle mie avventure con Sherlock Holmes coinvolsero in piccola parte Mary, ma ce ne fu una in cui ella giocò un ruolo chiave – o forse dovrei dire distraente? Fu anche un caso che coinvolse alcuni dei personaggi più in vista della società di diverse nazioni, e segreti, e storie di corruzione così confidenziali che è solo ora, a molti anni di distanza, che ho ottenuto il permesso di appuntarli, in attesa del giorno in cui potranno essere divulgati al pubblico.

Dopo il mio matrimonio, come i lettori ben sanno, lasciai l'appartamentino da scapoli in Baker Street e mi trasferii nella zona di Paddington con mia moglie, riprendendo la mia attività di medico. Il piccolo ambulatorio che aveva aperto si affollò via via di pazienti e le mie giornate diventarono sempre più affaccendate. Alla fine del mese di aprile del 1890 la professione mi assorbiva ormai in tale misura che mi capitava spesso di tornare a casa così stanco da avere appena la forza di scambiare due parole con Mary prima di stramazzare a dormire, quasi tramortito dal sonno.

La sera del 29, tuttavia, non era una di quelle occasioni: riuscii a chiudere per tempo lo studio e a dirigermi fischiettando verso casa, osservando allegro il parco che attraversavo, grazie al fatto che le giornate si stavano allungando sempre più. I bambini che correvano dietro al cerchio, le giovani bambinaie che li seguivano trafelate, lo spettacolo di vita e di trasformazione gioiosa che mi si parò davanti mi rese pensieroso, anche se non riuscì a mutare il mio umore allegro. Pensai che il tempo della felicità non ci è dato per sempre, e che troppo spesso noi lo lasciamo scivolare via senza gustarlo, come pazzi scriteriati. Quante volte ero passato accanto a mia moglie senza accorgermene? Eppure non ignoravo che un giorno uno di noi due non ci sarebbe più stato. Non sapevo allora quanto poco in realtà era il tempo che ci era stato concesso, e come presto avrei dovuto ripensare amaramente a quella idea. Ma in quei giorni la coscienza della tragedia che sarebbe avvenuta non mi sfiorava neppure, e quelli mi sembravano ragionamenti teorici, del tutto astratti. Come ciascuno di noi, ero convinto che il dolore fosse molto, molto lontano. Mi fermai dalla piccola fioraia che offriva la sua mercanzia per pochi denari, e la feci felice lasciandole addirittura uno scellino per uno dei suoi mazzolini – un dono degno di un principe, per esprimermi con le sue parole.

Quando arrivai a casa lasciai esterrefatta la nostra domestica dirigendomi a passo di marcia verso il salotto e abbracciando addirittura mia moglie.

— Ma John! — esclamò lei ridendo e facendo finta di divincolarsi. — Cosa penserà di noi la povera Mary Jane! Guarda, l'hai fatta scappar via tutta rossa. E questo mazzolino di fiori, poi? Dottor Watson, la richiamo alla sua professionalità: la prego di ricomporsi. No, ho detto di ricomporsi, monello! Ebbene! Che cos'ha da farsi perdonare, mi dica!

— Sì, Mary. In effetti ho qualcosa di cui farmi perdonare. Non fare quella faccia preoccupata, lascia che ti spieghi. Attraversavo il parco, prima: sai, c'è luce anche a quest'ora adesso e... ebbene, ti sembrerà ridicolo, ma mi sono accorto di botto che è arrivata la primavera. E io, capisci, non mi ero quasi neppure accorto che fosse arrivato l'inverno! Così mi sono trovato a pensare quanto ti avessi trascurata in quest'ultimo periodo.

— In effetti stai lavorando molto, povero caro.

— Ma non va bene. Il lavoro, la professione, sono cose importanti, e sono felice di esercitare di nuovo… eppure non posso, non voglio farmi travolgere fino a questo punto. Altrimenti la nostra vita sparisce, ed è quella la cosa più importante. L'unica cui tengo, Mary cara.

Mia moglie si illuminò di uno splendido sorriso, dietro il quale, tuttavia, colsi un attimo di smarrimento.

— Mi fai felice quando dici queste cose, lo sai. Ogni donna sarebbe felice. Tuttavia, dottore, se vuole sedurmi sappia che sono una donna felicemente sposata.

— Aspetterò, signora. E per stasera, comunque, non accetto scuse: lei e io andiamo nel miglior ristorante di Londra. O almeno nel migliore che ci possiamo permettere.

— Sciocco che sei. Però davvero John, è proprio impossibile… non stasera.

— E perché mai? — le chiesi.

— Stamani ho ricevuto una lettera da Elizabeth Forrester — mi rispose. — Ha finalmente preso possesso della sua nuova casa, *Moor View*, nel villaggio di Throwleigh, a Okehampton nel Devonshire, e mi ha invitato a passare qualche giorno di vacanza da lei, dato che non conosce ancora molti vicini e le mancano le chiacchiere di Londra. Ti sapevo impegnato e le ho già risposto di sì… a te baderà Mary Jane: devo ancora preparare tutte le valigie e pensavo di farlo stasera. Oh caro, mi dispiace tanto; se solo avessi immaginato, sarei partita tra qualche giorno. Ma ora…

Ci rimasi piuttosto male, lo ammetto: quella semplice frase distruggeva d'un botto tutti i miei castelli in aria, i buoni propositi e i programmi per la serata.

— È molto crudele da parte tua affidarmi a quel mostro della nostra cameriera: è capace di avvelenarmi a morte, di farmi morire di fame e scatenarmi l'erisipela, tutto con un unico pasto. Che treno pensi di prendere?

— Liz mi ha suggerito di partire con l'espresso delle nove da Waterloo. Verrà a prendermi alla stazione col calesse e ci sono otto miglia per Throwleigh, sul confine della brughiera di Dartmoor. A quanto pare sabato ci sarà una festa di primavera al villaggio, e lei vuole andarci con me, per incontrare i locali.

— Sembra splendido, mia cara. Sono sicuro che vi divertirete un mondo a chiacchierare assieme.

— E io sono sicura che anche *voi due* vi divertirete un mondo a chiacchierare assieme — ribatté Mary con un sorriso malizioso.

— Se ti riferisci a me e a Holmes — borbottai — sappi che sarebbe oltremodo offeso dalla tua idea che lui perda tempo con qualcosa di così frivolo come "chiacchierare". So che è stato a Oxford, per finire il suo studio sui tatuaggi.

— Allora vi divertirete con lui che ti mostra i suoi tatuaggi e tu che gli racconti dei tempi dell'India!

Pensai fosse meglio, per amore della pace domestica, non reagire all'oltraggiosa tesi che io fossi uno di quei noiosi militari che asfissiano la gente con i ricordi delle loro campagne coloniali. Nascosi la delusione dietro un sorriso e mi preparai a una serata di confusione, di porte aperte e chiuse, di urletti della cameriera che, sventata com'era, non riusciva a trovare mai nulla, neppure se mia moglie le dava indicazioni precise; e in generale a quel clima di frenesia, esasperazione e fretta che contraddistingue le case quando una donna è in partenza. Pensando alla sana abitudine acquisita durante il servizio militare di prepararsi in pochi minuti, mi trincerai filosoficamente dietro il mio *British Medical Journal* e un buon sigaro.

La mattina dopo, alle 8:15, salutai affettuosamente Mary e la vidi filar via in una carrozza con abbastanza vestiti e cappelliere da durarle un mese invece dei pochi giorni che prevedeva di passare nel Devonshire. Dopodiché mi immersi di nuovo nel lavoro, con in bocca solo una traccia della delusione del giorno prima e in testa la coscienza che il tempo che avrei dedicato ai miei ammalati, per una volta, non sarebbe stato sottratto a Mary, né a me. Ho pochi ricordi di quel giorno, almeno fino al momento in cui fui catapultato in un tunnel d'orrore e nell'incubo più spaventoso che potessi immaginare: ma fino a quell'istante, appunto, ciò che trascorsi fu una tranquilla *routine* di lavoro, una fila interminabile di pazienti che mi portavano ognuno il suo problema, contando se non su una soluzione, almeno su un'amichevole solidarietà.

Fu solo verso le tre del pomeriggio che riuscii a raggiungere casa, con la sconfortante certezza che ad attendermi ci fosse solo la nostra sventata cameriera, e un acuto senso di solitudine mi serrò la gola non appena ebbi varcato la soglia del nostro villino. Salutai distrattamente Mary Jane, mentre afferravo la posta che tenevamo in un piatto d'argento nell'ingresso e mi dirigevo verso il salotto. Crollai sulla mia poltrona preferita, occhieggiai con una punta di rincrescimento quella vuota al mio fianco, dove Mary usava cucire mentre chiacchierava con me alla sera e mi ascoltava raccontare i casi più strani avvenuti nella giornata, e pigramente mi decisi ad aprire il numero di gennaio della *National Review*, dove il mio amico e collega Arthur Conan Doyle recensiva il romanzo di uno dei miei autori preferiti, Robert Louis Stevenson.

Udii uno scampanellio alla porta, dopodiché la cameriera portò un telegramma su un vassoio. Il testo diceva:

Mary non arrivata con espresso ore nove. C'è stato un cambio di programma? Deciso restarsene nel fumo londinese? Attendo risposta all'ufficio postale di Okehampton prima di tornare a casa. Elizabeth.

Saltai letteralmente dalla poltrona. Cosa significava? Il

telegramma era partito alle 15:03, quando Mary era sicuramente già arrivata a destinazione. Consultai il mio *Bradshaw*: il treno di Mary doveva essere arrivato alle 14:50, il tempo per Elizabeth di accorgersi che Mary non c'era e spedire il telegramma. Che Mary avesse semplicemente perso il treno era fuori questione: il treno successivo da Londra era partito alle 11 e Mary avrebbe certamente spedito un telegramma all'amica per avvertirla del ritardo. Era successo qualcosa di serio.

Afferrai soprabito e cappello e mi precipitai all'ufficio del telegrafo della stazione di Paddington.

Mary partita stamani con treno in arrivo alle 14:50 – diceva il mio testo – *ma possibile suo ritardo. Sollecito conferma suo arrivo. In caso contrario parto immediatamente con prossimo treno. Prego risposta tempestiva. Watson.*

Non c'era da preoccuparsi, mi ripetevo mentre cominciavo a passeggiare nervosamente su e giù nella sala dell'ufficio. *Di sicuro Elizabeth non ha visto Mary alla stazione, ci sarà stata ressa, confusione... adesso si troveranno e mi avvertiranno subito...* Certamente doveva essere così, e non c'era nulla di cui stupirsi, nulla di allarmante. Eppure... eppure continuavo a deambulare avanti e indietro, a onta dell'addestramento militare, della morte che avevo sfidato a Maywand contro i Pathani, dei mille pericoli che avevo affrontato insieme a Holmes, dell'abitudine professionale a restare lucido e freddo di fronte alle situazioni di emergenza. Ma quelle erano emergenze, appunto, rischi, pericoli che riguardavano me e me solo, non certo la persona che avevo più a cuore. E se... mi proibii di pensare a cosa sarebbe stata la mia vita se fosse accaduto qualcosa a mia moglie, e mi imposi di sedermi e leggere un giornale medico che mi ero portato dietro, in attesa della risposta dal Devon. *Complicanze della scarlattina: un caso di ascesso peritonsillare.*

Temo di non essere a tutt'oggi molto aggiornato sui gravi rischi che un ascesso peritonsillare comporta, perché mi ritrovai almeno venti volte a iniziare il primo paragrafo senza riuscire ad afferrare neppure il senso della prima riga. Dopo cinque minuti gettai con rabbia il giornale a terra e mi rimisi a passeggiare nervosamente, abbandonando il mio britannico *aplomb* per un più umano stato di agitazione pura. Fu soltanto dopo un quarto d'ora dall'inizio di quella tortura, un quarto d'ora che non augurerei neppure al mio peggior nemico, che udii finalmente l'impiegato chiamarmi: volai allo sportello e strappai letteralmente di mano all'uomo il foglio che mi aveva porto. Ma ciò che lessi non era il tranquillizzante messaggio che aspettavo, e per un attimo sentii distintamente il cuore perdere un colpo.

Non capisco accaduto. Confermovi Mary mai arrivata, attenderò tutti prossimi treni fino vostro arrivo ore 23. Attendo urgentemente notizie, Elizabeth.

2

Le prime ombre della sera si stavano oramai allungando nella strada mentre il mio *cab* si muoveva spedito attraversando il traffico della città. Ripensavo angosciato a quante volte avevo veduto dalle finestre del salottino che condividevo con Sherlock Holmes arrivare uomini e donne inquieti, agitati, terrorizzati, che fuggivano laggiù a trovare conforto e aiuto: chi mai avrebbe potuto immaginare, allora, che anche a me sarebbe un giorno toccata quella sorte? Quando la carrozza si fermò davanti al portone scesi come un fulmine, lasciando al vetturino una mancia che a lui sembrò certamente principesca, dal modo cerimonioso con cui mi salutò e dalla profondità del suo inchino: ma non avevo tempo per quelle cose. La porta si socchiuse alla mia imperiosa scampanellata e mi apparve finalmente il sorriso cordiale e rassicurante della nostra buona governante.

— Dottor Watson! Che piacere vederla! Purtoppo il signor Holmes non è in casa, ma se vuole salire…

— Non è in casa? E dove è andato?

— E chi lo sa, dottore! Questa mattina, quando sono salita a portargli la colazione, non era già più nel vostro appartamento. Ho notato che non manca nessuno dei suoi vestiti, quindi deve essersi camuffato — aggiunse, abbassando notevolmente la voce e guardandosi attorno con aria circospetta. — Chissà dove diavolo si è nascosto. Ma entri, entri pure.

Mi sentii perduto. Quando Holmes si travestiva per qualche

sua misteriosa indagine potevano passare poche ore o interi giorni prima che decidesse di tornare a Baker Street: quanto al capire dove fosse, e che indagine stesse seguendo, non avevo alcuna possibilità di indovinarlo. Dovevo affrontare la realtà: non c'era modo di avvertirlo dell'accaduto e dovevo cavarmela da solo, proprio nel momento più grave e in cui più avrei avuto bisogno dell'aiuto del mio amico. Farfugliai qualche parola di circostanza e di scusa, spiegando che avevo urgente bisogno di contattare Holmes, e tornai a chiedere una carrozza. Non mi restava che affidarmi alla polizia ufficiale.

Attraversare il caotico traffico londinese fu più facile del previsto, considerata l'entità della mancia che avevo promesso. Il mio vetturino passò di gran carriera davanti al Parlamento e quando si fermò giù a Whitehall, all'altezza dell'Ammiragliato, erano ancora le quattro e un quarto. Il grande palazzo di Scotland Yard sembrava brulicare di vita assai più di quanto mai ne avessi avuto ricordo. Decine di impiegati entravano e uscivano con aria affannata, con involti di documenti in mano; facchini trasportavano bauli, gettando imprecazioni per gli angoli stretti dei corridoi che dovevano oltrepassare; funzionari dall'aria preoccupata abbaiavano ordini un po' dappertutto, mentre quasi tutte le finestre che davano sulla strada sembravano illuminate dalle lampade a petrolio delle scrivanie; intanto, dabbasso, carri e carri pieni di bauli, mobili, casse si alternavano in lunghe e frenetiche file. Il tutto aveva l'aria assai più simile a una specie di enorme alveare in cui un orso avesse ficcato una zampa, piuttosto che all'ordinato centro operativo della polizia londinese, e a me non rimase che guardarmi attorno un po' smarrito, cercando di capire la ragione di tanta confusione. Mi diressi su per le scale senza incontrare un usciere che mi chiedesse cosa volevo, e imboccato il corridoio principale mi ritrovai davanti a una porta la cui etichetta diceva: *Ispettore G. Lestrade.* Non feci però in tempo a bussare che l'uscio si spalancò di colpo e mi apparve in tutta la sua furente eccitazione il piccolo funzionario dal muso di topo che tante volte avevo avuto occasione di incontrare.

— Vorrei sapere chi diavolo mi ha... dottor Watson! E lei che ci fa qui? — Si interruppe esterrefatto a metà di quella che sembrava una lunga tirata.

— Ho bisogno di lei, ispettore. È un'emergenza.

— È il signor Holmes che la manda?

— No, veramente. A dire la verità non so dove si trovi e...

— ...E in mancanza di meglio ha pensato di rivolgersi a noi, ho capito. Venga venga, si accomodi. Se così posso esprimermi, naturalmente.

Mi additò una seggiola, unico arredamento di una stanza quasi completamente spoglia, eccezion fatta per qualche ritratto ancora sulle pareti e un mucchio di fogli sparsi per terra. Piuttosto stupito mi sedetti dove mi era stato indicato, mentre l'ispettore restava in piedi: ma il mio sguardo stranito doveva essere piuttosto eloquente, perché Lestrade, con un sorriso, mi spiegò quello che stava accadendo.

— Certamente ricorderà che sei anni fa lo Yard ha subìto un attentato dinamitardo irlandese, che ha praticamente distrutto la gran parte dei nostri uffici. Ci siamo riorganizzati quasi subito, ma questo vecchio palazzo era inadatto già prima: con l'occasione hanno progettato un edificio nuovo di zecca, poco lontano da qui, sul Victoria Embarkment. È quasi finito e oggi è cominciato il trasloco, anche se non con l'ordine e il decoro che sarebbe stato desiderabile. Stavo giusto dicendo tra me che se scopro chi mi ha fatto spostare la scrivania senza autorizzazione... be', quello screanzato mi sentirà, eccome se mi sentirà, parola mia! Ma lei non mi ha ancora detto cosa ci fa qui.

Cercai di ridarmi un minimo di compostezza e di ordine mentale, mentre ricapitolavo al poliziotto gli eventi che mi tormentavano; ma notai con smarrimento che invece di ascoltarmi con attenzione Lestrade si guardava continuamente attorno come se cercasse qualcosa, e per un paio di volte addirittura mi interruppe per attaccare discorso con una persona che passava su e giù nel corridoio: la porta era stata lasciata aperta e non sembrava necessario a nessuno chiuderla per un minimo di privacy. La situazione era francamente spiacevole.

— Dunque, mi lasci ricapitolare. Sua moglie è partita stamani, ma l'amica presso cui doveva recarsi le scrive che non è mai arrivata. D'altronde la signora non le ha fatto sapere di impedimenti o contrattempi che le abbiano impedito di giungere a destinazione. È corretto?

— Sì, in sintesi si tratta di questo.

— E sua moglie, mi diceva, non è usa a questo genere di comportamenti.

— Certo che no! Sono molto preoccupato, ispettore, mi chiedo cosa diamine possa esserle successo, o se, Dio non voglia, possa essere stata trattenuta contro la sua volontà da qualcuno.

Lestrade sbuffò leggermente.

— Questa poi! Che senso avrebbe avuto, mi dica, rapire la moglie di un medico affermato, certo, ma dal reddito poco più che modesto? Lei non dispone di un grande patrimonio, e così sua moglie. Per non parlare della difficoltà di un rapimento in pieno giorno, nel centro di Londra!

— Una disgrazia, il treno…

— Avremmo già avuto notizia di un evento del genere dal servizio ferroviario, non crede? Mio caro dottore, si lasci dire che questa sua vena – come definirla? drammatica, ecco – le viene probabilmente dalla frequentazione con il signor Holmes. Oh, un ottimo detective, intendiamoci: un uomo intelligente e preparato, e non nego che sia stato di una qualche utilità anche a noi. Ma la polizia ufficiale, caro dottore — continuò fissandomi severamente — è meno adusa ai voli della fantasia e dell'immaginazione. Noi ci basiamo sui fatti, su quelli e solo su quelli. E il fatto è che non c'è alcun indizio che sia successo alcunché di delittuoso, per fortuna.

— Ma le dico che mia moglie è *scomparsa!*

— Suvvia, suvvia, caro dottore… non esageriamo. La signora le ha *detto* che sarebbe partita, ma lei non l'ha vista prendere il treno. E lei stesso mi ha dichiarato che solo ieri sera ha saputo di questo viaggio: una decisione improvvisa, parrebbe… anzi, forse un po' troppo improvvisa, non trova?

Avvampai, non sapevo se d'imbarazzo o di rabbia.

— Cosa sta insinuando?

— Nulla, le assicuro. Naturalmente svolgeremo le nostre indagini, con riservatezza, come facciamo sempre in questi frangenti. L'esperienza – una lunga esperienza, la prego di credere – mi consiglia di tenere molto alta la discrezione in casi come questi. Di giovani donne partite per una destinazione e mai arrivate, ce ne sono tutti i giorni… mi permette di chiederle se la signora era un po' diversa dal solito ultimamente? Improvvise crisi di pianto, o scoppi di gioia immotivata?

Una voce ben nota troncò la mia risposta indignata, mentre una mano mi afferrava il braccio, bloccandomi nell'atto di balzare in piedi.

— Niente affatto, Lestrade. Frequento spesso la casa del dottor Watson e mi onoro dell'amicizia di sua moglie: l'ho vista tranquilla come al solito ancora pochi giorni fa.

— Holmes! — strabiliò Lestrade. — È lei… ma come si è conciato?

In effetti l'uomo che era entrato nella stanza aveva poco in comune con il celebre investigatore di Baker Street. Assai più basso di lui, con l'incarnato olivastro e una cicatrice che gli attraversava la fronte, lo sguardo sfuggente e un lieve tremore all'arto sinistro, la giubba stracciata e le scarpe da fatica, si era sporto nella stanza con l'aria di un facchino che fosse venuto a prendere gli ultimi mobili: eppure l'espressione di sollievo con cui accolsi il suo intervento era del tutto sincera. Mi sorrise leggermente mentre si rizzava in tutta la sua altezza e cominciava a togliersi il trucco dalla faccia.

— Caro Lestrade, il vostro sistema di sicurezza è semplicemente penoso. Se fossi un terrorista irlandese avrei potuto mettere tre bombe proprio dove il suo capoufficio sta seduto in questo momento, e senza che nessuno avesse nulla da obiettare. Vi consiglio di rivedere i vostri protocolli, mio caro, o almeno di andare più spesso in Chiesa a impetrare qualche grazia speciale. Ma io le debbo chiedere comunque scusa dell'invasione: passavo di qui e la tentazione di giocarvi un piccolo scherzo è stata troppo forte, lei mi conosce. Venga, Watson: sono sicuro che l'ispettore attiverà tutte le ricerche del caso e la terrà tempestivamente informata.

Mi trascinò fuori dalla stanza mentre mi rimanevano in gola le parole con cui intendevo spiegare a Lestrade ciò che pensavo dello Yard in generale e di lui in particolare.

3

Holmes sorrideva ancora nella carrozza che prendemmo al volo.

— Alla stazione di Waterloo, subito! — ordinò al vetturino. — Caro amico, sono veramente felice di essere arrivato appena in tempo. Ancora due minuti e lei, a giudicare dalla sua faccia, avrebbe finito per farsi incriminare per oltraggio a un ufficiale di Sua Maestà nell'esercizio delle sue funzioni. Se non addirittura per percosse.

— Giusto Cielo! Lei non ha idea di cosa quel citrullo stava insinuando!

— Oh, sì, invece. Ho avuto il privilegio di ascoltare la vostra conversazione nascosto dietro la porta, in corridoio.

— È stata una vera fortuna che lei fosse da quelle parti e mi abbia visto entrare allo Yard. Mi creda, ero veramente disperato.

— Non ne dubito affatto, amico mio: un uomo che si rivolge a Lestrade per risolvere un problema che gli sta a cuore deve essere veramente disperato, o un pazzo incosciente. Ma non è stata fortuna se l'ho incrociata: mi sono precipitato a Scotland Yard apposta.

— Davvero? Ma come…

— Sono tornato a casa nel pomeriggio, e quello è stato il vero colpo di fortuna. Le mie indagini giù al porto sono andate meglio del previsto e il rapporto per Wilson Hargreave, a New York, è pronto per essere spedito. Quando la signora Hudson mi ha avvertito che lei mi aveva cercato e mi ha descritto le condizioni in cui si era presentato, trafelato, senza bastone e cappello, ne ho dedotto che era veramente nei guai. Lei mi conosce e sa che potevo restare irreperibile per giorni: dove mai avrebbe potuto chiedere aiuto se non a Scotland Yard, da Lestrade? Così mi sono precipitato laggiù ancora col travestimento di stamane addosso: a proposito, spero che non le spiaccia se mi strucco qui.

— Dunque sa tutto, visto che ha ascoltato. Cosa consiglia di fare?

— Usare il cervello, anzitutto, nell'attesa di prendere il primo treno per Dartmoor: cominciamo da ciò che sappiamo.

— Un bel nulla — osservai cupamente. — O meglio, che Mary è scomparsa.

Holmes scosse leggermente la mano, mentre gli si aggrottavano le sopracciglia.

— Non lasci che l'angoscia turbi il suo distacco intellettuale, Watson. Ricordi che Mary ha bisogno di lei, e di tutte le sue capacità: lasciarsi andare alla disperazione non è per niente utile. Restiamo freddi, amico mio.

Aveva ragione, naturalmente, e un vecchio militare come me non poteva non saperlo. Strinsi i denti e cercai di recuperare tutta la mia lucidità.

— Mary non è mai arrivata alla casa della sua amica, e si è quindi arrestata in un punto qualsiasi da casa sua fino ad Okehampton. Non sappiamo ancora se si tratti di un incidente, di un problema banale o peggio…

— …Ma più passano le ore e più mi pare incredibile che non si metta in contatto con me!

— Questa è una illazione, Watson. Per quel che ne sappiamo, Mary potrebbe essere impossibilitata a cercarla. Magari sta viaggiando in carrozza e si è rotta una ruota, o chissà che altro. Non lasciamoci distrarre, torniamo al problema. Non abbiamo dati, per ora, per sapere di che si tratti, ma possiamo cercare di ricostruire via via il viaggio di Mary, e cercarne le tracce.

Sforziamoci di capire in quale punto Mary si è o è stata bloccata. Per prima cosa, è sicuro che abbia preso una carrozza?

— Sì.

— Bene. Accertiamoci dunque che sia andata alla stazione e abbia preso il treno, e quale treno. Poi cerchiamo di capire dove è scesa. Svolgeremo le nostre indagini direttamente alla Waterloo, esaminando i fatti prima di riempirci la testa di ipotesi. Guardi, stiamo già arrivando.

Scendemmo alla Waterloo e Holmes chiese a un poliziotto di ronda dove fosse la sala d'attesa dei vetturini.

— Di là, signore. Venga, l'accompagno.

Non facemmo in tempo a entrare che fummo accolti da un coro di lazzi.

— Attenti, ragazzi, guardatevi le tasche: c'è uno sbirro!

— Chiacchiera in servizio? Dovrebbero chiamare la polizia, ecco cosa!

Holmes sorrise, facendomi l'occhiolino.

— Si trova l'intera gamma della vita nella stanza dei cocchieri — mi sussurrò. Poi si rivolse ai vetturini e ad alta voce soffocò la confusione.

— Signori, è una cosa seria. Come molti di voi sanno, mi chiamo Sherlock Holmes, e questi è il mio collega dottor Watson: sua moglie sembra essersi perduta da qualche parte tra Paddington e il Devonshire. Ha preso una carrozza stamane per montare sul treno delle nove per Exeter e Okehampton. Qualcuno ne sa qualcosa?

Un uomo che riconobbi immediatamente si fece largo tra la folla: era John Clayton, che ci aveva dato informazioni preziose al tempo del caso Baskerville.

— Gordon Squire, un mio amico — attaccò — mi ha detto che aveva fatto una corsa dalla casa di un certo dottor Watson, a Paddington, stamane presto. Sapeva che non faccio che parlare di voi, signor Holmes, e del dottore, e mi ha chiesto se *quel* Watson era la stessa persona. Io non sono mai stato a casa del dottore, così non ero sicuro, ma pare proprio che fosse la moglie del vostro amico quella che ha portato alla stazione, signor Holmes.

— Dov'è questo Squire?

— È andato a lasciare il cavallo in scuderia, ma sarà qui a momenti per il tè.

Proprio allora entrò un giovanotto smilzo, che fu accolto da un grido: — Occhio, Gordon! — Ma il poliziotto di ronda lo aveva già afferrato per il bavero del cappotto.

— Ehi, che c'è? Non ho fatto nulla di male io! Non è mica colpa mia se quelle sbarre sono cadute dalla carrozza!

— Rispondi alle domande, figliolo, e dimenticherò questa storia. Sei tu che stamani hai portato la signora Watson da Paddington a qui?

— Sicuro, signore. Ne parlavo al mio amico, John Clayton...

— Siete arrivati in tempo per il treno?

— Nessun problema, sicuro, eravamo qui un quarto d'ora prima. Aveva così tanti bagagli che le ho preso un facchino. Ero fermo giusto lungo la pensilina della West Country e mi sono messo a dare un po' di avena alla cavalla, così ho visto il facchino che la aiutava a montare in carrozza.

— Non sarà mica scesa prima che partisse?

— No, sicuro! Il treno ha fischiato e la cavalla si è spaventata. Ho avuto il mio daffare a calmarla; e quando il treno è partito, ho visto la signora che si sporgeva a vedere.

— Presto, Watson! — disse il mio amico non appena ci fummo chiusi alle spalle la porta della stanza dei cocchieri, non senza aver dato mezza corona al giovanotto. — Ora dobbiamo sbrigarci, il treno è tra pochi minuti. Possiamo arrivare laggiù stanotte e domattina essere pronti a riprendere le ricerche. Prima, tuttavia... ma certo! Watson, sono un asino.

Holmes, con mio grande stupore, si bloccò istantaneamente, passandosi una mano sulla fronte in un momento di grande concentrazione. Ci trovavamo nel vestibolo degli uffici della grande stazione: la porta davanti a noi esibiva una scritta a cui era rivolta tutta l'attenzione del mio amico: *J. Stroudley – Dirigente Movimento Rete.*

— Mi correggo: il più grande stupido che ci sia, e meriterei di essere preso a calci da qui a Charing Cross. Perché non prende la mia borsa e corre ad acquistare i biglietti, Watson? Debbo assolutamente entrare qui dentro un attimo.

Si infilò risoluto nell'ufficio, mentre io correvo alla biglietteria. Devo ammettere che mi sfuggiva totalmente il senso delle sue azioni: qualunque cosa fosse quella di cui si era ricordato, non poteva certamente essere così importante da farci perdere l'ultimo treno della sera. La sola idea di ritardare la mia partenza al giorno dopo mi faceva venire i brividi, e la prospettiva di una notte passata a elaborare teorie sulla scomparsa di Mary era veramente spaventevole. Per fortuna, tuttavia, Holmes fu di parola e dopo tre minuti al massimo schizzò fuori dall'ufficio come una palla di fucile. Mentre fendevamo la calca che affollava l'atrio della grande stazione verso il nostro binario, quasi andai a sbattere contro un uomo dal panciotto a quadri che, appoggiato a un muro, si ostinava a leggere il giornale. Mi scusai con due parole, mentre quello bofonchiava qualcosa, e solo allora scattò nella mia mente la percezione esatta di averlo già visto. Ma certo! Quella stessa mattina, quando ero uscito da casa mia, l'avevo visto con la coda dell'occhio leggere lo stesso giornale appoggiato a un lampione, e lo avevo rivisto fuori Scotland Yard quando cercavo Lestrade. In un lampo compresi che non poteva essere un caso, e che l'uomo mi stava seguendo. Ma perché? A quale scopo? Aprii la bocca per gridare, ma Sherlock Holmes mi afferrò per un braccio strattonandomi via: un istante dopo l'uomo era scomparso tra la folla.

— Holmes! Quell'uomo!

— Venga via, Watson. Siamo di fretta! Andiamo, andiamo!

Mentre salivo la scaletta del vagone gettai ancora un'occhiata alla confusione della Waterloo, cercando invano di distinguere l'uomo che avevo individuato: ma già trovarselo di fronte per un istante era stato un colpo di fortuna irripetibile; scorgerlo ora sarebbe stato un miracolo. Con un sospiro salii l'ultimo scalino ed entrai nella nostra carrozza. Pochi istanti dopo udii il fischio del capotreno e il nostro convoglio si avviò sbuffando, fuori dalla stazione, verso il Devon.

4

La vista delle luci di Londra che fuggivano via nel buio mentre ci tuffavamo nella campagna non fece che aggravare lo stato di tensione in cui mi trovavo da troppe ore. Dov'era Mary? Cosa le era successo? E d'altra parte, se la mia intuizione alla stazione era corretta, chi ci stava sorvegliando, e perché? Il pensiero di mia moglie in balìa di chissà quali pericoli era troppo angoscioso perché potessi anche solo tentare di calmarmi; d'altro canto non c'era nulla, assolutamente nulla, che potessi fare al momento. Era stato solo poche settimane prima sulla stessa linea ferroviaria che Holmes mi aveva inorridito, dicendomi che secondo lui il peggior vicolo di Londra non aveva un numero di delitti superiore alla bellissima campagna che vedevamo, ed eccoci lì ad attraversare ancora una volta la stessa campagna. Lo scompartimento in cui avevamo trovato posto era piuttosto affollato: con uno sguardo d'intesa ci eravamo seduti ciascuno al proprio posto, consapevoli che non avremmo potuto scambiarci alcuna informazione. C'erano con noi tre persone: una giovane donna dall'aria perbene; un militare piuttosto in là con gli anni, che dormicchiava; e un giovanotto piuttosto mal vestito che leggeva un libro. Piano piano gli scossoni del treno sui binari cominciarono a svolgere un benefico effetto sui miei nervi, e una specie di intorpidimento mi avvolse lentamente mentre le palpebre mi calavano sugli occhi. Scivolai in un sonno inquieto ma senza sogni, in cui finalmente trovai un po' di pace.

Un sobbalzo un po' più forte degli altri mi ridestò di colpo, riportandomi alla realtà. — Ben svegliato, Watson — fece Sherlock Holmes con un bel sorriso. — Dormiva come un bambino, beato lei. Ma sono passati solo pochi minuti.

— Dove sono i nostri compagni di viaggio?

— Se si riferisce alla giovane coppia irregolare, sono andati nella carrozza ristorante, certamente per parlare del loro sogno d'amore. L'ultimo, invece, è in corridoio a sgranchirsi le gambe.

— Ah, ecco... come? Coppia irregolare?

— Non mi dica che non è arrivato alle mie stesse conclusioni. Ho notato, sa, come li guardava prima di addormentarsi. Congratulazioni, è sempre un'ottima abitudine tenere gli occhi aperti. Cosa l'ha colpita di quei due?

— Be', la ragazza era ben vestita, molto sulle sue. Aria distinta e inappuntabile. Stringeva la sua borsetta e stava seduta quasi sulla punta del sedile, come se fosse molto in ansia. E suppongo che abiti a Londra, perché quel tipo di cappellino non è certo usuale in campagna.

— Benissimo, davvero. E il ragazzo?

— Oh, altro tipo di persona, temo. Lineamenti grossolani, piuttosto ineducato: quando siamo entrati non ha minimamente accennato a salutarci. E profondamente ignorante, poi: in cinque minuti non è riuscito a finire una pagina del suo dannato libro, che pure era solo un romanzetto da due soldi. E lei dice che quei due...

— Certamente, Watson. Non che siano affari miei, intendiamoci: ma una giovane donna non si toglie la fede dal dito senza un buon motivo, e il segno che si poteva notare sul suo anulare non dava adito a dubbi.

— Poteva essersela sfilata per ricordarsi qualcosa... molte donne lo fanno.

— Non quando hanno una borsetta da cui estraggono nervosamente un bloc notes. E soprattutto non lo fanno durante un viaggio, nel quale ogni signora sta bene attenta, anzi, a dichiarare il proprio *status* di donna sposata per non essere importunata: del resto è un'abitudine comune a tutti gli animali.

— Holmes!

— Non ci vedo nulla di male, Watson. E che la donna non stesse tornando a casa era evidente dal biglietto dell'omnibus che le è caduto dalla borsetta. Vede? È salita a Blackfriars alle sette di stamani: da escludersi che sia arrivata in città prima di quell'ora. No: vive a Londra, ed era diretta ben fuori la città, a quest'ora, dopo essersi tolta la fede. Inoltre, a parte il fatto che era mancina, in buona salute, della apparente età di venticinque anni, e una altra dozzina di particolari del tutto indifferenti per la nostra piccola discussione, ha notato anche lei che era estremamente agitata. Secondo me, come le ho detto, sapeva bene che non sarebbe rientrata a casa stanotte. E nel notes consultava certamente l'indirizzo a cui si stava dirigendo.

— Sia pure. Ma perché proprio *quel* ragazzo, allora!

— L'ha detto lei: era talmente agitato, anche lui, da non riuscire a leggere un rigo. Quel modo di vestire che lei ha giudicato sconveniente è tipico tra gli studenti dell'Università in questi ultimi anni. Come è possibile che uno studente universitario non riuscisse a leggere un libro così semplice? Ma perché aveva la testa da tutt'altra parte! E di quale parte si tratti era piuttosto facile dedurlo dall'intreccio di sguardi tra i due: uno spettacolo francamente stucchevole, la prego di credermi. Quando le due tortorelle sono uscite, ho respirato.

— Se ne sono andati assieme?

— Naturalmente no: a tre minuti e mezzo di distanza. Ma non c'è alcun dubbio che siano in carrozza ristorante.

— È incredibile il tipo di gente che si trova in viaggio, Holmes. Ma almeno quel vecchio militare…

— Chi? Quel ladruncolo travestito? Spero non si sarà fatto sfuggire il deplorevole stato della sua uniforme, nonché – cosa ancor più incredibile – il taglio di capelli non regolamentare:

impossibile che fosse quello che pretendeva di essere. E perché un uomo si traveste da rispettabile militare se non lo è? Per passare inosservato, certamente, e rendersi insospettabile. Ha notato che nella tasca del suo *gilet* c'era un rigonfiamento reso possibile solo da almeno sette od otto orologi? Ma lasciamo andare queste sciocchezze. Credo, Watson, che lei abbia tutto il diritto di sapere ciò che ho in mente.

— La prego: non sarà mai troppo presto. Per quel che mi riguarda mi sento del tutto impotente. Mary potrebbe essere dappertutto! Non sappiamo neppure se è stata costretta a seguire qualcuno, o se lo ha fatto di sua volontà!

— Calma, adesso. Lei è nel panico, ed è comprensibile: ma io, con tutto l'affetto che mi lega a sua moglie, ho cercato di restare freddo. Premetto che sono soltanto ipotesi... — Holmes estrasse dalla tasca una piccola pipa scura — ...e che finché non abbiamo dati sicuri tutto è possibile. Eppure credo che Mary non corra alcun pericolo.

— Lo volesse il cielo! Ma come fa a dirlo?

— Se avessero voluto farle del male, lo avrebbero fatto a Londra. Perché questa sceneggiata melodrammatica? Se si trattava di rapirla bastava presentarsi con una carrozza quando cercava di andare a Waterloo. Quanto a farle del male, assai più semplice attaccarla tra la folla: ammesso poi che qualcuno avesse un solo motivo al mondo per organizzare una cosa del genere.

— Volesse il Signore che lei abbia ragione. Ma resta il fatto che Mary non è giunta a destinazione. Sappiamo che ha preso il treno, ma chi ci dice dove è scesa? L'unica maniera è controllare stazione per stazione, chiedendo al personale, e non sarà neppure troppo difficile nelle piccole stazioni. Ma mi dica, come faremo nei grossi centri, dove salgono e scendono decine di persone?

Sherlock Holmes smise finalmente di pigiare il tabacco nella pipa e si diede alla complessa operazione di accensione. Notai che si affrettava a rispondermi tra una boccata di fumo e l'altra, come se avesse premura di calmare la mia ansia.

— Mio caro amico, è per questo che mi sono dato dell'imbecille alla Waterloo. Non c'è niente da fare: in questo tipo di ricerche, che prevede organizzazione e una rete di osservatori diffusa sul territorio, Scotland Yard è imbattibile. Mi duole riconoscere loro una certa qual superiorità in un qualsiasi campo, ma per lo Yard sarebbe molto facile allertare tutte le stazioni di polizia da Londra al Devon e avere notizie in poche ore.

— Ma purtroppo quel bestione di Lestrade non ci ha voluto aiutare — commentai amaramente. — Ci vorranno giorni!

— Amico mio! — esclamò Holmes puntandomi contro la corta pipa con aria soddisfatta. — Va bene che ho confessato di essere un perfetto imbecille, ma il mio obnubilamento è stato solo momentaneo. Quando sono passato davanti a quell'ufficio – ricorda? – ho collegato il nome sulla targhetta con il cliente che ho tolto dai guai un mese fa. Per fortuna era in servizio e ha immediatamente acconsentito alle mie richieste. Mentre noi viaggiamo comodamente seduti, tutti i sottoposti del signor Stroudley, vale a dire i responsabili di tutte le stazioni grandi e piccole lungo la linea, stanno svolgendo delle piccole inchieste. Tutti gli impiegati, i facchini, i funzionari in servizio oggi nelle ventuno stazioni da qui a Okehampton devono riferire urgentemente se hanno visto una giovane donna vestita d'azzurro, con una fascia nera e diverse valigie, scendere dal treno proveniente da Londra. Saremmo davvero sfortunati se non è stata notata da qualche parte.

— Eccezionale, Holmes! E come avremo però queste risposte?

— Stroudley ce le spedirà via telegramma. Lui sa dove ci troviamo e quale è la stazione più vicina quando lo spedirà.

Per la prima volta da diverse ore tirai un sospiro di sollievo: le cose, grazie a Dio, si stavano mettendo meglio di quanto osassi sperare. Ma un pensiero mi balzò in mente.

— Giusto cielo, Holmes! Me ne ero dimenticato! Alla stazione ho notato un tipo sospetto: sono quasi sicuro che ci stesse seguendo. Credo di averlo già visto sotto casa mia e forse mentre aspettavamo il vetturino.

— Si riferisce all'uomo con il panciotto a quadri, il completo grigio e le scarpe lievemente infangate che faceva finta di leggere la *Daily Gazette?* Quello con la bombetta lisa, che fumava sigarette di pessime qualità? In questo caso si sbaglia: quel tipo non è sospetto per niente. È positivo che ci sorvegliasse.

— L'aveva visto anche lei, dunque!

— Ma certamente. E, se è per questo, non era affatto solo: erano in tre a tenerci d'occhio, fin da quando l'ho trovata allo Yard. Presumo che lei abbia ragione e che abbiano iniziato a seguirla sotto casa sua. Se tanto mi dà tanto, anche a bordo di questo convoglio ci sarà qualche gentiluomo a tenerci d'occhio. E prima che me lo chieda, no, non riesco a capire cosa questo significhi.

— Ma se li aveva individuati, perché non abbiamo cercato di farli parlare?

— Pesci piccoli. Uno lo conosco, è della banda di Lambeth: delinquenti di mezza tacca, lavorano sicuramente per qualcun altro.

— Ma è pazzesco! Questo implica l'esistenza di una banda numerosa, di un piano organizzato…

— Complimenti, Watson. Sì, è così. E mi secca terribilmente ammettere che stiamo giocando a un gioco di cui non capisco le regole e neppure il senso. Certo che è buffo: eccoci qui, sballottati su un treno viaggiatori tutt'altro che comodo nel bel mezzo dell'Inghilterra… eppure dobbiamo continuare a cercare, non abbiamo alternative.

5

Alle 17:15 arrivammo a Woking, la prima fermata, e io mi affacciai al finestrino dello scompartimento per vedere se qualcuno ci cercasse lungo il treno, ma anche nella disperata speranza di scorgere Mary sotto la pensilina. L'impiegato delle ferrovie sventolò la sua bandiera rossa segnalando che le porte erano tutte chiuse, ma non si avvicinò alla carrozza del capotreno, in coda al convoglio. Ne conclusi che non c'erano messaggi per noi.

— Sieda, Watson — disse Holmes. — È davvero ancora troppo presto per avere messaggi da Stroudley. Vedo che la signora Hudson è stata premurosa come sempre, a giudicare dai sandwich che spuntano dalla mia sacca da viaggio. In effetti non ho fatto colazione: ci voleva uno spuntino.

Capii che Holmes cercava di distrarmi e aveva ragione. Nonostante ciò risposi un po' sgarbatamente: — Temo di non aver appetito al momento, ma è pur vero che avevo pranzato prima delle brutte notizie da Okehampton.

Poco prima delle 18:00 il treno ripartì per rallentare di nuovo quando ci avvicinammo a Basingstoke: cercai di resistere alla tentazione di affacciarmi ancora, ma non ce la feci. Ancora una volta ci rimasi male, ma Holmes tentò di consolarmi dicendo: — Va tutto bene, Watson. Capisco che le venga spontaneo farlo a ogni fermata: è naturale. Non cerchi di trattenersi.

Le cose andarono nello stesso modo a Hurstbourne, ma quando arrivammo alla grande stazione di Salisbury, intorno alle 19:00, il cuore mi saltò in gola nel vedere un fattorino correre alla carrozza del capotreno e passargli qualcosa dentro un cesto. Era per noi? Sedetti sui carboni accesi per cinque minuti dopo la partenza, ma poi si udì un cortese bussare alla porta dello scompartimento e il capotreno entrò.

— Ho un telegramma e un pacchetto per il signor Holmes dal signor Stroudley — annunciò.

Strappai frettolosamente il telegramma dalle sue mani e lo lessi:

London & South-Western Railway Company

Nessuna notizia dalle stazioni intermedie. Il capostazione di Okehampton è stato avvertito del vostro arrivo. Vogliate accettare due tazze di tè con gli omaggi della LSWR.

Stroudley,

funzionario di servizio – Waterloo.

— Grazie, Thompson — disse Holmes, e mi girai giusto in tempo per vedergli fare un gesto di scusa a nome mio.

— Sì, grazie mille, signor Thompson — mi associai frettolosamente, prima che la porta si chiudesse. Holmes dimostrò il suo sincero dispiacere per il mio stato di agitazione aspettando pazientemente e poi versando le bevande.

— Se non altro sappiamo che non c'è stato alcun incidente sulla linea — osservò. — Avremo informazioni più utili dal capostazione di Okehampton.

Cercai di proibirmi di pensare che avrei preferito di gran lunga la notizia che era capitato un incidente, ma che Mary era salva: tornai a guardare fuori dal finestrino e vidi il sole che tramontava a ovest. Ho sempre avuto la sensazione che non sto davvero recandomi nel Devon o in Cornovaglia finché non ho passato Salisbury, perché il paesaggio cambia drammaticamente dopo quella stazione. Il sole all'orizzonte suggeriva un capolinea cui stavamo per arrivare, anche se mancavano ancora tre ore e mezzo di viaggio. Ci fermammo in tutta una serie di piccole stazioni, mentre il treno cominciò a salire e scendere per le valli del Somerset. Non ci furono altri messaggi, ma Thompson ci portò del caffè e una piccola stufa a Templecombe.

La locomotiva sbuffava mentre ci arrampicavamo fuori dalle valli, anche se avevamo diminuito il numero delle carrozze via via che andavamo a ovest. Quella linea delle LSWR era sempre stata difficile, come ricordavo dai tempi dell'avventura di Silver Blaze nell'autunno '88, quando Holmes e io avevamo viaggiato fino Tavistock, sul bordo occidentale di Dartmoor. Invece quando eravamo andati a Totnes per il caso di Henry Baskerville, sul bordo sud-orientale di Dartmoor, nell'ottobre del 1889, avevamo usato la GWR, *Great Western Railway*, quella che chiamavano per scherzo la *God's Wondeful Railway*, la bella ferrovia di Dio, perché era molto più comoda. La linea in questione, più lunga, veniva da Paddington via Bristol: si incrociavano a Exeter e poi divergevano ancora, con la GWR che si allungava a sud e la LSWR che si tendeva verso il bordo settentrionale di Dartmoor.

Arrivammo a Exeter giusto prima delle 22:00, e fu allora che mi ricordai che Stapleton, il colpevole del caso Baskerville, aveva usato la LSWR nel portare il suo gigantesco segugio da Londra fino a casa sua, nella brughiera. La sua destinazione doveva essere stata la stessa che avevamo ora noi: Okehampton. Viveva nella zona meridionale della brughiera e perciò sperava che a Okehampton nessuno lo avrebbe riconosciuto, quando scese dal treno con l'animale. Aveva attraversato a piedi la brughiera senza esser visto e poi aveva tenuto il segugio nascosto in un isolotto nel bel mezzo della grande palude di Grimpen, salvo quando ne aveva bisogno per terrorizzare le sue vittime o azzannarle alla gola.

A Exeter non trovammo notizie. Da lì prendemmo una linea minore, quella del Nord Devon, diretti alla nostra destinazione finale. La luna era quasi a metà, e quando raggiungemmo Okehampton, illuminava la vasta massa di una collina che risaltava contro il cielo stellato come se fosse coperta di neve. Guardando sulla mappa vidi che era la collina di Cosdon Hill, e che sul suo margine meridionale era annotata la presenza di un Tor, i picchi rocciosi tipici di Dartmoor: un nome che mi balzò agli occhi, Hound Tor… il *Tor del segugio!* Di lì a quattro miglia c'era il piccolo villaggio di Throwleigh, dove Mary avrebbe dovuto dormire sana e salva a quell'ora. Era possibile che invece fosse da qualche parte, nella gelida solitudine della brughiera? Rabbrividii e involontariamente appoggiai le mani sulla stufetta.

— No, Watson. — Holmes irruppe nei miei pensieri. — Sono certo che Mary è al sicuro in qualche luogo, e non al freddo della brughiera che entrambi conosciamo così bene.

Non pensai affatto che Holmes mi avesse letto nel pensiero in qualche modo soprannaturale, perché mi conosceva abbastanza da capire quanto soffrivo e aveva associato la vista sulla brughiera con il mio riscaldarmi le mani, giungendo alla conclusione giusta.

La *London and South-Western Railway* era rinomata per la sua puntualità e piombammo alla stazione di Okehampton alle 11:02 della sera. Eravamo gli unici passeggeri sul marciapiede e presi la borsa di Holmes mentre lui raggiungeva velocemente la carrozza in coda e passava al buon capotreno una moneta, insieme alla stufetta e al cesto con le nostre fiasche vuote. A quell'ora mi sarei aspettato solo un impiegato sonnacchioso, ma vidi avvicinarsi quello che doveva per forza essere il capostazione, visti il suo soprabito e il berretto coi galloni d'oro.

— Buonasera, signori. Il mio nome è Moriarty, capostazione. Ho ricevuto un telegramma dal signor Stroudley a Waterloo, e ho l'ordine di fornirvi ogni aiuto possibile. Ho richiamato tutti i dipendenti, se avete domande da far loro.

— Mi chiamo Holmes, signor Moriarty — rispose il mio compagno. — E questo è il dottor Watson. Posso ringraziarla per la gentilezza e complimentarmi per la sua efficienza? Spero che non tratterremo a lungo lei e il suo personale. A proposito, è parente del famoso matematico, il professor James Moriarty?

— Ne ho l'onore, signor Holmes, anche se non mi sento con mio fratello da diverse decadi — disse lui, piuttosto cautamente mi sembrò. — Come posso aiutarvi?

Non avevo mai sentito Holmes fare quel nome prima d'allora, ma al momento ero più occupato a scrutare il piazzale fuori della stazione nella speranza di vedere una carrozza.

Ciononostante intervenni con decisione. — Prima di tutto, signor Moriarty, vorrei parlare con la signora Forrester. Si trova nella biglietteria?

— Temo di non conoscere questa signora, dottore, e certamente non è nella stazione.

— Ma era qui all'arrivo del treno delle 14:50 da Londra e deve aver chiesto di mia moglie, non avendola vista scendere. Mi ha anche assicurato che avrebbe controllato tutti i treni successivi.

— Mi spiace, dottore, ma sono stato in servizio tutto il giorno e le sole domande che ho sentito su sua moglie sono quelle che mi ha fatto il signor Stroudley per telegramma. Posso assicurarle che nessuno ha aspettato alla stazione i treni da Londra dopo quello delle 14:50. Non posso parlare per i treni prima, ma di sicuro non c'è nessuno in attesa *ora*.

— Temo ci sia un equivoco — protestai. — La signora Forrester mi ha telegrafato dall'ufficio postale di Okehampton verso le 15:00, informandomi che mia moglie non era arrivata. Come ho detto, doveva controllare tutti i treni successivi.

— Forse non ha atteso la sua risposta all'ufficio del telegrafo ed è tornata casa?

— No! — ribattei, sentendomi sempre più disperato. — Lo escludo nel modo più assoluto. Dobbiamo chiedere all'impiegato del telegrafo.

— Temo che sia molto difficile contattare chiunque dell'ufficio a quest'ora di notte — osservò Moriarty. — Vede, ci alziamo molto presto in campagna. Ma posso farvi accompagnare lì domattina.

— C'è qualche mezzo di trasporto per raggiungere la signora Forrester stanotte? — chiese Sherlock Holmes.

— Se non è lontano, sarò felice di accompagnarvi personalmente. La città è piuttosto piccola.

— È a Throwleigh, a circa otto miglia da qui. Ci vorrà una carrozza.

— Spiacente, signor Holmes, ma non c'è niente del genere disponibile a quest'ora. So che tutte e due le carrozze pubbliche sono fuori città a portare i contadini a casa dopo il giorno di mercato, e i cocchieri restano nelle fattorie a farsi qualche boccale di sidro prima di tornar qui domattina.

— Allora dobbiamo interrogare il suo personale prima di cercare una sistemazione per la notte — decise Holmes.

Moriarty scosse il capo. — Mi dispiace di nuovo, signore, ma nessuna locanda è libera la notte del mercato. Mia moglie vi ha preparato una sistemazione di fortuna alla stazione e un po' di stufato caldo.

— Basta così! — sbottai. — Me ne andrò a piedi a Throwleigh. Subito!

— Calma, Watson — interloquì il mio compagno. — Non sarebbe piacevole perdersi nella brughiera, e poi abbiamo da chiarire delle cose qui: sono sicuro che la risposta alle nostre domande è proprio a Okehampton.

— Questo vento porta pioggia e nevischio — aggiunse Moriarty preoccupato. — Non vorrei davvero che un passeggero sotto le mie cure fosse fuori nella brughiera in una notte così. Né il signor Stroudley né mia moglie mi perdonerebbero se qualcosa andasse storto.

Nella sala d'attesa un allegro fuocherello scoppiettava nel camino. Moriarty ci portò i membri del personale uno alla volta, e ciascuno confermò che nessuno aveva fatto domande su una signora che non era arrivata, nessuno aveva atteso con una carrozza tutto il pomeriggio fuori della stazione. Non erano in grado di riconoscere Mary dalla fotografia che mi ero portato, anche se il facchino capo specificò che c'erano stati un sacco di arrivi col treno delle 14:50 da Londra: sarebbe stato difficile notarla, specie per i facchini che avevano da scaricare i bagagli e i pacchi dei giornali dalla Capitale. Invece sui treni successivi c'erano stati pochi passeggeri ed era sicuro di non aver notato una signora così distinta tra di loro.

Anche se il personale non era certo riuscito a rassicurarmi, mi resi conto che i miei problemi avevano rovinato la serata a quella povera gente. Così diedi al capo facchino due ghinee da dividere con gli altri. Lui si schermì per un poco, ma di fronte alle mie insistenze mi ringraziò a nome dei suoi colleghi.

Moriarty ci chiese se servisse altro dal suo personale e Holmes gli rispose di lasciarlo andare: lui cortesemente ci abbandonò alle nostre confidenze e si raccomandò di chiamarlo quando fossimo stati pronti per mangiare.

— Sono certo che stanotte non dormirò — sospirai. — Avrei dovuto davvero camminare fino a Throwleigh e vedere cosa sta combinando la signora Forrester. Deve pur avere avuto una buona ragione per non aspettare gli altri treni come le avevo chiesto. Forse ha rintracciato Mary e ha pensato che noi avremmo trovato il modo di raggiungerla a Throwleigh.

— Temo che la sua ipotesi non regga — obiettò Holmes. — Se fosse stato come lei dice, la signora avrebbe sicuramente mandato la sua carrozza a prenderci. Ho bisogno di più elementi, ma sono sicuro che chiariremo tutto domani mattina, e ho buone speranze di una felice conclusione di questa storia. Ora chiamiamo i nostri ospiti, perché l'aria fredda della notte ha risvegliato il mio appetito.

La signora Moriarty ci fece accomodare al suo tavolo e ci servì dello stufato di maiale dall'aroma delizioso. Suo marito ci piazzò davanti due larghi boccali del sidro locale e ci informò che era stato preparato dalla sorella della moglie. Cercai di non offendere la cucina della signora Moriarty e mi sforzai di inghiottire qualcosa, mentre Holmes ci dava dentro con un vigore che gli avevo visto usare solo quando un'indagine stava per giungere a conclusione: questo mi procurò un po' di sollievo, ma non mi distolse del tutto dalle mie paure.

Ci diedero delle coperte e ci offrirono quattro grosse poltrone messe insieme a coppie, in modo da formare due comodi letti. Era passata mezzanotte quando Moriarty ci augurò la buonanotte e ci avvisò che c'era dell'altro sidro nella brocca, se ne volevamo ancora. Ci mettemmo subito giù ad ascoltare il vento che montava e lo scoppiettio delle braci nel focolare: la mia immaginazione suggeriva l'eco di un latrato lontano nel sibilo del vento sulla brughiera.

Sentii l'orologio nella sala d'attesa battere la una di notte e mi resi conto che la tensione mi aveva asciugato la gola: così mi riempii di nuovo la tazza di sidro. I miei nervi erano certamente tesi; avevo rimuginato troppo a lungo sulle mie memorie della leggenda del Segugio dei Baskerville e sul modo in cui il primo Hugo Baskerville si era trovato la gola azzannata dal cane fantasma. La mia scienza medica, tuttavia, suggeriva che quei pensieri erano probabilmente generati dalla pesantezza del maiale che avevo mangiato. C'è molta confusione nei miei ricordi riguardo a quella notte, ma la sola cosa di cui sono certo è che dovetti sottovalutare la potenza del sidro locale, perché in barba alla mia ansia non rammento di aver sentito battere le due: ero caduto profondamente addormentato.

Stavo sognando una muta di giganteschi segugi che mi davano la caccia per la brughiera: erano quasi in procinto di afferrarmi, e i loro latrati divennero assordanti quando il capo della muta si lanciò alla mia gola. Mi svegliai di botto nel sentire il fischio assordante della sirena di una locomotiva che rimbombava dal pendio dietro la stazione.

— È l'espresso delle 7:35 da Exeter — disse Holmes. — Si alzi, Watson, e mi aiuti a spazzar via questo enorme piatto di uova e bacon che la signora Moriarty ci ha preparato.

— Perché diamine mi ha lasciato dormire fino a quest'ora? — borbottai scostando le coperte. — Dobbiamo essere a Throwleigh appena trovata una carrozza!

— Ho sentito stamane che le carrozze pubbliche non saranno di ritorno fin verso le dieci: ma ho superato il problema, se non le pesa una piccola scomodità. Sono andato fino alla brughiera a guardare la strada che seguì il nostro amico Stapleton, e ho trovato il signor Dunthorne della fattoria di Moorgate: sarà qui alle otto per portarci fino a Throwleigh nel suo carretto.

— Viaggerei nel carro della nettezza urbana pur di arrivare prima a Throwleigh, Holmes. Penso che mi unirò a lei per la colazione, visto che ho certamente bisogno di un boccone per pacificare il mio stomaco. Se la sorella della signora Moriarty sta cercando un nome per il sidro che ha distillato, allora suggerirei qualcosa come *Assassino:* può davvero colpirti alla nuca senza preavviso!

Holmes mi prestò il suo *necessaire* da viaggio e quando alle otto il signor Dunthorne arrivò, ero pronto. Il suo cavallo doveva aver fatto il viaggio per Throwleigh innumerevoli volte e non facemmo in tempo ad avviarci che il nostro guidatore cadde addormentato. Il vento e la pioggia della notte avevano pulito l'aria e il sole spuntò sfolgorante appena girammo attorno ai contrafforti nord-orientali della Cosdon Hill. Passammo attraverso i villaggi di Sticklepath e South Zeal, e poco dopo mi convinsi che le due piccole prominenze che potevo scorgere in lontananza erano Hound Tor e Little Hound Tor. In qualche modo la luce del sole mi fece apparire la visione della brughiera meno minacciosa. Certo, c'era sempre l'enorme contrasto tra la landa incolta e selvaggia che si stendeva attorno a noi e le lussureggianti fattorie che contornavano il bordo della brughiera. Malgrado l'umore cupo sbottammo a ridere tutti e due quando il cavallo si bloccò d'istinto di fronte al *pub* di Sticklepath, svegliando così il signor Dunthorne, e ridemmo ancor di più quando lo stesso avvenne davanti al *pub* di South Zeal. Ecco un cavallo ben addestrato, e un vetturino dalle abitudini fisse...

Il carretto filava tranquillo nei campi illuminati dal sole del mattino, che sfolgorava sulla rugiada e sul verde brillante dei prati e delle siepi: il nastro bianco della strada si srotolava tra le dolci colline del Devon, incrociando ogni tanto piccole deviazioni per le casupole dei contadini, o qualche chiesa. Io e Holmes restammo in silenzio per tutto il viaggio, indifferenti a tanta bellezza, troppo presi dal terribile problema che dovevamo risolvere a ogni costo. Mi ponevo ancora le stesse domande del giorno precedente: dove era Mary? Cosa le era successo? Come rintracciarla? Certo, ora avevamo saputo che era effettivamente scesa alla stazione di Salisbury, ma cosa era accaduto a quel punto? In realtà, riflettevo amaramente, eravamo ancora al punto di partenza: come nella corsa della Regina Rossa di *Alice nel Paese delle Meraviglie*, più ci avvicinavamo alla soluzione, più essa ci sfuggiva. Mi scossi al pensiero che era completamente inutile stare a piangermi addosso. Ero in compagnia del più grande detective del mondo, che come me era tutto teso al raggiungimento del nostro obiettivo: non avremmo potuto fallire. Adesso, ragionavo, ci faremo dire da Elizabeth cosa è successo, faremo intervenire la polizia del posto, interrogheremo le persone che usualmente vivono attorno alla stazione: con l'appoggio di un influente membro della comunità locale le ricerche sarebbero state certamente molto facilitate. La mia ansietà, tuttavia, tornò a piombarmi addosso appena raggiungemmo il cartello che annunciava le prime case del ridente villaggio di Throwleigh.

— Faremo meglio a svegliare il nostro conducente — suggerì Holmes. — A meno che la signora Forrester non viva nel *pub* del villaggio!

Non avevo idea dove fosse *Moor View* – il villino della Forrester – ma Dunthorne ci aveva detto che conosceva la casa "della nuova signora" e saltò fuori che si trattava di una grande proprietà adiacente a un castello in rovina.

Holmes sembrò indovinare i miei pensieri, perché mi rivolse un incoraggiante sorriso mentre il carretto entrava nel piazzale di una splendida villa tudoriana. Il personale sembrava affaccendato a preparare la colazione ai padroni, e una cameriera assai stupita aprì la vetrata ai due ospiti così inopportunamente mattinieri. Col cappello in mano e una faccia di circostanza stavo chiedendo di porgere le mie scuse alla padrona di casa, e insieme la richiesta di ricevermi immediatamente, quando una voce che non avrei confusa con nessun'altra al mondo mi raggelò.

— John, caro! Che sorpresa! Ma cosa fai qui?

Mi voltai lentamente, con l'impressione di vivere in un sogno, e la mia Mary mi volò tra le braccia, radiosa come sempre.

6

La mattina stessa tornammo a Londra. Il sollievo per lo scampato pericolo e il piacere immenso di riabbracciare mia moglie, tanto più forte dopo l'orribile sensazione di averla persa per sempre, avevano dato luogo lentamente a una sensazione di spossatezza, e insieme di amarezza. Chi diavolo poteva essersi divertito a giocarmi un tiro del genere? Chi poteva avercela con me al punto da farmi morire d'ansia in questo modo?

Elizabeth, l'amica di Mary, era ovviamente caduta dalle nuvole: lei non aveva mai spedito alcun telegramma, né ricevuti da me. Quanto a Mary, pensava di scrivermi dopo qualche giorno, per darmi notizie, ma non aveva certo ritenuto opportuno farlo subito, come era d'altra parte normale. Dopo le prime sommarie spiegazioni, la padrona di casa decise immediatamente di chiarire la situazione. C'era aria di tempesta quando un'agitatissima cameriera corse via in un frullare di crinoline a cercare l'impettito maggiordomo. Lo aspettammo ancora nella sala della colazione, in piedi di fronte a una tavola Chippendale bandita di tutto punto.

— Parkins — chiese seccatissima Elizabeth dopo aver riassunto l'accaduto — spero che lei abbia una spiegazione da darmi. La gestione della posta è sotto la sua personale responsabilità, o sbaglio?

— Non sbaglia, signora.

— E come spiega questo intollerabile fatto?

L'uomo parve riflettere un attimo, corrugando la fronte. Poi scosse le spalle.

— Non è difficile spedire un telegramma a nome di un'altra persona, signora. Come sa, non occorrono documenti all'ufficio postale: qualcuno si sarà presentato spacciandosi per lei.

— Sia pure. Ma in quanto al telegramma del dottor Watson?

— Qui non è mai stato recapitato, signora. Il dottore dice che chi ha spedito il telegramma è rimasto lì ad attendere la sua risposta: l'impiegato glielo ha semplicemente dato.

— Mi sentiranno all'ufficio postale! — sbottò Elizabeth. — Caro John, come mi dispiace! Oso solo immaginare ciò che ha passato nelle ultime ventiquattr'ore, per non parlare delle condizioni in cui avete trascorso la notte. Comunque il minimo che possiamo fare, mio caro amico, è approfittare di questo intollerabile incidente per farle passare qualche giorno in campagna insieme a sua moglie e al signor Holmes. Parkins, sia così gentile da preparare le camere per i nostri nuovi ospiti.

Holmes non aveva proferito verbo da quando eravamo entrati nella casa, e aveva appena risposto al saluto di Mary. Se ne era stato in disparte, più pallido del solito, come se la cosa non lo riguardasse e lui stesse pensando ad altro: si riscosse tuttavia alle parole dell'amica di Mary e scrollò il capo sorridendo.

— Sono molto dolente, ma non è possibile, almeno per me. Come il mio amico Watson sa, ho una indagine importantissima in corso ed è cruciale che torni a Londra col primo treno utile.

— Almeno lei, però, si tratterrà con sua moglie, vero? Dopo una paura del genere avrete bisogno di stare un poco da soli, e Dartmoor è deliziosa in questa stagione. Il Devon è così bello in primavera e oggi è in programma una festa al villaggio…

Un milione di ragioni premevano per il sì: l'orribile sensazione di perdita che avevo provato, l'ansia, il sollievo, tutto ciò che avevo pensato il giorno prima, lo sguardo speranzoso di mia moglie. Ma il lampo negli occhi del mio amico mi fece corrugare la fronte: conoscevo molto bene quell'espressione. E sapevo benissimo che l'indagine di Holmes era già conclusa.

— Mi dispiace, Mary... e mi scusi anche lei, Elizabeth: apprezzo molto l'offerta e sono certo che in futuro Mary e io ne approfitteremo. Ma sono riuscito a stento a farmi sostituire per lo stretto necessario, e non posso abusare della pazienza del collega. No, parto anch'io.

— Tuttavia — aggiunse Holmes — è necessario che prima ci rechiamo all'ufficio postale: voglio capire chi fosse la donna che ha spedito il telegramma.

— Donna? — interloquii. — Credevo che ci fosse un uomo in questa storia, anche se non nel senso cui alludeva Lestrade!

— E a cosa alludeva l'ispettore Lestrade? — chiese Mary. — Credo che dovrò dirgli due paroline al mio ritorno!

— Suvvia, cara. Cercava solo di rendersi utile.

— Andiamo al punto se non vi dispiace — riprese Holmes. — Deve essere stata una donna a spedire il telegramma, o l'impiegato del telegrafo si sarebbe insospettito vedendo la firma. Dobbiamo recarci all'ufficio al più presto, anche se dubito che troveremo indizi seri: questa manipolazione è stata portata avanti in maniera egregia, purtroppo.

— Bene, allora andiamocene tutti e quattro giù a Okehampton — propose Elizabeth. — Manderò Josiah a preparare la carrozza, ma intanto potremmo ristorarci con un buon tè, durante il quale avrete agio di raccontarci tutto quello che è successo da quando Mary è arrivata qui ieri.

Il cartellino allo sportello del telegrafo segnalava che il nome dell'impiegato era John Barratt, e l'uomo aveva l'apparenza di un giovanotto brillante e capace. Quando ci avvicinammo al suo banco ci rivolse un gentile sorriso.

— Buongiorno, signore e signori. Come posso esservi utile?

— Eravate voi in servizio ieri, signor Barratt? — chiesi.

— Sì, signore. C'è stato forse qualche problema con un messaggio di ieri?

— Questo lo avete spedito voi? — domandai seccamente, allungandogli il telegramma che avevo ricevuto.

— Sì, signore. Un attimo, prego. — Barratt consultò velocemente il suo registro. — È stato trasmesso alle 3:00 del pomeriggio. Lei è il dottor Watson di Londra?

— Sono io. Avete idea di chi l'abbia spedito?

— Ebbene, non conosco personalmente quella signora, ma era una certa Elizabeth Forrester — rispose l'uomo. — Potrei aggiungere che mi pare di aver indovinato che venisse da Londra, signore, per via del suo accento.

— Dal canto mio non indovino mai — interloquì Holmes, dando un occhiata al modulo che avevo in mano — ma solo un londinese userebbe "Fumo" per indicare "Londra". È *cockney* puro, Watson: io e lei possiamo capirlo, ma la vera signora Forrester non avrebbe mai usato un vocabolo del genere.

— Barratt — incalzai. — La signora vi ha detto qualcosa dopo aver spedito il telegramma?

— Ha aspettato qui fino alla sua risposta, dottor Watson, alle... — L'impiegato si interruppe per cercare di nuovo sul suo registro. — Alle 15:40. Ha spedito un secondo telegramma, poi mi ha lasciato una buona mancia e ha detto che andava tutto bene. Dopodiché mi ha raccomandato di metterle da parte ogni ulteriore messaggio per lei, perché sarebbe ripassata oggi a vedere se le fosse arrivato qualcosa.

— Ed è passata, o ha mandato qualcuno?

— No, signori.

— Ci avrei scommesso — commentò Holmes con un sorriso soddisfatto.

— Ma lei non si è accorto che c'era qualcosa di strano in quei messaggi? — chiese Elizabeth.

— Siamo allenati a concentrarci sull'accuratezza della trascrizione — si difese il giovanotto — e non ci dobbiamo interessare al contenuto di ciò che trasmettiamo, a meno che non ci sia qualcosa di illegale o immorale.

— In realtà questo messaggio è entrambe le cose — osservai — ma è vero che voi non potevate accorgervene. Ci siete stato molto utile, signor Barratt, e vi ringraziamo per aver risolto almeno uno dei nostri problemi. — Gli diedi mezza corona e i dubbi dipinti sulla sua faccia sparirono immediatamente.

— Questa misteriosa donna non potrebbe essere un pericolo per Mary o Elizabeth? — sussurrai a Holmes.

— No, Watson — rispose il mio amico. — Sono certo che non si farà più vedere da queste parti. A quest'ora, anzi, sarà già a Londra.

Quando uscimmo dall'ufficio il mio amico aveva una faccia stranamente preoccupata. Non capivo il perché, ma non gli chiesi nulla. — E ora andiamo a prendere il treno. Facciamo una corsa fino alla stazione.

Il vetturino, Josiah, sembrava divertirsi un mondo alla piega tumultuosa che avevano preso gli avvenimenti quella mattina. Si lanciò in una corsa mozzafiato fino alla stazione, giù in paese, ma irrompemmo nel piazzale solo per vedere lo sbuffo di vapore uscire dal comignolo di un treno che spariva in direzione di Exeter. Holmes si precipitò nella biglietteria per riemergere subito dopo.

— Siamo fortunati. Abbiamo perso il rapido delle 11:29, ma ce n'è un altro alle 11:48 che raccoglie i viaggiatori per Londra dell'altro treno. Saremo a casa alle cinque di questo pomeriggio.

— Splendido — approvò Mary. — Almeno abbiamo il tempo di salutarci per bene.

— Per parte mia vi faccio i miei saluti ora — disse Holmes — e me ne vado al *buffet* della stazione a comprare un po' di viveri per il viaggio. Arrivederci, signore, e possa la vostra vacanza essere più tranquilla d'ora in poi.

Elizabeth si mostrò altrettanto diplomatica e sensibile di Holmes, visto che si ricordò di colpo che aveva da dare tutta una serie di commissioni a Josiah per la giornata, così urgenti da non poter aspettare il viaggio di ritorno, e si congedò velocemente. Mary e io fummo così lasciati soli per salutarci come si deve.

— Dicono che la lontananza colma i cuori di nostalgia — sussurrò Mary con un luccichio negli occhi. — Ma non mi aspettavo che avvertissi nostalgia di me dopo un solo giorno, John…

— Ti assicuro, mia cara, che se decidessi di starmene da solo ogni tanto, non vorrei mai più ripetere l'esperienza che ho passato l'altra notte — replicai, e il nostro bacio d'addio provò ciò che ciascuno dei due aveva scoperto sui suoi sentimenti per l'altro.

Il fischio di un treno mi sollecitò a correre al marciapiede della stazione, ma quel suono non aveva nulla in comune con l'ululato di un segugio che mi era sembrato di riconoscere nel fischio della mattina presto. Holmes e io ci infilammo nel nostro scompartimento: io rimasi in piedi al finestrino, e fu una bella visione quella che ebbi mentre il treno abbandonava la pensilina, con Mary ed Elizabeth che mi salutavano.

Il convoglio era vuoto in quella mattina sfolgorante: la campagna, lucida della pioggia dei giorni precedenti, risplendeva con i colori vividi della primavera inoltrata, e un senso di allegria e di forza sembrava sprigionare dai prati verdi, dai grandi alberi fronzuti, dalle messi che già si preparavano a fruttare. Il cielo, di un bell'azzurro pieno di luce, occhieggiava benigno alla natura esultante. Anch'io, pur scombussolato da tutto quanto era avvenuto e dai mutevoli stati d'animo che avevo vissuto in poche ore, non potevo restare indifferente a quello spettacolo, e lentamente un senso di benessere e sicurezza si insinuò in me. Sherlock Holmes, invece, sembrava bellamente indifferente allo spettacolo della natura che sfrecciava via veloce al di là del finestrino. In silenzio fissava il vuoto, con le punte delle lunghe dita unite in un gesto di grande concentrazione.

Certo, restava il fatto che ero stato ingannato, preso in giro e crudelmente beffato, senza sapere chi ringraziare per un tiro che mi era costato una pena infinita. Era certamente per questo, pensavo, che il mio amico era preoccupato: chiunque si fosse dato la pena di organizzare una cosa del genere era certamente interessato a farmi del male. Ma mi sembrava francamente che Holmes stesse esagerando, e che, al di là della rabbia per essere stato preso in giro, non potessi aspettarmi null'altra conseguenza da quella avventura. Così, reso pimpante dal buon esito del nostro viaggio, decisi di imitare i modi che tante volte avevo visto messi all'opera dal grande Sherlock Holmes.

— Cinquantacinque miglia all'ora — dissi tranquillamente, abbassando appena il giornale.

Holmes sembrò riscuotersi appena dallo stato di torpore in cui si trovava.

— Prego, Watson?

— La nostra velocità. Ho visto che ha in mano il cronometro, e so bene che con quello calcola quanti pali del telegrafo oltrepassiamo in cinque minuti. Dato che i pali sono piazzati a distanze fisse, non è difficile determinare la nostra velocità. Non è quello che stava facendo?

— Veramente no, Watson. Mi chiedevo semplicemente che ore sono e quanto ritardo abbiamo.

Rimasi un po' male al naufragio della mia bella deduzione, e bofonchiai la mia risposta con la pipa tra i denti.

— Ma perché ha tanta fretta? Ha insistito molto per non perdere il primo treno, con la scusa che deve continuare la sua indagine. Peccato che io sappia che è conclusa.

Sherlock Holmes sorrise alla stoccata: eppure non era l'Holmes che conoscevo, capace di una bella risata e una brillante conversazione quando un caso era chiuso. Per me era evidente che c'era qualcosa che lo preoccupava.

— È difficile nasconderle qualcosa di me, Watson. Ha ragione, e del resto non c'è motivo di non parlarne: abbiamo un bel po' di tempo da passare prima di arrivare, e forse pensare ad alta voce potrà essermi utile. Le sue osservazioni, amico mio, sono sempre molto stimolanti.

Per tutta risposta alla tirata, piegai il giornale e afferrai la pipa con aria battagliera, disponendomi ad ascoltare.

— Perché se la prende tanto, Holmes? È *a me* che hanno fatto questo dispetto, dopotutto.

— Ne è proprio sicuro?

— Che si tratti di un dispetto? Diamine! E come altro lo definirebbe, uno scherzo innocente? Se non avessi un cuore ben saldo, non so come sarebbe andata a finire.

— Quello che intendevo dire, amico mio, è se è sicuro che questo bel tiro fosse diretto a lei — ribatté il grande investigatore in tono paziente, scrutandomi con i suoi profondi occhi grigi.

— Non capisco...

— Se qualcuno avesse voluto tirarle un brutto scherzo, avrebbe avuto mille altri modi meno complicati per farlo. Ci pensi bene: organizzare una cosa del genere non è stato affatto semplice. Devono aver tenuto d'occhio sua moglie per giorni e probabilmente saputo da qualcuno che c'era un viaggio imminente, e per dove. Lei mi ha spesso detto che la vostra cameriera non è esattamente un mostro di intelligenza; non deve essere stato impossibile carpirle qualche informazione.

Aggiunsi al conto delle malefatte di Mary Jane questa accusa, succhiando con aria pensosa il cannello della pipa.

— Poi, naturalmente, c'è la donna che era all'ufficio postale, e che a quest'ora ha avuto tutto il tempo di tornare a Londra. E non basta: ci sono gli uomini che ci hanno seguito a Londra e che si sono assicurati che salissimo sul treno. Le chiedo perché.

Rimasi in silenzio, cercando di sforzarmi.

— In effetti è un po' troppo per uno scherzo, e insieme troppo poco. Con una organizzazione del genere avrebbero potuto farmi ben altro.

— Esatto, Watson, esatto! E allora è evidente che il loro

scopo non era giocarle un tiro, bensì allontanarla da Londra.

— Ma santo cielo, Holmes! Che interesse vuole che avesse, chiunque sia il misterioso organizzatore, ad allontanarmi da Londra? A meno che…

Mi interruppi a metà, folgorato da una idea. Holmes annuì vigorosamente.

— Proprio così, Watson. L'obiettivo non era allontanare lei, ma *me*. Sapevano benissimo che non l'avrei mai lasciata solo in una vicenda così personale, neppure se fossi stato sommerso da impegni: hanno semplicemente usato lei e sua moglie. Ah, una trappola ben congegnata, non c'è dubbio. Chiunque sia il criminale che abbiamo davanti, è una bella mente. Un degno avversario.

— E lei ha capito tutto questo in pochi secondi! Per questo è voluto tornare indietro appena possibile… stupefacente, Holmes.

— Al contrario: una deduzione banale, e soprattutto tardiva. D'altro canto, come avrei potuto immaginare? Questa cosa mi fa impazzire di rabbia, Watson: quell'uomo ha *previsto* le mie mosse, una per una. E ora non mi resta che cercare di capire cosa ha combinato approfittando del fatto che gli avevo lasciato campo libero. Sui giornali della sera che ho preso prima di salire non c'è assolutamente nulla. — Il mio amico accennò sconsolato alla pila dei giornali che aveva arraffato alla stazione, e che giaceva in un cumulo al suo fianco. — O meglio, piccole cose: qualche furto banale, un accoltellamento al porto… *routine.* No, Watson — aggiunse, riprendendo a guardare fuori del finestrino. — Se il nostro avversario ha predisposto una macchinazione così complessa per portarmi via da Londra per ventiquattro ore, doveva avere in mente qualcosa di molto più pericoloso. Qualcosa di diabolico.

— Suvvia! Non le pare di esagerare?

— Lei pensa? Eppure sento qualcosa di terribilmente malvagio che si agita nelle viscere di Londra, Watson. Lo sento da tempo: come un cuore che pulsa, un respiro animale che si agita nei bassifondi, nelle viuzze abitate da malfattori e prostitute. Indovino una presenza…

— Mio caro Holmes! Proprio lei mi viene a fare certi discorsi! Sembra di risentire quel povero Mortimer, si ricorda? Il medico condotto di Grimpen, tre anni fa...

— Lei si riferisce al caso di sir Henry Baskerville. Ha ragione, e tuttavia le assicuro che non mi sentirò tranquillo finché non saremo in città e non saprò cosa è accaduto nelle ultime ore.

7

Quando scendemmo a Waterloo, in effetti, la prima cosa che fece Holmes fu di precipitarsi dagli strilloni a procurarsi gli ultimi quotidiani freschi di stampa. Ma il suo sguardo deluso mentre montavamo su un *cab,* e la furia repressa con cui gettò via i giornali, mi dimostrarono che qualunque cosa fosse successa, non aveva ancora avuto l'onore delle cronache. Holmes si sporse in avanti e chiese al cocchiere di dirigersi a Scotland Yard.

— Quell'asino di Lestrade ci tornerà utile, almeno stavolta — borbottò di pessimo umore.

Ma anche quella strada doveva rivelarsi un fallimento. L'ispettore era indaffaratissimo, e si arrabattava ancora tra scatoloni e pratiche da trasferire in una confusione orripilante. Ci si rivolse con aria tra il distratto e l'irritato, e ascoltò appena ciò che gli dicevo a proposito di mia moglie.

— Mi fa piacere che la cosa si sia risolta, dottore. Un'altra volta controlli meglio, prima di mettere a soqquadro tutta Scotland Yard: abbiamo già abbastanza da fare senza perdere tempo con queste sciocchezze!

Ci volle tutta la mia calma, temprata dall'esperienza militare e dalla pratica clinica, per impedirmi di esplodere. Quanto a Holmes, sorrise innocentemente senza commentare.

— Perché, Lestrade, c'è stato molto movimento ultimamente?

— Oh, nulla di speciale. Qualche furto, qualche accoltellamento... niente che possa interessare un genio come lei. Tutta roba banale, quella con cui ci diamo da fare ogni santo giorno noi poliziotti *veri*, invece di gingillarci con acute deduzioni logiche.

— Mi fa piacere — replicò imperturbabile Holmes mentre si accendeva una sigaretta. — D'altronde, se non ci foste voi della polizia a sorvegliare la situazione, come potremmo noi bravi cittadini dormire sonni tranquilli? A proposito — aggiunse girandosi mentre eravamo sulla porta — l'assassino di Higrame Square, quello per il quale avete incarcerato tre persone fino ad ora, e su cui state impazzendo da tre mesi, è risolto. Il colpevole è la signora Belgrave.

— Cosa? Ma se quella è...

— La testimone principale, appunto: è lei che ha sviato la *vostra* inchiesta. Ho portato a termine le mie indagini ieri mattina e le avrei già comunicato le mie conclusioni se non avessi dovuto accompagnare Watson nella nostra piacevole scampagnata. Buona giornata, ispettore.

— Impudente bestione — commentavo poco dopo in poltrona, fissando il fuoco nel riposante salotto di Baker Street. Holmes, in piedi di fronte al caminetto, caricava con calma la sua lunga pipa di terra nera.

— Non se la prenda con lui, amico mio. In fondo non ha tutti i torti, e nella mandria di Scotland Yard è il bufalo meno pericoloso: con tutti i suoi limiti è almeno coraggioso e tenace, questo gli va riconosciuto. Il guaio è che Scotland Yard chiede "fatti", accusandomi di parlare di teorie; ciononostante non riesce a vedere i fatti che le capitano sotto gli occhi. E confonde le astruse teorie con la logica, facoltà, ahimè, ad essa del tutto preclusa. Veniamo a noi: nessuna novità sui giornali, niente che risulti alla polizia. Eppure so di avere ragione; non posso non averla.

— Forse il fatto criminale, qualunque esso sia, non è ancora stato scoperto...

Sherlock Holmes scosse il capo, mentre si accendeva la pipa con un tizzone preso dal camino.

— A loro occorreva che io non fossi a Londra da ieri pomeriggio a oggi, non se ne dimentichi. Un piano così preciso non può non essere stato calcolato su un tempo altrettanto preciso.

— E se mia moglie all'ultimo momento non fosse partita?

— L'avrebbero sequestrata, o qualcosa del genere: c'erano certamente piani di riserva e, temo, assai più spiacevoli per noi. Ah, Watson, quando avremo dipanato la nostra matassa dovrò riflettere su questo. Ho sempre considerato un rischio professionale essere vittima dei criminali, ma quando tale rischio si estende ai miei amici… chiunque sia il nostro avversario, va schiacciato con decisione, fosse solo per questo. Nessuno deve azzardarsi a toccare lei o Mary, o, se lo fa, deve sapere che la mia reazione sarà terribile. Toh! E che ci fa Lestrade adesso? Ci è quasi corso dietro!

Holmes, in piedi di fronte alla finestra, mi indicò Lestrade scendere da una carrozza della polizia e bussare in tutta fretta al nostro portone. Pochi minuti dopo un ispettore assai più dimesso di quando lo avevamo lasciato entrava nel nostro salotto.

— Buonasera. Sono venuto a ringraziarla, signor Holmes, per il caso di cui mi ha fornito la soluzione: c'è di mezzo il Viceministro, come sa, e avrei rischiato la carriera. E poi a scusarmi con tutti e due per il mio comportamento sgarbato: è che ero sotto pressione, anche se non è una giustificazione bastante.

Sherlock Holmes fece un piccolo cenno con la mano.

— Non è nulla, ispettore: sempre felice di aiutare un amico. Piuttosto, è proprio sicuro che non sia avvenuto niente di grave nelle ultime ventiquattr'ore? Qualcosa di inusuale?

Lestrade si strinse nelle spalle. — Gliel'ho già detto: piccole cose, borseggi, furti di appartamenti... Ah, già, c'è quel banale assassinio nella zona di Saffron Hill.

— Il quartiere italiano?

— Un nome che non amo affatto, signor Holmes, come quello di Little Italy: lo usano sui giornali per sottolineare i crimini della Mafia e di altre società segrete italiane, ma ci sono criminali di tutti i paesi in quella zona. Preferisco il nome che ha usato Gissing per il suo romanzo sui dintorni di Clerkenwell: *Il mondo di sotto,* l'inferno. Saffron Hill è in uno stato di cui dovremmo vergognarci tutti: non c'è da stupirsi se Dickens ci ha ambientato tante sue trame.

— Parola mia, Watson! Un poliziotto radicale! Che altro dovremo vedere?

— Cercavo solo di spiegarvi i cambiamenti in quella zona. Ho dovuto studiarli, per capire perché quella gente aderisca in massa ai movimenti rivoluzionari – soprattutto anarchici e socialisti – che sono così attivi nel quartiere.

— E a proposito dell'omicidio? — chiese Holmes.

— Nulla di strano: certamente è stato un delitto legato alla gelosia; sapete che tipi focosi sono gli italiani. L'unico dettaglio anomalo è che la vittima è stata rinvenuta nuda, probabilmente perché è stata colta in flagrante. Il corpo è stato scoperto in un vicolo vicino alla Chiesa di Saint James, e poi è stato portato al *Tench*. Che sia un italiano si vede dalla faccia, secondo l'agente che l'ha trovato.

— Portato dove? — interloquii.

— Al *Tench* — ripeté Lestrade. — È il nome che usiamo per la Casa di Detenzione del Middlesex, che una volta era una sorta di prigione per delitti minori. Adesso gli edifici sono stati occupati dalla nuova sede del Servizio Postale di Mount Pleasant, ma usiamo ancora uno dei vecchi locali come obitorio temporaneo. E sì, signor Holmes, so che ora dirà che è di importanza cruciale esaminare i corpi delle vittime dove sono stati trovati, ma sto combattendo una battaglia disperata per convincere i miei superiori della bontà dei suoi metodi: a loro interessa solo che i cittadini non siano spaventati dalla vista dei cadaveri per le strade ogni mattina.

Tacemmo un attimo, perso ognuno nei proprio pensieri. Poi negli occhi di Holmes si accese una luce che ben conoscevo: quella del trionfo.

— Signora Hudson! — sbraitò, aprendo la porta e spenzolandosi giù per scale. — Signora! Chi mi ha cercato da ieri pomeriggio?

La nostra buona governante si materializzò con un vassoio di panini imburrati e uno sguardo tranquillo.

— Prima una ragazza di una ventina d'anni, bionda, con lo sguardo spaventato.

— Dimessa ma dall'aria sfrontata e un terribile accento *cockney?*

— Sì, signor Holmes.

— La signora Belgrave, Watson, quella che ho appena denunciato a Lestrade. Di sicuro cercava di capire cosa avevo in mente. Lei non conta. Chi altro?

— Ecco, signore… c'è stato un altro visitatore, assai tardi, verso le nove… un individuo piuttosto bizzarro, per la verità. Non molto alto, bruno, con i baffi: sembrava giovane, ma aveva una brutta cicatrice che gli deturpava una guancia. Non credo proprio che fosse inglese. Era ben vestito, ma in un modo un po' stravagante per un gentiluomo… e la sua pronuncia, poi! A un certo punto ha bofonchiato qualcosa a proposito di un campione nascosto, e ha ripetuto il suo nome, signore. Gli ho spiegato che lei non c'era e non sapevo quando sarebbe tornato, e che se era così urgente poteva lasciare un biglietto da visita; ma lui ha scosso la testa e mi ha assicurato che preferiva ripassare questa mattina e, se necessario, ogni giorno. Però non l'ho ancora rivisto.

— Dannazione, Watson!! Ecco la ragione! Qualcuno che *non doveva* parlarmi… e non ha lasciato un biglietto: doveva essere qualcosa di molto particolare. E non è tornato... Venga, presto, non c'è un momento da perdere. Andiamo al *Tench,* Lestrade.

Con la carrozza a quattro ruote della polizia fummo a Clerkenwell in mezz'ora. Feci caso alle nuove, ampie strade che attraversavano la zona e chiesi a Lestrade se non le considerasse un segno di miglioramento sociale.

— Lei dimentica, dottore, che per fare spazio a queste strade e alla ferrovia sono state demolite le case dove vivevano sessantamila persone: ben poche di loro ne hanno trovata un'altra al di fuori di Clerkenwell. Non riesco davvero a capire come sono riusciti a ficcarsi dentro questi edifici che erano già sovraffollati per conto loro! Non c'è da stupirsi che questi posti siano diventati una calamita per quelli che vogliono buttare all'aria la società, specie da quando l'Inghilterra è diventata il rifugio di tutti gli esiliati politici d'Europa.

L'agente di turno alla camera mortuaria non ebbe nulla in contrario a farci entrare e a mostrarci i suoi "ultimi arrivi", come li chiamò con un umorismo che a me parve macabro. All'interno del gelido stanzone, sei cadaveri coperti pietosamente da un semplice lenzuolo giacevano su lettini di marmo, di quelli usati nelle sale anatomiche.

— Cerchiamo un uomo, Murray. Uno con dei baffi e una cicatrice sulla guancia.

— Allora ce l'ho, ispettore: è quello lì. La sua vecchia stanza è sempre pronta, nel caso che le gambe le tremino troppo, dopo. È stato un delitto feroce, vedete?

Lo era stato, in effetti. Un colpo violentissimo alla nuca, inflitto probabilmente con un tubo di piombo: quanto bastava per sfracellare il cranio di quel poveretto.

Holmes sfoderò la sua lente d'ingrandimento ed esaminò meticolosamente il cadavere, in particolare il collo e la schiena.

— Come vede, signor Holmes — commentò Lestrade — non c'è niente di straordinario. Un colpo violento da dietro: evidentemente l'hanno aggredito mentre fuggiva nudo, dopo essere stato colto sul fatto.

— Curioso — fece Holmes asciutto. — Il sangue deve essere sprizzato come una fontana, e infatti il collo ne è pieno: fino a questa riga orizzontale. Da lì in poi nemmeno una goccia. Non le pare strano, Lestrade?

— Forse la posizione…

— Macchè posizione. Era vestito quando l'hanno colpito; è stato spogliato dopo.

— A che punto siamo ridotti — borbottò Murray allargando le braccia. — È la prima volta che vedo qualcosa del genere. Qualche volta, quando uccidono per rubare, oltre che il portafogli portano via la giacca, il cappotto… ma tutti gli indumenti, caspita! E oltretutto sporchi di sangue. D'altra parte, è pur vero che se c'è un posto malfamato a Londra – e Dio sa che ce ne sono – è proprio Field Lane, il vicolo dove hanno ritrovato il corpo. Questo poveraccio avrebbe fatto meglio a starne alla larga da lì.

— Il medico legale ha stabilito l'ora della morte, Lestrade?

— Tra le dieci di sera e mezzanotte.

— Grazie. Possiamo tornarcene a casa, direi. Watson, visto che sua moglie è fuori, vuole fermarsi a cena da me? Sono certo che la signora Hudson ci ammannirà qualcuno dei suoi famosi manicaretti. Naturalmente anche lei, Lestrade, se le fa piacere.

I manicaretti della nostra governante erano ben povera cosa, come sapevamo entrambi, ma la prospettiva di una chiacchierata con un amico mi sorrideva assai più che non una serata da solo in casa mia, e accettai volentieri.

— Che cosa ne deduce, Watson? — mi chiese Holmes non appena ci trovammo nel nostro salottino.

— È evidente che lei aveva ragione — risposi. — Lo hanno

assassinato perché non parlasse con lei, e sono stati così abili da distruggere i suoi indumenti, le sue carte, tutto. E ora, purtroppo, non possiamo fare più niente.

Holmes allungò con aria soddisfatta le gambe verso il fuoco, mentre mi minacciava col dito sorridendo.

— *Tut tut,* mio caro Watson. Adesso non disperiamoci eccessivamente. È vero che la loro è una buona mossa, ma confido di risalire presto al nome del nostro ex sottufficiale di Marina italiano, anche se era appena arrivato in Inghilterra. E una volta rintracciata la pensione in cui ha preso alloggio a Saffron Hill…

— Ma Holmes! — esclamai.

— …Chiederemo alla governante, che è una vera arpìa…

— Holmes, la prego! — protestò Lestrade. — Quell'uomo non aveva uno straccio di foglio addosso! Neppure un indumento da cui trarre le sue deduzioni!

— Però esibiva un bel tatuaggio sull'avambraccio, ispettore, quello con la piccola ancora, la corona e le lettere *RMI.* Sono appena stato a Oxford ad aggiornare la mia monografia sui tatuaggi, ma questo era già incluso nella prima edizione: se non ne ha una copia, Lestrade, sarò lieto di fornirgliene una.

— Che significa, Holmes? — chiese il poliziotto con tono di scusa.

— È il simbolo della Regia Marina Italiana: la corona indica che era un ufficiale o un sottoufficiale. E quando un uomo si fa tatuare un'ancora del genere, è ben difficile che sia un figlio di Albione. No: marinaio di nazionalità italiana. Un vero caratteraccio.

— E perché?

— Intanto perché è un marinaio italiano, appunto. E poi si ricordi la cicatrice sulla faccia, che parla di duelli. Che non fosse più in servizio, me lo hanno suggerito il suo colorito e la lunghezza dei suoi capelli: era lontano dal mare da ormai molto tempo. E anche le mani: quelle di un uomo non più aduso né al mare né alle gomene, ma a scrivere. C'erano piccoli calli sui polpastrelli, tipici dei segretari; credo che il suo padrone gli dettasse molte lettere. Quindi non poteva essere stato un ufficiale, che non avrebbe avuto bisogno di lavorare: un sottufficiale, appunto. Ora, un italiano che parla con difficoltà l'inglese, come ci ha detto la signora Hudson, non è evidentemente residente in Inghilterra, ma deve – altrettanto evidentemente – essere arrivato da poco, o avrebbe imparato la lingua. La sua premura nel dire che sarebbe venuto a cercarmi ogni giorno mi fa supporre che fosse appena sbarcato dall'Italia e sia venuto immediatamente.

— Quindi basterà recarsi all'ambasciata italiana e chiedere di qualcuno arrivato recentemente…

Sherlock Holmes scosse il capo, inspirando una boccata di fumo.

— Ora non esageriamo con la fortuna, ispettore. Ragioniamo: qualcuno sapeva che l'uomo stava per contattarmi. Mi hanno allontanato e hanno piantonato Baker Street: quando si è presentato, l'hanno seguito e ucciso. Certamente controllavano anche l'ambasciata: se è arrivato qui vivo, è segno che non è passato dalla legazione.

— Ma come fa a sapere che aveva preso alloggio a Saffron Hill?

— Bene, è stato ucciso proprio lì vicino, e quello è il quartiere italiano: lo hanno certamente seguito da Baker Street fino a lì. Bisognerà domandare in giro, tra le tante pensioni del quartiere: arrivato da poco dall'Italia, con una cicatrice, ben vestito. E prima che me lo chieda, so che la governante è una arpia perché lo sono tutte in quei posti. Il che, tutto sommato, potrebbe anche tornarci comodo.

— Potrei accompagnarla, signor Holmes? — chiese Lestrade, in tono quasi supplichevole.

— Solo per evitare i fastidi del trasloco?!

— No, signor Holmes, non è per il trasloco. Ho un interesse

speciale per Saffron Hill, e ho contatti che potrebbero essere utili. Vede, in realtà sono nato lì, in quello che ora si chiama Frying Pan Alley. C'era sempre uno scolo di rifiuti nel mio vicolo, e nessuno, men che meno le autorità, pensava che ci fosse qualcosa di male in questo. L'entrata al vicolo dalla strada principale era larga meno di un metro, e mi ricordo ancora il giorno in cui mia madre morì, quando dovemmo girare la sua bara di lato per farcela passare. Riuscii a scappare da Saffron Hill arruolandomi nella polizia e poi studiando continuamente, fino a essere promosso ispettore: e anche così mi sono trovato in una specie di limbo, né nella classe dei lavoratori né nel ceto medio.

Lestrade terminò il suo sfogo guardando fisso nel fuoco.

— Bene, allora — concluse Holmes alzandosi. — Domani i Tre Moschettieri si troveranno a colazione alle dieci, e poi si immergeranno in questo suo "mondo sotterraneo", Lestrade.

Mentre parlava Holmes aveva acceso una lampada a petrolio e l'aveva appoggiata vicino alla finestra. Conoscevo la ragione: quello era un segnale per gli Irregolari di Baker Street, il gruppo di ragazzini assoldati da Holmes per essere i suoi occhi e le sue orecchie in giro per la grande città.

— Più tardi darò istruzioni a Wiggins, e certamente gli Irregolari ci troveranno l'indirizzo giusto in cui andare a cercare qualche traccia di quel poveretto. Ma questo, miei cari colleghi, è il lavoro di domani. Quello che ci aspetta adesso, a Dio piacendo, consiste nel vuotare i piatti fumanti che la signora Hudson sta per servirci – sento i suoi passi sulle scale — e stappare le bottiglie di vino che le ho chiesto di portare per festeggiare lo scampato pericolo. La sua vecchia stanza è sempre pronta, Watson, nel caso che dopo le gambe le tremino troppo per tornare a dormire a casa sua.

8

Non dovemmo aspettare a lungo, la mattina successiva, per avere notizie degli Irregolari. Holmes aveva passato la notte dedicandosi a un complesso esperimento chimico, "dalla straordinaria importanza in medicina legale" – per usare le sue parole – e dalla straordinaria capacità di riempire il salotto di vapori tossici, secondo il mio modesto parere; dopodiché era uscito, dicendo alla signora Hudson che sarebbe stato di ritorno per le dieci. Quanto a me, dopo essermi alzato avevo tentato di leggere l'ultimo numero del *Lancet* in santa pace, ma devo confessare che i miei pensieri avevano invece vagato in totale libertà: troppi ricordi in quelle stanze in cui l'amicizia con il grande investigatore era nata e si era sviluppata, troppe cose su cui riflettere. Bastava guardarmi attorno perché ogni oggetto mi ricordasse un'avventura, un caso, delle persone e delle sofferenze. E così poco tempo era passato da quando avevo lasciato Baker Street per sposarmi!

Non erano ancora le dieci quando captai uno strepitìo sospetto provenire dalla strada. Scesi a vedere e mi imbattei nella signora Hudson, fuori sul marciapiedi, che agitava una scopa per tentare di tenere una dozzina di monelli in riga e ragionevolmente quieti. Potevano essere solo i membri della forza speciale di Holmes, gli Irregolari di Baker Street di cui si serviva per arrivare dove lui non poteva arrivare.

Appena mi videro la fila si trasformò in un cerchio intorno

a me, con tutti quei ragazzini che cercavano di stringermi la mano e gridavano: — 'Giorno, Doc! Dov'è il signor Holmes?

— Arriverà alle dieci, figlioli.

— Non so proprio come farò a tenere indietro questi manigoldi fino ad allora — brontolò la nostra governante. — Tutto questo baccano di domenica mattina! I vicini protesteranno…

Promisi agli Irregolari due penny per ciascuno, oltre alla paga che gli avrebbe dato Holmes, se se ne fossero stati buoni a sedere sui gradini del 221b finché non fosse tornato il mio amico. Quelli presero possesso delle loro nuove posizioni con la stessa disciplina con cui l'avrebbero fatto i veterani del mio vecchio reggimento, il 5° Fucilieri del Northumberland, se avessero promesso loro una razione extra di birra.

Non feci in tempo a tornarmene in salotto che arrivò Lestrade. Subito dopo ci fu una specie di tumulto là fuori, che fu subito sedato da Holmes grazie al suo tono imperioso. Contai i tonfi sulle scale mentre lui le faceva di corsa, tre scalini alla volta, e mi sembrò che ci fosse una lieve eco a ogni tonfo. Holmes spalancò la porta del salotto seguito da Wiggins, il più grande degli Irregolari e il loro portavoce ufficiale ammesso in casa, con il berretto sudicio in mano e un sorriso accattivante sul volto simpatico.

— Watson, per una buona volta lei la deve smettere di viziare la mia banda di teppistelli: pare che ora gli debba altri due pence per uno, oltre allo scellino che gli ho già dato. Oh, buongiorno, ispettore — disse Holmes girandosi e vedendo il rappresentante della legge seduto in poltrona. — Lei conosce Wiggins, naturalmente.

— Certo, signor Holmes. Il giovane Wiggins mi è capitato davanti in varie occasioni, ma ha sempre trovato buone scuse per qualunque cosa avesse fatto o stesse facendo.

Wiggins sogghignò: — E sempre tutte ragioni vere, ispettore!

— Ho chiesto a Wiggins di portare una dozzina di monelli

stamattina e li ho assegnati a zone diverse di Clerkenwell, per cercare tracce del nostro amico italiano appena deceduto. Poi sono andato a cercare un giovanotto che ho aiutato una volta, uno scritturale che lavora all'ambasciata italiana, ma non ha potuto aiutarmi. E ora spero che Wiggins abbia buone notizie per noi. Forza, Wiggins.

Il ragazzo si piazzò di fronte al fuoco, allungò le gambe e infilò i pollici nelle asole del suo soprabito.

— I miei agenti — attaccò con aria di importanza — hanno avuto successo. Il giovane Ginger ha fatto centro e mi sono preso la libertà di promettergli sei pence extra, signor Holmes, a titolo di gratifica.

— Questo caso sarà la mia rovina — sorrise l'investigatore. — La somma è concessa. Procedi.

— Ginger ha scoperto che il gentiluomo è arrivato alla locanda *One Tun,* proprio dove Farringdon Street incontra Turnmill Street, lungo la stazione di Farringdon — relazionò Wiggins.

— La conosco bene — commentò Lestrade. — Un sottoscala con una padrona volgare, la signora Burgess, che non è tanto schizzinosa da non stare in quel postaccio. È il pub che Charles Dickens rese famoso in *Oliver Twist* col falso nome di *Three Cripples,* dove Fagin e Bill Sykes si incontrano: ed è pieno di gente come Fagin e Sykes in quei posti.

— Beh — continuò Wiggins — Ginger non mi ha detto di aver trovato lì quei Fagin e Sykes, ma il ragazzo che ci lavora si è ricordato del gentiluomo per via della cicatrice sulla guancia. Temo che Ginger abbia offerto al ragazzo due pence per l'informazione, signor Holmes.

— Povero me, Watson, il lavoro del detective è diventato davvero dispendioso! Va bene, Wiggins, avanti.

— Ecco, signor Holmes... il ragazzo dice che era al bar quando questo italiano ha firmato il registro sotto il nome di Rossi, venerdì sera. Non aveva moneta inglese con sé, perciò la signora Burgess ha trattenuto il suo bagaglio come cauzione per la stanza finché lui non fosse uscito a rimediare un po' di soldi. Dice che il tipo è andato, ma non è più tornato.

— Che ore erano? — chiese Holmes.

— Più o meno le sei.

— Ottimo lavoro, ragazzo mio. — Gli occhi di Holmes scintillarono. — Noterete, signori, che è stato appena dopo che siamo stati spediti a Dartmoor. Il fatto che quest'uomo non abbia cambiato subito il suo denaro al porto, dove avrebbe potuto farlo facilmente, dimostra che era di fretta. Eppure non può essere venuto direttamente qui dalla dogana o dalla locanda: ci avrebbe messo tre ore. Mi chiedo che ha fatto nel frattempo...

— Le banche erano chiuse a quell'ora, quindi avrà perso tempo a cambiare il denaro — ipotizzò Lestrade. — Forse ha cercato di cambiarlo in qualche negozio gestito da italiani: mandano regolarmente soldi in Italia, e un po' di valuta in lire è molto utile per loro.

— Potrebbe avere ragione — ammise Holmes — ma ho il sospetto che il nostro amico avesse un appuntamento, forse proprio nella zona di Clerkenwell. C'è altro, Wiggins?

— No, signore, a parte la questione del conto, signore. Fanno sedici scellini e undici pence, signore.

Lestrade scosse il capo. — È un peccato che tu non abbia esteso la tua educazione in altri campi oltre l'aritmetica, giovane Wiggins.

— Ecco qui, figliolo. Riferisci ai ragazzi che sono molto soddisfatto. Sono diciassette scellini: considera il penny in più come incoraggiamento per controllare in futuro la stravaganza dei tuoi agenti. E dì loro di restarsene quieti quando se ne vanno, o avrò altre lagnanze dalla signora Hudson.

In tutta Londra non c'era una faccia più soddisfatta di quella di Wiggins: non era solo una questione di denaro, perché l'essere al servizio di Holmes era per gli Irregolari un riconoscimento sociale, un sentirsi davvero utili a qualcuno. Riempiendoli di lodi e assegnando loro un compito preciso, il mio amico aveva dato ai quei monelli un aiuto ben maggiore di quanto egli stesso volesse ammettere.

— Grazie, signore — fece Wiggins e poi si precipitò giù per le scale come una valanga. Prima che potessimo ricominciare a parlare, fuori scoppiò un fragoroso *evviva!* Potemmo sentire Wiggins che urlava di stare zitti, dopodiché seguì un coro di fischi, urla, strepiti e lazzi, via via che i monelli si disperdevano.

— Penso che la nostra prossima mossa sárà affrontare la colazione che la signora Hudson sta portando su per le scale — ridacchiò il mio amico. — Subito dopo raggiungeremo la famosa locanda *One Tun* a Clerkenwell. Ho l'impressione che laggiù troveremo pane per i nostri denti.

9

Camminammo giù per Baker Street fino alla stazione della metropolitana e discendemmo in quel particolare tipo di "mondo sotterraneo" che le ferrovie avevano creato. Quando il treno emerse dal sottosuolo dopo King's Cross, mi resi conto che le poche parole di Lestrade sui "miglioramenti sociali" mi avevano dato una prospettiva nuova e totalmente diversa a proposito della profonda trincea in cui correva il nostro convoglio: non la vedevo più come un capolavoro ingegneristico, ma come qualcosa che aveva privato migliaia di persone della loro casa. Scendemmo alla stazione di Farringdon e di lì girammo a sinistra per seguire Farringdon Street verso settentrione. A destra c'erano i vecchi edifici che ora facevano da confine ai ghetti sovraffollati, ma sulla nostra sinistra c'era solo l'alto muro della linea ferroviaria, dove una volta torreggiavano le case.

Il *One Tun* aveva inevitabilmente un grande bancone da birra del vecchio tipo conosciuto, appunto, come "Tun". Sembrava che l'edificio non fosse mai stato pulito o reintonacato dal giorno della sua apertura, che era avvenuta, secondo una scritta incisa sul muro, nel 1759. Il marciapiede quasi inesistente faceva sì che tutto il fango della strada venisse schizzato dal traffico contro l'ingresso del pub. Nessuna luce filtrava dalle imposte chiuse, e anzi diverse di loro erano state inchiodate con assi dopo essersi rotte anni prima. Un rivolo di letame scorreva dal cortile sul retro dello stabile, dove erano stati lasciati dei carri i cui guidatori consumavano la birra che avevano appena scaricato.

— Entro prima io, mi conoscono qui — disse Lestrade.

Entrò, e prima che Holmes od io avessimo avuto il tempo di seguirlo, fummo spintonati da svariati tipacci poco rassicuranti che schizzarono fuori velocissimi. Sembrava che Lestrade fosse davvero ben conosciuto, dopotutto!

La grassona che era evidentemente la signora Burgess occupava un'enorme poltrona di fronte al bancone, fumando una pipa di gesso e dando la netta impressione che fosse lì dai tempi di Dickens.

— E voi cosa volete, ispettore? — gracchiò a mo' di benvenuto. — Chi sono gli elegantoni che avete al seguito?

— È un ottimo tabacco quello che state fumando, signora Burgess — disse Holmes tirando fuori la pipa dalla tasca. — Mi chiedo se posso averne una carica.

— Sei pence una carica — rispose la signora, sapendo benissimo che quella somma sarebbe bastata per un'intera oncia di ottimo tabacco. — E voi come sapete il mio nome?

Holmes cominciò a riempirsi la pipa dalla disgustosa tabacchiera della donna. — Il signor Lestrade sta conducendo il mio amico e me in un itinerario dei posti famosi della zona. Così, mi ha parlato di voi e del vostro rapporto con Charles Dickens...

— Già, me lo ricordo cercarmi qui quando ero una bella pollastrella — ribatté lei in tono allusivo. — E mi ricordo di mio padre che si lamentava che quello prendeva appunti e parlava tutto il tempo, invece di pagare la birra.

— Oh, sì — assentì Holmes velocemente. — Tre pinte della migliore, prego.

La signora Burgess fece un cenno a un ometto dietro il bancone. Costui cominciò a versare la birra in tre sudici boccali.

— Sono venuto a vedervi, signora Burgess — attaccò

finalmente Lestrade — a proposito di un giovanotto di nome Rossi che ha fissato una stanza qui due notti fa.

— No. Non abbiamo nessuno con quel nome da noi.

— Lo so che non l'avete: ma ha fissato qui, e ha lasciato il bagaglio per deposito.

La donna distolse lo sguardo da quello di Lestrade e seppi che aveva capito che qualcuno aveva imbeccato l'ispettore.

— Oh, *quello!* — sbottò. — Non mi ricordo il suo nome. Sì, ha fissato qui, ma se n'è andato subito e non è mica tornato. Ho lasciato la stanza fissata e non l'abbiamo più visto. È stato solo a mezzanotte che ho saputo che avevano trovato un morto che poteva essere lui, nella strada dietro Saint James.

— E dove l'avete sentita questa? — incalzò Lestrade.

— Me l'hanno detto due dei vostri piedidolci. Erano venuti a farsi lo Speciale dello Sbirro mentre tornavano alla stazione di polizia per smontare.

— Che diavolo è lo Speciale dello Sbirro? — domandai.

— Una pinta di birra amara con un po' di gin aggiunto sopra, dottore — rispose Lestrade. — La birra è per la sete, il gin per scaldarsi dopo una notte dura. Allora, madama: dove si trova il bagaglio?

— Un amico del gentiluomo italiano è venuto a prenderselo ieri mattina.

— Ma sul serio? — fece Lestrade, enfatizzando il tono sarcastico. — E voi, naturalmente, non ci avete dato un'occhiata prima di consegnarlo, vero?

— Be', giusto una sbirciatina per vedere se c'era un indirizzo, così magari lo mandavo alla famiglia.

— E c'era, l'indirizzo?

— No — rispose la signora Burgess. — Comunque il suo amico è venuto a prenderlo, quindi fa lo stesso.

— E voi avete restituito il bagaglio di buon cuore, senza chiedere ricompense, no? Come ogni onesto cittadino?

— E va bene! Quel signore mi ha offerto una sovrana, perché

ha detto che quella roba aveva un valore sentimentale per la madre del morto.

— Potete descriverci questo generoso gentiluomo?

— Mi dispiace, proprio no. I miei poveri occhi non funzionano bene in questi giorni, proprio no.

— Già — mugugnò Lestrade. — Lo vedo dal sudiciume dei vostri boccali. — Poi, come se ci avesse ripensato, aggiunse: — E non avete mica tolto qualcosa dal bagaglio prima di restituirlo, così per caso?

— E va bene, sì che l'ho fatto. Ma è stato prima di sapere che mi avrebbero dato qualcosa per il bagaglio, e quando l'ho saputo era troppo imbarazzante ammettere che la roba non era completa. E poi i vestiti di seta nella sacca valevano un sacco più di una sovrana.

— Dubito altamente che siate mai stata imbarazzata in vita vostra, madama Burgess — sogghignò Lestrade. — Avanti! Fateci vedere quello che vi siete preso.

— Ma è solo un vecchio libro — si lagnò la grassona con voce lamentosa.

— Come amante dei libri, posso intervenire? — disse Holmes. — Lasciatemi dare un'occhiata al volume e vi darò un prezzo giusto, signora Burgess: se poi suggerirà qualche pista utile all'ispettore, allora ve lo regalerò. Può andar bene?

La Burgess fece segno all'omuncolo dietro il bancone e lui portò un oggetto avvolto in un fazzoletto di seta, passandolo a Holmes. Era un libro in formato tascabile, con una bella copertina in pelle.

— Una antica edizione dei *Sonetti* di Francesco Petrarca — disse il mio amico dopo averlo aperto.

— Ah! — si illuminò l'ispettore. — Il padre dell'Umanesimo,

— Lei non cessa di stupirmi, Lestrade — dichiarò Holmes con genuina ammirazione.

— Be', quanto vale? — sbottò la donna. — Lo so che sembra

molto vecchio, ma l'apparenza inganna. Deve valere almeno una sovrana — sentenziò senza molta convinzione.

— Che ne direste di *due* sovrane? — rilanciò Sherlock Holmes.

— Andato! — esclamò la padrona. — Però il fazzoletto è mio: se volete tenervelo per preservare il libro pulito, be', è un altro scellino.

Holmes ed io ridemmo forte alla sfacciataggine della signora Burgess, e il mio amico ricompensò la sua uscita lanciandole al volo uno scellino. Notai che i suoi "poveri occhi" non le impedirono di afferrare la moneta nella penombra della locanda.

— Adesso siamo costretti a rinunciare al piacere della vostra compagnia, milady: abbiamo altri luoghi celebri da visitare...

— Ma non avete toccato le birre e neppure assaggiato il mio tabacco!

— Ahimè, cara signora, dobbiamo trascurare questi piaceri per preservare il nostro amore per la letteratura — rispose Holmes, e infilò l'uscita.

— Nonché per salvarci la digestione — puntualizzai con un sussurro. Quando raggiunsi la porta mi guardai indietro e vidi la signora Burgess afferrare uno dei nostri boccali coperti di grasso e schiaffeggiare la mano dell'omuncolo dietro il bancone che cercava di afferrarne un altro.

Fuori, Holmes stava svuotando la pipa dal tabacco maleodorante della donna. — Può indicarci un posto dove rimediare un boccone decente, Lestrade? — chiese.

— Proprio a cinque minuti — rispose l'ispettore. — Dove Farringdon Street cambia nome in Turnmill Street.

Dopo un centinaio di metri girammo a destra in una deliziosa piazzetta chiamata Clerkenwell Green, anche se dovevano essere passati molti anni da quando lì c'era stata un po' d'erba. Ci dirigemmo a uno dei pub sulla piazza, la *Taverna della Corona,* e trovammo l'interno pulito e gradevole. Nessuno scappò alla vista di Lestrade; anzi, parecchi avventori gli indirizzarono gesti amichevoli.

— Buongiorno, ispettore — salutò l'oste. — Il solito per voi, sono sicuro: e cosa porto agli altri signori?

— Lo stesso del signor Lestrade — disse Holmes, e anch'io annuii.

— Ebbene, Lestrade, a quanto pare siete il benvenuto — commentò Holmes.

— Ho risolto alcuni problemi quando il signor Jordan venne qui, una decina d'anni fa — rivelò l'ispettore. — Alcuni degli abitanti più ruspanti ebbero da eccepire sul fatto che Jordan incoraggiava un diverso tipo di clientela. Offriva una grande stanza al piano di sopra per le riunioni della *Federazione Socialista Democratica*. Vista l'assenza di erba qua fuori, qualcuno suggerì che la piazza dovesse essere rinominata Clerkenwell Red!

Il padrone appoggiò tre boccali di birra schiumante sul tavolo che occupavamo in un angolo della taverna. Offrii di pagare, ma l'oste disse che ogni amico del signor Lestrade aveva diritto a una prima bevuta gratis.

— Ora, signor Jordan — osservò Lestrade — conoscete le mie idee sui poliziotti che accettano bevute gratis. E, debbo aggiungere, come la mettiamo con la famosa massima: "da ciascuno secondo le sue possibilità"?

— Mi avete proprio fregato! — ribatté Jordan, accettando con una risata la sua sconfitta e le mie monete.

— Questa poi! — ridacchiò Holmes. — Prima la familiarità con Petrarca, e adesso una citazione da *Herr* Marx ed *Herr* Engels. E come se non bastasse, c'è persino un oste che la capisce al volo!

— Be', qui ci sono state rappresentanze di molti gruppi radicali — spiegò l'ispettore. — Forse non sapete che fu da questa piazza che partì il corteo finito con la maledetta "Domenica di sangue", gli incidenti di Trafalgar Square nell'87. Diecimila manifestanti si batterono con duemila poliziotti e quattrocento soldati, e finì con due morti e più di cento feriti. Fu tutta colpa del Commissario Capo Sir Charles Warren: ha fatto peggio che nell'88, ai tempi di Jack lo Squartatore, anche se fu lì che lo costrinsero alle dimissioni. Che fiasco fu quello!

— C'eravate anche voi? — domandai.

Lestrade scosse il capo. — Sì, purtroppo. Pensavo di essermi arruolato in polizia per proteggere i diritti dei cittadini, ma cambiai idea ancor prima di quella storia. Fui assegnato al caso della Sedizione ancora nell'86. La *Federazione Socialista Democratica* intervenne a un incontro dei Conservatori a Trafalgar Square. Alcuni dei peggiori elementi della folla ne approfittarono come scusa per sfasciare le vetrine dei negozi e saccheggiarli, e così sia il Governo che Sua Maestà chiesero che quei manigoldi fossero puniti come esempio per quelli che minacciano la proprietà. Due sindacalisti, Joe Burns e Jack Williams, e i due capi della *Federazione,* Hyndmann e Champion, furono accusati di incitamento alla sedizione. Il processo fu una farsa, ma diede agli accusati l'occasione di illustrare i loro principii socialisti. Per una volta la giustizia reale trionfò e tutti e quattro furono dichiarati non colpevoli: da allora sono stato un ammiratore di Champion. Era un membro della aristocrazia scozzese e così ha finito per essere disprezzato dai suoi pari per quello che faceva a favore della classe operaia. Ciononostante molti lavoratori non si fidano di lui perché è un aristocratico.

Capii che la situazione di Champion era, *mutatis mutandis,* la stessa di Lestrade. — Secondo lei Champion ha qualcosa a che fare con Rossi? — chiesi improvvisamente.

— Cosa ve lo fa sospettare, dottore? — Lestrade parve sorpreso. Quanto a Holmes, ebbi la soddisfazione di vederlo sollevare un sopracciglio.

— La signora Hudson ha detto che Rossi ha bofonchiato

qualcosa a proposito di un *campione* nascosto. Pensa che si riferisse al suo signor Champion?

Il viso del poliziotto si illuminò. — C'è di più, dottore... Il nome esatto di quell'uomo è Henry Hyde Champion... cioè, testualmente, il "campione che si nasconde"!

— E che diavolo di legame ci può essere con Rossi? — incalzai.

— Non c'è che da chiederlo a lui — rispose Lestrade. — So che Champion mangia qui di domenica, e dopo pranzo si incontra con gli amici al piano di sopra.

— E se Rossi fosse in contatto coi socialisti? — ipotizzai.

— Non so... — esitò Lestrade — ma non sarebbe la prima volta che Champion aiuta un esiliato politico.

— È possibile — convenne Holmes. — Tuttavia non spiega perché quel giovanotto voleva contattarmi così urgentemente, a meno che non sia stato proprio Champion a spedirlo da me venerdì.

— Chiederò a Jordan — decise Lestrade e si avviò a parlare con l'oste.

— Sì — ci disse tornando. — Il signor Champion era qui venerdì, quando un uomo che risponde alla descrizione di Rossi si presentò chiedendo di lui. Jordan dice che parlarono assieme per una ventina di minuti e poi il giovane scappò via di nuovo.

— Così Rossi sapeva chi era Champion e dove trovarlo — concluse Holmes. — C'è qualche radicale italiano che frequenta abitualmente questo locale?

— Molti, signor Holmes — rispose Lestrade. — Per gli italiani è una tradizione ritrovarsi qui, ancor da prima che Jordan rilevasse la taverna. Quel signore nell'angolo, laggiù, ha portato qui sia Garibaldi che Cavour. Ci sono socialisti italiani che sono clienti abituali e qualche volta hanno incontri nella stanza di sopra.

— Perciò Rossi può aver sentito del signor Champion attraverso membri di questo gruppo che aveva corrispondenza con i socialisti in Italia — proposi.

— È ora di finirla con questo “Rossi”, Watson — interloquì Holmes. — È il cognome più comune in Italia, più o meno come “Smith” da noi. Il nostro povero amico non poteva andare in giro per la città sbandierando il suo vero nome, se temeva di essere intercettato. Per inciso, il suo vero nome era Paolo Salimbeni.

Malgrado le innumerevoli volte che Holmes mi aveva strabiliato con le sue deduzioni, non riuscii a impedirmi di rispondergli convulsamente:

— E come diavolo è arrivato a questa conclusione?

Il grande investigatore abbozzò un sorrisino. — Ammetto che amo Petrarca, ma a casa ho una copia perfetta del suo *Canzoniere* tradotto in inglese. La ragione per cui ho voluto il libro di “Rossi” è tutta nella dedica che adorna la prima pagina. Il mio italiano è un po’ arrugginito, ma la leggo così:

Al sergente Paolo Salimbeni
Dai suoi amici della “Ruggiero di Lauria”
Ottobre 1888

— Lei conosce Ruggiero di Lauria, Lestrade? — chiese Holmes.

— Purtroppo no — ribatté il poliziotto.

— Ah, stavolta l’ho colta con la guardia abbassata! — celiò il mio amico. — Ruggiero di Lauria appare nel *Decamerone* di Boccaccio, e fu un vero Grande Ammiraglio di Sicilia con molte vittorie al suo attivo. Non ne sono certo, ma arrischierei la pensione militare di Watson che c’è una nave della Regia Marina Italiana col suo nome.

— Ecco il legame col tatuaggio del giovane! — esclamò Lestrade. — Eccellente, signor Holmes, eccellente…

Proprio allora un uomo dall’aspetto aristocratico entrò nel pub. Ci fu una pausa nella conversazione, ma il brusio ricominciò quando attraversò la sala. Ci furono meno gesti di saluto che per Lestrade e alcuni sembrarono ignorarlo deliberatamente. Ordinò ed ebbe un bicchiere di birra scura.

— Non è popolare con tutti, qui — spiegò Lestrade. — C'è chi dice che è aiutato dai *Tory,* ma ho le prove del contrario e ho cercato di farlo sapere in giro. Gli chiederò se vuole unirsi a noi.

Lestrade andò al bancone, e ci fu una cordiale stretta di mano. I due tornarono e il poliziotto ci presentò a Henry Hyde Champion.

— Ho saputo di lei da Lestrade, signor Holmes. Lui dice che molti dei suoi supposti successi si devono proprio a lei. Vogliamo ordinare il pranzo? Non c'è scelta, ci portano un piatto unico che cambia ogni giorno, ma non ho mai trovato il cibo men che eccellente...

Andai al bancone a ordinare per tutti e scoprii che il piatto del giorno era stufato di maiale: il ricordo di Dartmoor mi consigliò di ordinare solo tre porzioni, ma non volevo essere l'unico a digiunare.

Quando mi sedetti, Lestrade disse: — Innanzitutto, signor Champion, vorrei chiarire che lei può parlare in tutta libertà con questi due signori come con me. Io mi fiderei di loro, e l'ho fatto diverse volte in vita mia: non li ho mai visti fare un azione che non fosse quella di aiutare la brava gente, anche se le loro idee talvolta divergono un po' dalla stretta osservanza della legge.

— Molto bello da parte sua, ispettore — chiosò Holmes e io ringraziai un po' imbarazzato.

— Bene, signori — disse Champion — sono a vostra disposizione salvo che per informazioni datemi in via confidenziale. Come posso aiutarvi?

Holmes sintetizzò gli eventi degli ultimi due giorni e chiese se Champion avesse qualcosa da dirci in proposito.

Il nostro interlocutore pensò diversi minuti prima di

rispondere. — Come sapete ci sono parecchi esiliati politici a Londra, tra cui diversi italiani. I marinai italiani portano spesso messaggi ai loro compatrioti in esilio, messaggi che non potrebbero arrivare via posta: vengono spesso intercettati. I messaggi recapitati a mano invece arrivano sempre.

Una giovane cameriera uscì dalla cucina diretta al nostro tavolo, portando un vassoio con quattro grosse scodelle di stufato. Il profumo risvegliò di nuovo ricordi spiacevoli, ma il gusto era superbo e gradimmo tutti il cibo, salvo Holmes, che parve seccato dall'intrusione. Spezzettò meccanicamente il pane e lo tuffò nello stufato, dopodiché lo ignorò. Quando avemmo finito e ci furono portate birre fresche, Champion continuò.

— Alcune richieste di aiuto sono più personali, e in questo caso addirittura drammatiche. Alcuni anni fa incontrai un italiano di nome Neri, Pier Luigi Neri, che veniva da Gubbio, una città dell'Umbria nel centro Italia. A quel tempo lavorava in Inghilterra, ma tornò alla sua città natale dopo un paio d'anni: in seguito ho ricevuto diverse comunicazioni politiche da lui, ma nulla di recente. Venerdì pomeriggio ero qui alla *Corona* quando è arrivato quel giovane italiano. Portava una lettera di Neri riguardante altre questioni, e mi disse che nella sua città la gente era terrorizzata da una storia confusa, una sorta di lupo fantasma: mi spiace non poter essere più preciso, ma il suo inglese non era perfetto. Comunque sembrava che la faccenda fosse seria, e Neri aveva un disperato bisogno di aiuto e consigli.

Champion fece una pausa per bere un sorso di birra, prima di continuare.

— Il giovane mi ha detto che un paio d'anni fa Neri aveva letto un libro su di lei, signor Holmes. Pare che Neri le abbia scritto chiedendo aiuto varie volte, ma che non abbia ricevuto risposta. Per questo aveva mandato quell'uomo a parlarle di persona.

— Non ho mai ricevuto quelle lettere. Devono averle intercettate a Gubbio: ecco come sapevano che Neri mi cercava.

— Ho udito l'ispettore Lestrade parlare di un caso di un cane fantasma risolto da lei l'anno scorso e perciò ho confermato che lei era la persona adatta. Il giovanotto aveva già il suo indirizzo e mi ha detto che sarebbe venuto a casa sua dopo aver recapitato altri messaggi per diversi esiliati. Gli ho cambiato un po' del denaro italiano che aveva, e quella è stata l'unica volta che l'ho visto.

— A che ora se ne è andato? — chiese Holmes.

— Intorno alle sei e mezza.

— Per quel che so degli italiani — osservò Holmes — se il giovane Salimbeni ha recapitato dei messaggi deve essere stato trattenuto in qualche modo; probabilmente gli avranno offerto da mangiare e da bere. Questo spiega perché è arrivato a Baker Street solo alle nove.

— Pensa che sia stato ucciso tornando indietro al *One Tun?* — chiesi.

— Sì. Devono averlo pedinato da Baker Street: tenevano d'occhio la casa perché sapevano che sarebbe venuto a cercarmi, e l'hanno colpito quando si è trovato nel posto adatto. Saint James è vicino al *One Tun.*

— E l'hanno lasciato nudo per togliere ogni indizio che facesse risalire a chi lo mandava.

— Magari lo seguivano dall'Italia.

— Lo avrebbero ucciso strada facendo: a loro interessava solo impedirgli di mettersi in contatto con me.

— E dove sarà ora l'assassino? — chiese Lestrade.

— Se vive normalmente a Londra se ne starà quieto, in caso che malgrado tutto siano saltati fuori degli indizi. Se è uno venuto dall'Italia, allora avrà già lasciato l'Inghilterra. Ma tutta questa organizzazione mi lascia pensare a un gruppo radicato e operante qui, a Londra: ci deve essere voluto tempo per pensare e organizzare tutto questo.

— E ora quale sarà la prossima mossa? — domandai.

— È venuto il momento di muoversi, amico mio. Salimbeni

aveva un motivo urgente per vedermi, e la questione è così grave che qualcun altro, pur di impedirlo, ha prima organizzato una diversione intelligente quanto complicata, e poi lo ha ucciso, convinto che non avrei mai avuto neppure il sospetto di quello che era successo.

— Ma non conoscevano abbastanza Sherlock Holmes…

Il mio amico si inchinò leggermente, arrossendo.

— Bene, Holmes, si va in Italia: era tanto che l'avevo in programma.

— Viene anche lei, Watson?

— Se mi vuole, naturalmente. Oramai ho preso un sostituto, e temo che Mary sarà impegnata per qualche settimana a Dartmoor. Tanto vale cedere alla tentazione. Ma forse pensa che io possa esserle d'impaccio?

Sherlock Holmes sorrise cordialmente e mi affibbiò una pacca su una spalla.

— Amico mio, sarà un piacere. Come se la cava con gli spaghetti, Watson?

10

Quella notte passai un paio d'ore davanti all'orario ferroviario riportato sul *Bradshaw, edizione continentale*. Come disse Holmes, non era proprio il caso di andare alla *Cook's Travel Agency* e chiedere due biglietti per Gubbio, Italia, con tutta quella gente ben decisa a impedircelo. Scrissi a Mary spiegandole la situazione e mi misi a elaborare un piano di viaggio.

C'erano tre punti, secondo Holmes, dove i nostri movimenti avrebbero potuto essere scoperti: alla partenza da Baker Street, alle stazioni ferroviarie di Londra e agli imbarchi per il continente. Proposi perciò di raggiungere East Croydon e da lì recarci a Dover con un trenino locale proveniente dall'Ovest, mentre i nostri misteriosi nemici avrebbero tenuto sotto controllo solo quelli da Londra.

— Eccellente — approvò Holmes. — Lei sta diventando un esperto in piani di fuga, Watson. Consiglierei tuttavia un ulteriore ritocco: raggiungere East Croydon non in treno ma in carrozza. Clayton, il cocchiere che abbiamo incontrato ieri, può portarci per strade di campagna senza tema di essere seguiti. Secondo il mio *Almanacco* il sole sorgerà alle 4:25, ma spunterà più tardi sui tetti delle case e in strada sarà buio: Clayton può prenderci alle 4:30 e portarci a East Croydon in tempo per il locale delle 6:05. A proposito, Watson, ha deciso quale libro portarsi in viaggio?

— Bene, non ho avuto tempo per leggere ultimamente, e così ho ancora il libro che mi ha regalato Mary per Natale: *Le Miniere di Re Salomone*, di Rider Haggard. E lei?

Sorridendo Holmes mi mostrò il volume appartenuto al povero Salimbeni.

— Pesa poco ma contiene molto.

Era davvero un'edizione tascabile, quella che si dice *in sedicesimo*, di circa tredici centimetri per dieci. La copertina in pelle esibiva lettere dorate, molto pregevoli, e la prima pagina portava questo testo:

Il Paetrarca

Con dichiarationi non più stampate. Insieme con alcune belle Annotationi,

tratte dalle dottissime Prose di Monsignor Bembo.

E più una conserua di tutte le sue rime ridotte sotto le cinque lettere vocali.

(Tavola di tutte le rime de I sonnetti e canzoni del Paetrarca).

[Lucanto Ridolfi]

Nicolò Bevilacqua, Venetia, 1573

— Be', migliorerò il mio italiano. Comunque sarà bene che mi porti la mia versione inglese, da consultare.

— Holmes, questo vale molto più di due sovrane. Non ha un po' imbrogliato la signora Burgess?

— In effetti sì, anche se dopotutto il libro non le apparteneva. Penso che farò una congrua donazione alla Libreria gratuita che Jordan sta organizzando per i bimbi di Clerkenwell. E una volta in Italia, lo restituirò ai parenti del giovane Salimbeni.

La mattina dopo Clayton ci raccolse come previsto all'angolo tra King's Street e Gloucester Place. Il suo cavallo se ne andò a passo lento, per non fare rumore: fu solo dopo Hyde Park che azzardò un trotto sostenuto sul Victoria Bridge e al Battersea Park, finché non dovemmo rallentare dalle parti di Clapham per via della gente che andava al lavoro a piedi. Arrivammo a East Clapham con qualche minuto di anticipo, e Holmes ci fece lasciare a una certa distanza dalla stazione, che raggiungemmo a piedi.

— Prendiamo biglietti di seconda, Holmes, così non attiriamo l'attenzione?

— Due signori vestiti bene come noi l'attirerebbero di più se viaggiassero in seconda. La prima, Watson, la prima.

— Andata e ritorno, però!

— Ammesso che riusciamo a ritornare, Watson, con tutto il giro che ha deciso. Una linea con ventidue fermate per coprire trenta miglia!

— È per la sicurezza, Holmes. Cambiamo a Tunbridge Junction e prendiamo il locale.

— Ha pensato a scrivere il suo orario su carta di riso, così da inghiottirlo se la catturano?

— La smetta, Holmes. Sto facendo del mio meglio. Arriveremo a Dover alle 9:20. Ma alla stazione normale, non alla Admiralty Pier dove approdano i traghetti e che sarà sicuramente sorvegliata: acquisteremo i biglietti e saliremo sul *ferry* solo all'ultimo istante.

— Ben fatto, Watson! Mi ha dato il fatto mio e la smetterò di prenderla in giro. E adesso fuori i benamati sandwich della signora Hudson!

Tutto andò come previsto, e sul *ferry* avemmo anche la fortuna di trovare un angoletto isolato dove potemmo leggere e fumare in pace. Avevo in serbo un altro trucchetto da sfoggiare a Holmes, ma decisi di giocargli una sorpresa.

Prima di scendere dal traghetto insistei per riempire le nostre borracce di buon tè inglese al *buffet:* sapevo bene che era l'ultima occasione di bere del tè decente per molto tempo.

Mentre a Calais passavamo davanti agli impiegati della dogana che ci squadravano severi ad ammonirci che niente di importante sarebbe mai e poi mai passato senza il loro assenso, Holmes fece per dirigersi al binario dove il treno attendeva i passeggeri, ma io lo bloccai con una discreta stretta sul gomito, e lo spinsi verso l'uscita diretta in città.

Prendemmo una carrozza e chiesi al cocchiere se potesse consigliarci un buon ristorante, visto che ormai era l'una.

— Tutti i ristoranti sono buoni in Francia, *monsieur* — rispose quello ridendo.

— Allora ci porti al migliore.

Ero insieme perplesso e sollevato dal fatto che Holmes ubbidisse senza far domande. Finito il pranzo tornammo alla stazione e montammo sul treno in partenza, comprando i biglietti solo a bordo. Quando alfine ci sedemmo, Holmes sorrise.

— Bene, Watson, sono stato al suo gioco. Ora vorrei sapere qualcosa.

— Giusto, Holmes. Ora che il mio piccolo piano è riuscito, le rivelerò tutto.

Attesi ancora un attimo per sorseggiare del tè dalla mia fiasca e ripresi.

— Sapevo che malgrado tutte le nostre precauzioni c'era il rischio di essere intercettati a Dover; di conseguenza ho organizzato qualche piccola contromisura. Quando ho preso i biglietti del traghetto, ho preso anche dei biglietti per Parigi, prenotando il posto sul treno su cui *non* siamo montati al nostro arrivo. Se qualcuno ci ha visto imbarcarci, spero che si sia informato e stia viaggiando ora sul treno che non abbiamo preso.

— Non sarò così sciocco dal dire che così lo ha incoraggiato a *precederci* a Parigi.

— Fa bene a non dirlo, perché questo treno non va a Parigi, ma a Bâle, sul confine svizzero.

Tacqui aspettando l'applauso, che arrivò sincero.

— Grazie, Holmes, ma non è tutto. Ovviamente non potevo prenotare, ma… be', venga con me e si porti la valigia.

Andammo nell'ultima carrozza, e mi fermai alla terza porta sul corridoio: aprii con una chiave che mi aveva dato il capotreno e invitai Holmes a entrare.

— Un vagone letto! Eccellente davvero, amico mio, quasi perfetto!

— Solo quasi? — replicai costernato.

— Per essere perfetto — mi spiegò Holmes — il treno avrebbe dovuto avere una carrozza ristorante.

— E mangiare in mezzo a scossoni e sussulti? Mi è bastata la colazione sul traghetto; abbiamo una alternativa migliore.

— Con tutto il rispetto per l'abilità della nostra governante, temo che ci siano rimasti solo due sandwich.

— Non intendevo questo, Holmes. Il treno non ha carrozza ristorante, ma ferma a Tergnier stasera e ci darà il tempo di cenare.

— Allora cambio il mio giudizio in perfetto! — rise il mio amico. — A che ora arriveremo a Bâle?

— Alle 6:05 di domattina.

— E in Italia?

— Saremo a Milano alle 17:15, ora locale. Passeremo lì la notte per rinfrescarci, prima di affrontare l'ultima parte del viaggio. Prenderemo un treno fino ad Arezzo e infine una linea secondaria per Gubbio: ma dovremo comunque sostare ad Arezzo, perché non ci sono collegamenti notturni. Arriveremo a Gubbio la mattina di giovedì otto maggio.

Il sole rosseggiava verso il tramonto quando il bigliettaio passò ad avvertire che stavamo arrivando a Tergnier e che il treno avrebbe sostato venticinque minuti per dar modo ai passeggeri di consumare una cena veloce.

— Abbiamo dieci minuti di ritardo, Watson, il che non è

male per le ferrovie francesi. Chieda al bigliettaio se i dieci minuti saranno defalcati dai venticinque per recuperare.

Tradussi l'indignata risposta: — Arrivare in ritardo è peccato mortale, ma mangiare di fretta un sacrilegio! — Corremmo al ristorante e scoprii che c'era un solo piatto: fricassea di maiale in vino bianco. Avrei potuto scommetterci! Quando pagai ebbi in resto una strana moneta, esagonale, con un buco in mezzo. Su un lato c'era incisa la scritta *Union des Travailleurs de Tergnier, 2K* e *Société-Coopérative de Tergnier* sull'altro. Chiesi cosa fosse e il cassiere si scusò: era una moneta del tempo della guerra franco-prussiana che permetteva ai lavoratori di comprare due chili di pane. Valeva solo in città, ma la conservai per regalarla al signor Jordan a Clerkenwell.

Al ristorante furono molto efficienti e tutti i passeggeri risalirono a bordo allo scadere dei fatali venticinque minuti. Il treno però non partì e solo dopo un quarto d'ora vidi arrivare con calma dal ristorante il macchinista e il fuochista. I francesi hanno priorità diverse dagli inglesi!

Sulla via di Laon demmo fondo alla bottiglia di *Beaune* comprata al ristorante, e a Rheims salì un rappresentante di *champagne* che ci vendette due bottiglie. Dopo averle finite, tra una chiacchiera e l'altra, ci ritirammo in cabina: sarà stato per il vino o per il rilassamento dopo tanta tensione, fatto sta che non ricordo nulla di quella notte.

Fummo svegliati alle cinque da un deciso bussare dell'inserviente. Holmes mi confidò che mi ero agitato tutta la notte, bofonchiando di segugi fantasma e ululati: era evidentemente colpa della fricassea di maiale, i cui pessimi effetti scacciai con il caffè e i deliziosi *croissant* della colazione. Scendemmo a Bâle con ben venti minuti di ritardo.

Per fortuna il treno svizzero ci aveva atteso e arrivammo a Lucerna alle 9:15 dopo un viaggio tranquillo. In città avemmo una colazione vera, con uova e bacon, e potemmo comprare cestini da viaggio da portarci sul treno per Milano.

Incominciammo la lenta scalata delle Alpi e mi chiesi come avremmo fatto a passare quella enorme muraglia che avevamo davanti. Holmes scrutava con attenzione il suo cronometro, poi gettava lo sguardo oltre il finestrino.

— Qui non ci sono pali di segnalazione, Holmes. Come fa a calcolare la velocità del treno?

— Non sto guardando l'orologio, vecchio mio, ma la bussola. Questo tratto della linea è una delle meraviglie ingegneristiche del mondo. Nelle prossime venticinque miglia attraverseremo settantanove tunnel, centoventi ponti e quattordici viadotti, e finalmente imboccheremo la galleria del San Gottardo, nove miglia e un quarto, per poi spuntare sul versante italiano. Sto osservando la direzione del treno per capire quante volte giriamo.

Non risposi e mi persi nei miei pensieri.

— Watson, lei sta ripensando alle parole di Lestrade sulla metropolitana e i finti progressi sociali. Ma che c'è di sbagliato nella galleria realizzata dagli svizzeri e dagli italiani?

— Nonché dai tedeschi, Holmes. Industriali e mercanti di tutte queste nazioni hanno fornito i capitali e il progetto.

— Che c'è di male se ne beneficiano tre Paesi?

— Non sono i cittadini a beneficiarne — risposi. — Quel che il *Baedeker* non dice è che duemilacinquecento uomini hanno lavorato alla galleria per dieci anni: la maggior parte erano italiani che non trovavano altra occupazione. Vivevano in baracche non igieniche, con poco cibo, e quando protestavano venivano picchiati dalla polizia e dalle guardie private dei cantieri: sono morti in molti. Centosettantasette in incidenti e quasi altrettanti per le condizioni disagiate in cui vivevano. Dovremmo imparare a trattare la gente decentemente se non vogliamo un'altra rivoluzione, ancora più sanguinosa di quella francese del secolo scorso. Spero che un giorno potremo ammirare qualche grande opera senza dover pensare ai fantasmi che nasconde: se c'è un monumento a questa ferrovia, sono le tombe di coloro che l'hanno costruita.

— Il mondo non è perfetto, amico mio — sospirò Holmes. — Ognuno di noi deve fare del suo meglio per renderlo un posto migliore. Lei lo fa mirabilmente come dottore e io spero di aver alleviato qualche sofferenza di tipo diverso.

— Ha ragione — convenni. — C'è ancora speranza finché c'è qualcuno che non pensa solo al proprio interesse. E adesso vediamo se il cuoco del ristorante svizzero ha fatto qualcosa per migliorare la nostra conoscenza della cucina del suo paese — aggiunsi, aprendo i cestini da viaggio.

Quei cestini erano un monumento all'efficienza svizzera. C'erano formaggi, carne fredda, frutta, una bottiglia di vino e naturalmente della cioccolata.

La nostra strada saliva a spirale, infilandosi in piccoli tunnel: una chiesa che appariva ora a destra in alto, la trovavamo dietro di noi e a sinistra dopo pochi istanti. Ci infilammo nell'enorme galleria del San Gottardo e ne uscimmo, venti minuti dopo, immersi nel sole che bagnava generoso quel versante delle Alpi. Eravamo ancora in Svizzera, ma avevamo l'Italia ai nostri piedi.

11

Passammo Bellinzona e Lugano e scendemmo alla dogana di Chiasso, dove la polizia italiana controllò attentamente il nostro bagaglio, facendomi preoccupare perché il nostro treno partiva a minuti. Dovemmo pagare una tassa per il tabacco da pipa e per i sigari, dato che era concesso il passaggio gratuito a solo sei di essi a persona. Curiosamente dovemmo pagare anche per i fiammiferi e addirittura per le carte da gioco! Facemmo appena in tempo a salire sul treno correndo come pazzi sul marciapiedi: dopodiché il convoglio partì con dieci minuti buoni di ritardo, e mi chiesi se eravamo finiti in un altro Paese dove i treni non viaggiavano in orario.

Mi colpì il comportamento dei viaggiatori che salivano in carrozza: da noi in Inghilterra il primo a farlo occupa il posto all'estremità più lontana, e il secondo si mette all'estremo opposto; e via via tutti si mettono alla massima distanza possibile dagli altri. Gli italiani, invece, si sedevano stretti stretti, cosicché la carrozza era affollata da una parte e vuota dall'altra: chiacchieravano tra loro tutti assieme, gesticolando tanto che mi preoccupai che qualcuno cacciasse le dita negli occhi di un altro. Il contrasto più forte con un treno inglese, tuttavia, era che tutti sorridevano. Furono altrettanto espansivi con noi, offrendoci frutta e dolci, attaccando discorso, compatendoci per il controllo eccessivo alla dogana e in genere confondendoci del tutto. L'atmosfera festosa terminò solo alla Stazione Ferrovie

Nord di Milano, alle cinque e mezza del pomeriggio.

La cena all'hotel – il *Cavour,* scelto in omaggio a uno dei tanti esiliati italiani a Londra – fu eccellente. Subito dopo ci accomodammo a bere qualcosa nella sala dell'albergo. Un gruppo di turisti americani chiacchierava ad alta voce, lamentandosi dei prezzi di tutto quel che avevano visto: noi ci comportammo da inglesi, andando a sedere dignitosamente da un'altra parte. Facemmo invece conoscenza con un simpatico signore: Michael Sterling, figlio di madre italiana e padre inglese. Fu a lui che confidai il mio entusiasmo per l'Italia e gli italiani.

— Quel che non capisco — fece Holmes — è come mai i loro vetturini guidano così velocemente, quasi come pazzi visto il traffico in città, e tutti riescono sempre ad arrivare in ritardo.

— Viaggiare alla velocità che si vuole è indice di libertà. Dover arrivare puntuali per forza è indice di schiavitù.

— Ottima risposta — commentai. — Penso che mi farò tentare da questa grappa invece del solito cognac.

— Sicuro? — chiese Sterling mentre buttavo giù il mio primo sorso. — Lo dicevo io — aggiunse vedendomi annaspare e tossire.

Quando lo salutammo per andare a letto, Holmes mi disse che si era quasi convertito al mio entusiasmo per gli italiani, dopo una chiacchierata così interessante con un uomo erudito e intelligente.

— Quasi, Holmes?

— Be', vecchio mio, diciamo a metà. In fondo Sterling è solo mezzo italiano, no?

La mattina dopo, un treno chiamato *Lampo* – nome che era più un augurio che una realtà, visto che per coprire duecentosettanta miglia ci volle tutta la giornata – attraversò la vasta pianura e, inerpicandosi in una linea da brivido su per le montagne oltre Bologna, ci portò nell'Italia centrale, in Toscana.

Le visioni mozzafiato che ci si aprirono sulla "Porrettana" ci ripagarono della scomodità del viaggio. Ci avevano dato coperte di lana per ripararci dal freddo, pungente malgrado la stagione: e nei lunghi tunnel che dovemmo attraversare, pur attrezzati di enormi aeratori, dovemmo chiudere ermeticamente i finestrini perché il fumo non entrasse e ci soffocasse. Proprio mentre mi risiedevo borbottando dopo aver eseguito questo compito per l'ennesima volta, ebbi la cattiva idea di chiedermi come diavolo facessero a sopportare l'aria viziata delle gallerie i macchinisti, che a differenza di noi non potevano isolarsi perché lavoravano senza finestrini.

— Non la sopportano affatto — replicò tranquillamente Holmes togliendosi la pipa di bocca. — Non ha notato, all'uscita dell'ultima galleria, quei due uomini che correvano accanto al treno? Erano i macchinisti di riserva che salivano in corsa per sostituire i colleghi svenuti.

— Cosa?

— Eh sì, Watson, penso che aver fatto credere che ci fermavamo in Francia sia stata una buona idea. Se volessero eliminarci, sarebbe facile provocare un incidente. Non ha visto neppure quelle salite improvvise qua e là? Sono vie di fuga nel caso si rompano i freni. Questa linea è un vero capolavoro, ma presenta i suoi rischi.

Grazie a Dio non avemmo occasione di sperimentare i sistemi di emergenza della *Reale Ferrovia Adriatica* e arrivati in pianura schiacciai un pisolino.

— Sveglia, Watson: non se lo perda.

Guardai fuori del finestrino e vidi che arrivavamo a una piccola e graziosa stazione. Lessi il cartello e chiesi con voce querula:

— Sesto Fiorentino? C'è qualcosa da vedere?

— No, non a Sesto in sé. Ma è l'ultima fermata prima di Firenze.

— Non si può mai dire, Holmes, non in Italia. Magari c'è una bella chiesa, o un busto di una persona importante…

A Santa Maria Novella il treno si fermò, perché quella era una stazione terminale, non di transito, e dovettero attaccare un'altra locomotiva in testa al convoglio per invertirne il senso di marcia e ripartire: avemmo così il tempo di sgranchirci le gambe e ammirare l'imponenza della basilica di Santa Maria Novella, proprio di fronte a noi, dall'altra parte della piazza. Una volta ancora ripartimmo, oramai alle 17:40, e la linea girò intorno a Firenze per dirigersi verso sud, mentre la magnifica cupola del Brunelleschi spariva lentamente all'orizzonte.

— Vuole cambiar di posto, Holmes? — chiesi.

— E per quale ragione?

— Lei sa che preferisco guardare dalla parte della locomotiva: mi piace vedere dove vado; e ora che la carrozza è girata nell'altro senso, guardo dalla parte sbagliata.

— Penso, vecchio mio, che non sia un caso. Lei guarda sempre avanti, nello spazio e nel tempo.

Il tramonto calò poco prima che arrivassimo alla nostra penultima destinazione, Arezzo, dove avremmo pernottato: guardai il sole e dovetti ammettere che il cielo italiano aveva colori che non avevo mai visto nella mia Inghilterra.

Lasciai a Holmes il compito di scegliere l'albergo sul suo *Baedeker*, ma ce n'erano solo tre. Scegliemmo l'*Inghilterra,* anche se il prezzo era da strozzini: tre lire per ciascuno, quasi mezza corona. All'albergo furono un po' stupiti nel sapere che avevamo già cenato, e mi resi conto che gli orari italiani erano diversi dai nostri: in fondo erano già le 19:30.

Non avevamo voglia di andarcene a dormire subito e facemmo una passeggiata in città: c'erano solo poche luci nelle case, ma trovammo una chiesa ancora aperta. Holmes mi stupì entrandoci: c'era un ometto appisolato dietro la porta, che si svegliò di colpo al nostro ingresso e ci diede delle candele. Fece strada dietro l'altare e accese due grandi lanterne. Anche con un'illuminazione così scarsa fui sconvolto da ciò che Holmes mi aveva portato a vedere: era un ciclo di affreschi di Piero della

Francesca sulla storia della Croce. In quella luce mi pareva brillare come una finestra affacciata sul passato, e fui veramente commosso da quella visione.

Il mattino seguente Holmes mi svegliò scuotendomi con delicatezza. Potei vedere l'alba dietro le montagne a oriente: il sole si levava ogni giorno più presto durante il nostro viaggio verso meridione. Ci avevano preparato del caffèllatte per colazione, e dei cestini da viaggio, riempiendoci le fiasche di grappa.

Il nostro treno partì alle 4:20, con solo la locomotiva e due carrozze. Pensavo che saremmo stati soli a quell'ora del mattino, ma salirono invece una dozzina di operai, perché la linea serviva i piccoli paesi dove loro lavoravano.

Molti di loro approfittarono delle due ore fino ad Anghiari per dormire, ma quando il sole spuntò definitivamente sopra le montagne erano già tutti svegli: cominciarono a chiacchierare e mi divertii a captare qualche parola nella loro rapida conversazione. Ci furono delle occhiate sospettose verso di noi e riconobbi le parole *milord* e *Inghilterra*. Infine uno degli uomini si mosse verso di noi e ci offrì del pane: era fresco, anche se rustico, e sapeva di campagna. Quando pronunciammo una dopo l'altra le parole italiane *grazie* e *buono*, tutti si rilassarono: offrimmo a nostra volta il caffè che ci avevano dato, con della grappa aggiunta, e i loro sorrisi divennero più ampi.

Ad Anghiari il treno che scendeva verso Arezzo ci stava aspettando sull'unico binario: alla stazione tutti scesero dal convoglio, ma capimmo che molti lo facevano solo per sgranchirsi le gambe dopo lo scomodo viaggio nelle piccole carrozze. Non ci fu nessun fischio, ma il capotreno diede una voce a tutti quando fu pronto. La scena era bellissima ed eccitante. La massa delle colline ci sovrastava e noi cambiavamo continuamente direzione, a volte con curve così strette e salite così ripide che le minuscole carrozze tendevano ad avvicinarsi tra loro in maniera allarmante. La nostra seconda fermata,

Città di Castello, arrivò dopo tre ore di viaggio e potemmo osservare come il castello occupasse una posizione strategica per gli invasori che tentassero di oltrepassare le montagne.

Anche a Passato di Vico fu necessario scambiarsi col treno che procedeva in direzione opposta, e i passeggeri scesero per fare due passi. Stavolta il macchinista scomparve in una casupola dietro la stazione e riemerse con una caraffa. Versò caffè per tutti gli uomini, che avevano con sé la loro tazza, e sorridendo ne diede anche a noi. Provai, ancora una volta, la calda sensazione di essere accolto tra gente amichevole.

Ci inerpicammo più alti sulla montagna e le salite diventarono più ripide: cominciammo a passare piccoli tunnel e viadotti su torrenti resi gonfi dalle piogge primaverili. Un'ora dopo fermammo a Umbertide, dove un contadino salì con un maialino chiuso in una sorta di gabbietta: sperai in cuor mio che non lo stesse portando a Gubbio come nostro menu. Eravamo rimasti solo in cinque quando ripartimmo, alle 8:42, e dopo qualche miglio la strada tornò a essere in pianura.

Alle 10:00, Holmes mi guardò e disse gravemente: — Ci avviciniamo alla casa dei nostri nemici.

12

Il nostro viaggio, durato per più di millecento miglia, stava finalmente arrivando a conclusione. Pochi minuti dopo il nostro treno si fermò. Eppure non eravamo ancora preparati alla visione che ci apparve usciti dalla stazione.

Ricordo ancora quando per la prima volta, nella fertile campagna con le messi in fiore, mi apparve davanti Gubbio, abbracciata alla sua montagna come un'ostrica allo scoglio. Bianca come un fiore, risaliva con le case e i palazzi fino al bosco, nero, che avvolgeva cupo il monte, sovrastandola. Le torri e i merli della città medievale svettavano orgogliosi sulla pianura che dominavano da otto secoli. Eppure quelle mura di pietra, quei palazzi allineati in file parallele, non avevano niente a che vedere con la potenza e la forza di certi castelli normanni della mia terra: non potenza e forza significavano, ma leggerezza e ordine, come se fossero stati costruiti non per dominare la vallata, ma per darle compimento. Il Medioevo in questa città, pensai, non aveva niente a che vedere con i secoli bui, con la superstizione e la paura.

Lo slancio del Palazzo dei Consoli e della piazza sotto di esso dava grazia a tutta la visione. Quando poi dalle mura ci avventurammo a piedi attraverso la Porta degli Ortacci e per le vie che si inerpicavano verso l'alto, lo splendore dei vicoli medievali ingentiliti dai fiori che spuntavano dappertutto mi allargò il cuore "come uno sportello", come avrei imparato a dire nella colorita lingua italiana.

Sherlock Holmes, accanto a me, si lasciò andare per un solo momento alle stesse sensazioni che mi avevano sopraffatto, allorché, fermatosi a metà di una via, si mise a declamare sottovoce un sonetto del suo amato Petrarca, a occhi socchiusi, col volto diretto verso il sole.

— Che cosa meravigliosa l'Italia, amico mio! Un regalo dell'Onnipotente all'uomo, o forse il contrario. La terra dell'incoerenza, della fantasia, dei voli pindarici e della genialità. Ma noi siamo inglesi, Watson — aggiunse dopo un attimo, riscuotendosi — e come tali uomini pratici. Andiamo a cercarci un albergo e poi diamo inizio alle nostre ricerche. La città è piccolina; se questo Neri vive qui, non sarà difficile trovare qualcuno che lo conosca.

Non fu difficile neppure trovare un buon albergo con tutte le comodità di cui avevamo bisogno, e il personale all'accoglienza fu di una gentilezza straordinaria: tutti masticavano un po' d'inglese o francese, lingua che sia io che Holmes conoscevamo bene.

— Lei è di qui, naturalmente — disse il mio amico al facchino mentre gli allungava una mancia per aver portato le nostre valigie in camera. — Conosce mica un certo Neri? Sa dove abita?

— Mi pare di sì, signore — rispose il facchino facendo disinvoltamente sparire la moneta nel suo capace panciotto. — A quest'ora sarà certamente in piazza: le basterà chiedere a chiunque, lo conoscono tutti in città.

Ci rinfrescammo appena, dopodiché uscimmo di nuovo. La città sembrava animata da una strana agitazione; capannelli di persone si trovavano ai crocicchi delle strade parlottando a bassa voce, mentre altri, a capo chino, si allontanavano per le viuzze di pietra scuotendo la testa. Era forse l'atmosfera stessa di Gubbio che mi influenzava, ma certo una sensazione di mistero e inquietudine ci aleggiava intorno. Cercai di riscuotermi, e analizzare cosa in particolare mi mettesse in allarme: che cosa c'era di strano, in fondo? Un borgo antico, certo: forse modi di comportarsi e usi diversi da quelli cui ero abituato, una lingua sconosciuta e dunque frammenti di parole, di suoni, che mi arrivavano all'orecchio alieni, incomprensibili, e perciò in qualche modo ostili, anche se nella lingua più dolce che avessi mai udito. Tutto qui?

Sapevo che non era così: poi capii, o mi sembrò di capire. Il silenzio: un silenzio sepolcrale, così diverso dal frastuono cui ero abituato nella grande Londra. Almeno nella parte della città in cui stavamo transitando, il cuore medievale, le strade erano troppo strette per far passare carrozze, e il suono dei nostri passi risuonava rimbombando, riflesso dalle alte mura di pietra, rotto solo dagli stridii delle rondini che volavano impazzite. Sarebbe stato un ambiente agghiacciante di notte, o con una nebbia che oscurasse la vista, e solo il caldo sole primaverile, facendo risaltare il biancore degli edifici, le finestre a ogiva, la bella architettura delle case e degli antichi palazzi, lo rallegrava. Potevamo sentire i discorsi della gente nelle case come se fosse stata davanti a noi, e percepire l'odore del cibo che si preparava nelle cucine. Fu solo quando sbucammo nella grande strada che funge da Corso che ci trovammo in mezzo a una discreta confusione.

Gubbio è una città strana, da un punto di vista architettonico. Esiste un'unica strada principale all'interno delle antiche mura, che corre parallela alla vallata e poi, dopo una piazzetta, sale e curva a 180 gradi, costituendo una specie di parallela a se stessa diverse decine di metri più in alto, e scorrendo alle spalle dei due grandi palazzi di Gubbio, quello comunale e quello dei Consoli. Il lettore potrà trovare una descrizione più approfondita in una delle tante guide della città per i turisti, ma ciò che voglio sottolineare è il senso di sorpresa profondo che colpisce chi cammina nei tanti vicoli che sbucano di colpo nella strada più grande tra il silenzio, la compostezza, la solitudine da cui proviene e l'affollamento in cui di botto finisce.

La strada correva, piena di vita e di animazione, sotto i due palazzi che svettavano con le loro alte torri a dominare le case: tra di loro una straordinaria piazza pensile, in realtà una specie di balcone sulla vallata. Chiusa da un parapetto, infatti, la piazza dava sulla pianura che si stendeva fino ai monti circostanti, costituendo uno spettacolo davvero mozzafiato e del tutto inatteso. Ma mentre io mi comportavo da vero turista e mi dirigevo verso il parapetto con l'idea di ammirare il panorama, Sherlock Holmes prendeva informazioni con il suo italiano forse non perfetto, ma comprensibile: quanto a me, rimasi scioccato dal fatto che in Italia fosse considerato normale avvicinare un passante sconosciuto e chiedergli tranquillamente delle informazioni. In Inghilterra nessun gentiluomo avrebbe mai messo in atto una condotta simile, ma Holmes doveva conoscere le abitudini locali, perché l'uomo cui si rivolse non batté ciglio e con un sorriso gli indicò un capannello di persone che si trovava al centro della piazza.

Il nostro arrivo, d'altronde, non era passato inosservato e proprio dal gruppetto si staccò con fare gioviale un uomo dall'aria simpatica, sulla cinquantina forse, ma molto ben portati. Elegante senza affettazione, con una luce intelligente negli occhi grigi, si fermò davanti a noi stringendoci la mano.

— Ho ragione nel credere — chiese cortesemente in un ottimo inglese — di aver di fronte il dottor Watson e il celebre Sherlock Holmes? Se è così, dovrò tirare le orecchie al mio Salimbeni: ha fatto un buon lavoro a contattarvi, ma non mi ha avvertito del vostro arrivo. Quando siete arrivati?

— Da poco più di un ora — rispose il mio amico. — Suppongo che lei sia il signor Neri. Se è così, debbo avvertirla di una brutta notizia. Il signor Salimbeni, purtroppo, è morto a Londra e non ha potuto riferirci alcun messaggio da parte sua.

L'uomo impallidì vistosamente, mentre un mormorio si levò dal gruppo delle persone che lo circondavano.

— Paolo morto! È terribile. E io che… ma un momento,

scusatemi. Se è così... se nessun messaggio è stato recapitato... come mai siete a Gubbio?

— Una serie di deduzioni. Ma forse sarebbe meglio discutere questa faccenda in via più riservata, se non le dispiace.

— Cosa? Ma certo, ma certo. Seguitemi, vi prego.

Ci stavamo accodando a Neri quando fummo apostrofati da una vociaccia roca e sgradevole, che in tono altissimo ci chiese qualcosa. Un uomo assai alto e imponente si era piazzato davanti al nostro interlocutore, rivolgendosi a lui e noi in italiano. Dopo un istante, tuttavia, continuò in un inglese un po' sconclusionato ma comprensibile.

— Buongiorno a voi, signori. Stavo chiedendo al mio amico Neri se stavolta è uscito completamente di senno. Così ha fatto venire addirittura il grande investigatore inglese a risolvere il mistero del Lupo! Un mistero che non c'è! Io mi meraviglio di lei, signor Holmes: la fama della sua sagacia corre anche in Italia e francamente mai mi sarei aspettato che lei fosse disposto a venir fin qui a correre dietro le chiacchiere delle donnicciole! Avevo un concetto più alto delle sue facoltà logiche, per la verità. O Neri le ha promesso una parcella astronomica?

Ero indignato dalla tracotanza di quell'individuo: insultare per la strada due gentiluomini che vedeva per la prima volta era semplicemente inconcepibile. Stavo per dirgli in faccia cosa pensavo di quei modi incivili quando Neri mi precedette, sempre in inglese.

— Puoi risparmiarti le tue pose da gradasso, Benelli. Non spaventi nessuno. Tieniti le tue idee e lasciami in pace.

— Per carità, fai pure. Era al signor Holmes che mi rivolgevo.

— Temo che non ci abbiano presentato, signore — replicò il detective con un gelido sorriso. — Quando lo faranno avrò il piacere di precisarle che non ho ancora assunto alcun incarico in questa vicenda, e che debbo ancora decidere se occuparmene o meno. Spero che questo possa rassicurarla riguardo alle mie capacità logiche. Signor Neri, la seguo.

13

La casa del signor Neri era a due passi dalla piazza: un palazzotto medievale trasformato in anni più recenti in una confortevolissima abitazione moderna. Fummo accolti in una magnifica biblioteca che avrebbe fatto la gioia di qualunque persona di buona cultura: i grandi scaffali colmi di volumi foderavano le quattro pareti della vasta sala, lasciando lo spazio strettamente necessario alla porta e al caminetto in pietra che si fronteggiavano sui due lati opposti. Le stesse finestre che si aprivano sulla via sottostante sembravano farsi largo a viva forza tra le ante verticali delle austere librerie in quercia scura. A parte la squisita scrivania settecentesca colma di carte e le sedie attorno a essa, nessun altro mobile adornava la stanza. Notai subito il busto di Karl Marx sulla scrivania, che denunciava vistosamente le idee politiche del nostro ospite, insieme a un'intera scansia di volumi dai titoli chiaramente sovversivi, a partire dallo stesso *Das Kapital:* prima edizione, come ebbe poi a notare Sherlock Holmes.

— Una raccolta superba — commentai sedendomi.

— Le modeste reliquie di una vita da studioso, e la fissazione di un vecchio maniaco: poche cose, in verità. In effetti amo i libri, da sempre… mia figlia dice che li divoro. Anche se non vi nascondo che qualcuno di questi volumi ha un certo interesse, e sarò felice di mostrarveli. Spero che non mi prendiate per scortese, però, se vi prego di raccontarmi cosa è accaduto a Londra.

— Come le ho già detto — replicò freddamente Sherlock Holmes — il suo amico è stato ucciso prima che potesse contattarmi; e non ha alcun interesse, adesso, come io sia risalito a Gubbio e poi a lei, signor Neri. Una minaccia mortale aleggia su tutta questa vicenda, una presenza che avverto ma non riesco a definire: so però che va affrontata al più presto, o Salimbeni non sarà la sola vittima.

— Questo significa che lei accetta il caso? So che non è disponibile per qualunque indagine — fece speranzoso l'italiano

Sherlock Holmes non rispose, limitandosi a scrutare l'interlocutore con i suoi profondi occhi grigi, mentre assai lentamente sfilava di tasca la pipa e la serrava tra i denti.

— Capirà che se sono venuto fin qui è perché ho un certo interesse nella vicenda: diciamo che mi ritengo… provocato, questa è forse la parola giusta. Ho bisogno però che lei mi racconti tutto dall'inizio, e senza trascurare nulla.

Neri si asciugò la fronte con il fazzoletto, e spostò leggermente la seggiola, fissando con un brivido il cielo azzurro che brillava al di là delle grandi finestre. Ebbi la sensazione che quell'uomo fosse spaventato a morte e cercasse di dominarsi con tutte le sue forze.

— Tutta questa storia — cominciò — rassomiglia a una sorta di incubo, e a volte anch'io mi chiedo se si tratta di un sogno, di un orribile sogno, o di un'angosciosa realtà. Vi assicuro, signori, che mi ritengo una persona equilibrata, senza idee particolari nell'ambito dell'occulto e del soprannaturale: ma tutto quello che sta succedendo, e che non riesco a comprendere razionalmente, mi porta a uno stato di confusione mentale sgradevolissimo. Del resto questo è il sentire comune di tutta la città, eccettuati alcuni come il dottor Benelli che se la ridono dell'inquietudine della gente, non so se per intima convinzione o gusto di contraddizione. Ma basta, vi elencherò i fatti e giudicherete voi. Circa tre mesi fa, in pieno inverno, sul monte sopra la città è avvenuto quel che sembrava un incidente terribile. Un gregge di pecore in trasferimento da un ovile all'altro è stato assaltato dai lupi: più di trenta capi sono stati sgozzati. Ma non basta: lo stesso pastore, un uomo di una cinquantina d'anni che era lì a badare alle bestie, è stato ucciso con ferocia. I lupi ci sono sempre stati intorno a Gubbio, ma una strage del genere non si ricorda a memoria d'uomo. E poi… c'erano delle cose strane. Signor Holmes, *non c'era alcuna traccia di lupi intorno ai corpi.*

Il mio amico non rispose, ma il suo sguardo si illuminò per un attimo. Giunse le mani e le portò davanti al volto in un gesto di estrema concentrazione.

— Continui — disse.

— Da allora in poi le stranezze si sono moltiplicate. Cominciarono a diffondersi voci sul fatto che si sentissero ululare lupi *dentro* Gubbio. Io non ci credevo: chiacchiere da donnicciole, dicevo, ma tre settimane fa ho udito con le mie stesse orecchie, verso le sei di sera, quell'agghiacciante ululato. Sono un uomo dai nervi saldi, signor Holmes, ma le assicuro che intabarrato com'ero mi sono messo a tremare come un fuscello e sono corso a casa con tutta la forza che mi consentivano le gambe.

— Cosa c'è di strano nel sentire un ululato di sera? — obiettai. — Lei stesso ha detto che la montagna è infestata dai lupi.

— Dottor Watson, io non potevo sbagliarmi: ero alle porte di Gubbio, e l'ululato proveniva dalla parte delle case; *dentro* la città, non nel bosco. Non c'era possibilità di errore, e d'altronde le testimonianze si sono fatte sempre più numerose col passare dei giorni. All'inizio quel maledetto verso si udiva solo di notte, ma ormai capita di sentirlo a qualunque ora, e proviene ogni volta da un punto diverso di Gubbio, sempre *all'interno* della città: gruppi di coraggiosi hanno tentato di braccare questo fantomatico lupo, invano. Nessuna traccia, nessuna orma. Che razza di bestia è questa, signori, che vive dentro la città invece che nel bosco, che si aggira tra le case ululando, che non lascia mai impronte? Che non si fa vedere, che non mangia, non lascia escrementi? Piano piano il popolo ha cominciato a credere sempre di più a una vecchia leggenda... La gente è terrorizzata, si barrica in casa ed esce solo armata e in gruppo: mai di notte, anche se, come ho detto, il fenomeno avviene pure di giorno. Poi, cinque giorni fa, c'è stata una seconda vittima. So che tutto questo può sembrarvi l'allucinazione di una mente sconvolta, o l'isteria collettiva di una comunità superstiziosa: ma vi prego di credermi, io non trovo alcuna spiegazione razionale a ciò che è successo. Cinque notti fa il verso del lupo ha tormentato Gubbio per ben tre volte, un ritmo inusuale. Al mattino le guardie hanno fatto una scoperta orribile: un vecchio artigiano morto in strada. Aveva la gola squarciata ed era stato trascinato per diversi metri da un animale di straordinaria ferocia, prima di morire.

— Santo cielo! — esclamai.

— L'ispettore di polizia diventa pallido quando ne parla, ed è uomo navigato. Uno spettacolo terribile... sangue dappertutto.

— Lei parla di un animale — interloquì Holmes freddamente. — Come fa a dirlo? C'erano impronte?

— No, signor Holmes, come in tutte le altre occasioni. Ma la gola era stata *squarciata,* non semplicemente recisa.

— Taluni tipi di lama — osservai — potrebbero provocare lesioni simili.

Neri scosse il capo. — Mi dispiace correggerla, dottore, ma lei non si rende conto. C'erano le tracce dei denti... denti enormi. Non naturali.

L'italiano sottolineò le sue parole con un gesto di sconforto e un lungo silenzio.

— Tuttavia lei ci ha cercato *prima* che tutto questo accadesse — osservò Holmes. — Salimbeni era già partito all'epoca. Lei non ci ha ancora parlato di lui. Perché non ci ha semplicemente scritto, e cosa doveva dirci Salimbeni?

— Ma io le ho scritto, signor Holmes! Due lettere, quasi un mese fa! E dato che non ricevevo risposta ho pensato che forse, spiegandole a voce la situazione, avremmo potuto convincerla ad assumere il caso. Per questo ho spedito il mio cameriere personale, che era preoccupatissimo, come un po' tutti in città.

— Aspetti un attimo. Lei ha usato telegrammi? Posta raccomandata?

— Veramente no: semplici lettere.

— Non le ho mai ricevute. Sto molto attento alla posta.

— Potenze del cielo...

— Lasci stare il cielo, qui c'entra poco. L'inferno, piuttosto.

Neri alzò le mani in un gesto di terrore.

— Dunque anche lei pensa...?

— Ah, è questo che si dice, allora. Già, del resto lei parlava di una leggenda che aveva preso corpo in città. Di che si tratta?

L'italiano si alzò, come se non riuscisse più a stare fermo. I suoi occhi vagavano inquieti per la stanza, quasi temesse che ci fosse qualcuno a spiarlo, e la voce si abbassò in un sussurro.

— Forse conoscerete la storia del Lupo di Gubbio, che è tramandata nei *Fioretti* di San Francesco. A quell'epoca un feroce lupo terrorizzava la città, ma il Santo gli andò incontro e lo ammansì predicandogli il Vangelo: e sta scritto che l'animale si convertì e passò il resto della sua esistenza benvoluto da tutti, vivendo dentro le mura della città e giocando con i vecchi e i bambini. Io l'ho sempre considerata una favola, ma una bella favola. Quando questi strani eventi cominciarono a susseguirsi in città, si prese a sussurrare che il Lupo era tornato: ma era un lupo malvagio, soprannaturale. Sono tutti convinti che sia il Diavolo in persona che ha preso le sembianze di un enorme lupo, in spregio al miracolo di sei secoli fa. Oh, intendiamoci, chiacchiere da donnette ignoranti, o almeno così avrei detto all'inizio: ma chiacchiere pericolose comunque. Per questo le scrissi, per chiedere la sua opinione e perché lei ci suggerisse una spiegazione razionale. Ero preoccupato del panico che vedevo dilagare, delle possibili conseguenze sull'ordine pubblico: pensavo che un uomo della sua esperienza avrebbe certamente trovato una spiegazione di quegli strani fenomeni. Come ho detto, dato che lei non rispondeva, mi sono permesso di inviare il mio cameriere a Londra per perorare la mia causa: importanti affari, purtroppo, mi trattenevano a Gubbio, o sarei venuto io stesso. E il mio povero Paolo ha fatto quella orrenda fine. Posso chiedere come è morto?

— Non aveva la gola squarciata, se è questo che teme — risposi, piuttosto rudemente, lo ammetto. — Aveva ricevuto un terribile colpo alla nuca.

Neri impallidì e dovette sorreggersi alla scrivania per non cadere.

— *Il colpo del Lupo* — soggiunse con un filo di voce. — La zampata micidiale di cui parla la leggenda, che il fantasma usa se non vuole sbranare le vittime. Forse non era una leggenda, dopotutto.

— Signor Neri, lei dovrebbe decidersi — sbottò Holmes con quella che mi parve una punta di stizza. — Se crede di dover fronteggiare Belzebù in persona, allora ha bisogno di un esorcista e non di un detective. Se chiede il mio aiuto deve accettare l'idea che si tratti di un evento naturale e spiegabile, per quanto strano e diabolico possa sembrare. Il suo cameriere è stato colpito con una violenza straordinaria alla testa, ma questo prova solo che chi l'ha ucciso era qualcuno dotato di molta forza, non che fosse un lupo. Non c'erano tracce di denti, se la circostanza la può sollevare.

L'italiano scosse cupamente la testa.

— I lupi non azzannano mai prede già morte. Se l'ha ucciso con una zampata, non l'ha morso. Ma signor Holmes, non mi fraintenda: non è che creda alla leggenda che terrorizza Gubbio in questi giorni, è che sinceramente non so cosa pensare. Mi auguro con tutto il cuore che lei scopra una soluzione che ci tiri fuori da questo clima da incubo.

— Sta bene — ribatté Holmes. — Da domani lei ci aiuterà a dipanare questa matassa, raccontandoci tutto quello che ignoriamo di Gubbio. In fondo, essere dei turisti favorirà le nostre ricerche. — Il mio amico si alzò in piedi e si preparò ad accomiatarsi. — Torneremo a trovarla domani mattina. Ora, se non le spiace, vorremmo rientrare in albergo.

— Ma non se ne parla neppure! — si agitò subito il focoso italiano. — Siete ospiti miei, naturalmente. Manderò a prendere i vostri bagagli e mi farete l'onore di soggiornare a casa mia per tutto il tempo che resterete in città. Con tutto il fastidio che vi siete presi a correr qui da Londra… la mia casa, come vedete, è molto grande. Posso mettere a vostra disposizione alcune stanze, e vedrò di fare in modo che la vostra *privacy* venga rispettata. Lei, signor Holmes, potrà suonare il violino quando le pare, cosa che non potrebbe fare in albergo, e non avrete alcun obbligo di società: solo, se mi consentirete, vi presenterò i miei amici con cui uso dilettarmi a recitare Shakespeare. Ve ne prego, a Gubbio è una tradizione antica ospitare i viaggiatori. Anni fa c'era un palo in piazza, con dei ferri cui attaccare la cavezza del cavallo: ogni ferro corrispondeva a una famiglia, e chi lo usava diventava ospite di quella famiglia. Capite, era un modo per evitare di contendersi gli stranieri.

Accettammo di buon grado, e Neri se ne mostrò soddisfattissimo.

— Avervi in casa mia è un onore che mi rallegra — assicurò, afferrandoci vigorosamente le mani. — Lo giudico un buon segno, e Dio sa se ce n'è bisogno. L'atmosfera in città si è fatta terribilmente cupa… e come se non bastasse, è avvenuto un fatto stranissimo che tutti considerano un cattivo presagio.

— I presagi esulano dalle mie competenze — replicò sorridendo Holmes. — Ciononondimeno i fatti strani destano sempre la mia attenzione. Di che si tratta?

— Ecco… sapete qualcosa dei ceri e della loro festa annuale?

Holmes annuì. — Mi sono documentato durante il viaggio. I cosiddetti ceri sono macchine di legno a forma di parallelepipedi, che vengono portate a spalla dalla città al convento sulla cima del monte il 15 maggio. Pare che sia la festa più importante del paese.

— Esatto, signor Holmes. Nessun eugubino mancherebbe! Pensi, migliaia di persone sono in piazza quel giorno a urlare, a pregare: non c'è spazio neppure per uno spillo! E in mezzo a tutta quella calca passa come un turbine il gruppo dei portatori di ceri, sempre nello stesso ordine, prima quelli di Sant'Ubaldo, poi San Giorgio, Sant'Antonio… e via fino al convento in cima al colle! Mi creda, è uno spettacolo stupefacente!

Lo sguardo dell'italiano si era acceso di orgoglio, ma si velò subito dopo, come a un penoso ricordo.

— Ora, i ceri restano custoditi nella chiesa del convento fino alla prima domenica di maggio dell'anno successivo: allora vengono trasportati giù in città, pronti alla Corsa del 15. Vengono tenuti nell'arengo del Palazzo dei Consoli: stamattina gli addetti alle pulizie si sono accorti che il cero di San Giorgio non era nella stessa posizione di ieri sera. Si è spostato di quasi un metro.

— Qualcuno l'avrà urtato inavvertitamente — ipotizzai.

— No, dottore. — Neri represse a stento un sorrisino. — Quegli affari pesano diversi quintali, sa?

— Ma qualcuno avrà detto, suppongo, che è stato il Lupo, con la sua forza soprannaturale… — celiò il mio amico.

— Non ci scherzi, signor Holmes. È facile farsi beffe di certe cose guardandole dall'esterno: ma se da mesi udisse strani ululati quasi ogni notte, se avessero ammazzato il suo segretario e avessero sgozzato un poveraccio sotto casa sua, anche lei comincerebbe a porsi strane domande.

— Suvvia, caro signor Neri, non se la prenda! Il mio amico Watson, qui, le confermerà che amo scherzare. Si lasci però dire che siete gente strana, pur considerando che siete italiani, cioè già abbastanza strani per conto vostro. Diciamo che sono tradizioni un po' balzane.

— Lo dicono tutti — riconobbe Neri. — Quando al Papa, che era il signore di queste terre fino a pochi anni fa, chiesero di costruire un manicomio a Gubbio, quello rise e rispose che bastava chiudere le mura. Aveva assistito alla festa dei ceri e ci giudicava tutti matti, dal primo all'ultimo. C'è una fontana, sa? In fondo alla strada. Chi ci gira intorno tre volte è considerato dagli eugubini un concittadino, in quanto matto pure lui.

— C'è di che stare allegri — bofonchiai mentre mi avviavo verso le nostre stanze.

14

Le stanze, come modestamente le aveva definite Neri, costituivano in realtà una sorta di comodissimo appartamento del tutto a nostra disposizione. Avevamo delle camere da letto che davano su un ampio salotto; l'arredamento non era sfarzoso ma confortevole, come se il proprietario avesse cercato di mettere a loro agio gli ospiti piuttosto che sottolineare il proprio censo. Folti tappeti erano stesi sul pavimento in cotto antico, e le pareti color pastello erano coperte da capaci librerie colme di volumi in pelle. Piccoli quadri sgargianti spuntavano negli spazi liberi, nulla di simile ai ritratti austeri e bui che così spesso avevo visto nelle dimore dell'aristocrazia inglese. Due grandi poltrone, vecchiotte ma forse proprio per questo estremamente comode, fronteggiavano il caminetto spento: e sopra il caminetto, una bellissima ceramica azzurra e bianca riportava lo stemma della casata del proprietario. Nel complesso un'ottima sistemazione, che lasciava pregustare un magnifico soggiorno, pensai mentre mi accomodavo in poltrona. E poi Gubbio era così bella…

— Se lo scordi, Watson. Forse dopo, quando avremo finito.

— Cosa? — feci, rapito alle mie fantasie.

— Non stava forse pensando di darsi al turismo?

— Lo ammetto. E non dubito che i motivi per cui lei è giunto a questa conclusione siano evidenti a un fine ragionatore. Vorrebbe farne partecipe anche me? Sa, la mia capacità deduttiva è stata un po' alterata dallo shock del falso rapimento di mia moglie, da un lungo viaggio in treno, e dalla scoperta di essere stato catapultato in un mistero pieno di fantasmi, lupi e omicidi. E inoltre non riesco a capire come possa aver dedotto ciò che ha detto senza neppure degnarmi di un'occhiata.

Sherlock Holmes mi gratificò di un sorriso di comprensione, abbassando il Petrarca da dietro il quale aveva lanciato la sua frecciata.

— Non potevo vederla, Watson, perché stavo leggendo. Ma il sospiro di soddisfazione che ha emesso sedendosi in poltrona, e i lievi scricchiolii dei braccioli quando ha iniziato a guardarsi attorno – ci giurerei, con uno sguardo più che soddisfatto – parlavano chiaramente di un uomo contento dell'appartamento che il nostro anfitrione ci ha riservato. Sempre dagli scricchiolii che ho udito, mi sono potuto rendere conto che si era fermato a guardare fuori della finestra, verso i tetti della città. Siamo arrivati da poco, abbiamo appena sistemato le valigie, siamo in uno splendido borgo italiano… La conosco, e so come una città così bella debba tentarla: di qui le mie osservazioni. E ora che la guardo in faccia so di non aver sbagliato; lei ha la stessa espressione di un gatto che abbia il topo in bocca.

– E dalla cui bocca il topo è stato tolto, però. E va bene, visiteremo la città a inchiesta conclusa. A proposito, non le sembra un gran pasticcio quello che ci ha presentato Neri? Fantasmi, assassini…

Holmes aprì la bocca per rispondermi, ma era destino che non potessi ascoltare le sue idee al riguardo: un discreto bussare preannunciò l'arrivo del nostro ospite, che era accompagnato da un gruppetto di persone.

— Signori, spero di non disturbarvi troppo. Ci tenevo a presentarvi i miei amici: Orfeo, Renzo, Rita, Sabrina e Catiuscia. Insieme formiamo una piccola compagnia teatrale, e recitiamo Shakespeare in inglese. Rita, vi assicuro, è una superba Giulietta quando ci si mette.

Un enigmatico sorriso fu il commento della bella signora al complimento. Una vera italiana, pensai: vestita con classe, bruna di capelli, occhi neri e orgogliosi, aria ironica e decisa, si muoveva con la grazia di una *lady* e la consapevolezza del proprio fascino. Accanto a lei un giovane dall'aria aperta e simpatica ci porse la mano con uno scintillante sorriso, seguita da un uomo alto e magro dallo sguardo profondo e, forse, un poco assente. Completavano il quadro una giovane spigliata dalla chioma clamorosamente rossa e una donna dall'aria timida e gli occhi trasognati, incorniciati in un viso radioso. Fu quest'ultima a prendere la parola, e io mi incantai a sentire il suo inglese pronunciato con una dolcezza tutta italiana:

— È davvero lei Sherlock Holmes? *Quel* Sherlock Holmes?

— Temo di sì — rispose il mio compagno. — Assai diverso, come scoprirà, dall'immagine che il mio amico Watson dà di me nei suoi splendidi racconti.

Sherlock Holmes detestava i ritrovi mondani, che ebbe a definire una volta "sgraditissimi, perché impongono a un individuo di annoiarsi a morte o di mentire": ma in quella occasione seppe mentire benissimo, perché sembrò divertirsi e fu la stella della serata. Io osservavo un po' discosto il gruppo degli italiani: notai che Orfeo Goracci, per esempio, era davvero un tipo interessante. Magro, alto, mi ricordava davvero il pallido principe danese il cui ruolo, secondo Neri, interpretava magnificamente. Renzo Menichetti, invece, con la sua aria simpatica da ragazzino, era chiaramente al centro dell'affetto degli altri. Le donne, poi, meritavano un discorso a parte: la classe di Rita (adottai subito l'abitudine – così strana per noi inglesi – di nominare le persone per nome invece che per cognome), la bellezza selvaggia di Sabrina e il candore di Catiuscia mi avevano completamente affascinato. Holmes intanto sopportava pazientemente l'assalto degli ospiti, sfoggiando un'erudizione e un'eloquenza da vero *gentleman*.

— Ma se il dottor Watson ha scritto che lei conosce solo

gli argomenti inerenti alla sua professione! Una volta rifiutò di sapere se era la Terra che girava intorno al Sole o viceversa... tanto non le serviva per la professione, disse!

— Ho fatto ammenda di quell'errore — protestai. — Erano i primi tempi della mia amicizia con Holmes.

— ...E io mi ero lasciato andare un po' troppo nella polemica.

— Eppure ci sembra impossibile che quello che scrive il dottore su di lei sia vero — protestavano le belle italiane. — Suvvia, confessi!

— Il buon Watson indulge a un certo romanticismo, in effetti.

— Volevo ben dire! — intervenne Goracci. — Capire al volo tanti particolari solo a vedere una persona...

— Non mi reputo un mago, ma non mi faccia più stupido di quello che sono, signor Goracci. È evidente che siete tutti socialisti, radicali, gente abituata a vivere controcorrente. La signorina Catiuscia ha l'hobby del giardinaggio, e la famiglia di sua madre viene dalla Russia. Inoltre siete accomunati dalla musica: Menichetti è un brillante compositore, Sabrina canta le sue opere e Catiuscia è una meticolosa critica musicale di un certo successo. Potrei continuare, ma penso basti.

— Ma come... Ah, capisco. Ovviamente Neri le ha parlato di noi.

— Neppure per sogno. Per forza siete socialisti: non si frequenta uno che ha il busto di Marx sulla scrivania senza esserlo. La conformazione del suo cranio, signor Goracci, è tipica di una persona intelligente e testarda. Le macchie sulla punta dei polpastrelli della signorina Catiuscia denunciano il suo hobby del giardinaggio, e poco fa, chiacchierando, ha menzionato suo fratello maggiore: un nome così strano in Italia è chiaramente di derivazione russa, ed è uso da voi dare al primo figlio il nome del nonno o della nonna di linea paterna, al secondogenito quello di linea materna. Quanto alla musica, se non volete far conoscere i vostri interessi non dovreste lasciare nelle stanze degli ospiti una rivista in cui lei, Catiuscia, recensisce un concerto del Maestro Menichetti con Sabrina Morena come soprano.

— Tutto ciò è stupefacente, signor Holmes — affermò gravemente il giovane Menichetti dopo un attimo di sbigottito silenzio.

— Niente affatto — replicò il mio amico. — È straordinariamente banale. Tuttavia è proprio dalla banalità che il ragionatore trae le sue deduzioni: dalle cose che tutti vedono, e di cui nessuno prende nota. Certo, ammetto che le conclusioni siano spettacolari, ma lo sono appunto *solo* per coloro che non osservano e dunque ignorano quali siano gli elementi da cui si è partiti per arrivare alla deduzione. È un trucco, esattamente come quelli dei maghi da avanspettacolo: si diverte solo chi non conosce il meccanismo.

— O non lo sa usare — interloquii. — Lei è troppo modesto, Holmes: i suoi metodi non sono segreti – io stesso li conosco – e gli elementi che lei ha osservato, anch'io avrei dovuto notarli. Eppure non ce l'ho fatta.

Quella sera stessa cominciammo il nostro primo giro in città, scortati dai nostri amici italiani. Tornammo a quella fantastica terrazza pensile aperta sulla vallata, e scoprimmo con interesse e una certa apprensione che non era altro che il soffitto degli enormi ambienti costruiti sulla strada sottostante.

— La vedo preoccupato, dottore — commentò Neri, che mi stava al fianco.

— In effetti — replicai — stavo osservando la mole dei due palazzi che stringono la piazza ai lati. Mi chiedevo se anche gli architetti dell'epoca fossero matti, visto che secondo voi lo siete tutti.

— Ma certamente! — rise il mio interlocutore. — Nondimeno il complesso è in piedi da sei secoli. Ho detto matti, mica incompetenti, no? Ma lasci che le presenti un suo collega, caro dottore.

Mi guardai attorno interessato, pronto a stringere la mano a un medico italiano: eppure, per quanto mi guardassi attorno, non vedevo che una bella signora sorridente. Non era troppo alta, ma dal portamento elegante senza essere affettato, e il suo viso sprizzava un'allegria contagiosa. Mi porse la mano senza esitazione.

— Il dottor Watson, suppongo. In città non si parla d'altro che di lei e del suo amico Holmes.

— Dottor Watson — intervenne Neri — ecco la dottoressa Maria Roncolai.

La donna mi guardò di sottecchi, maliziosa, mentre cercavo di riavermi dallo sbigottimento. Un medico donna in Italia!

— Vedo dalla sua espressione, caro collega, che è turbato. Posso chiederle se è il mio sesso a metterla in imbarazzo? O il fatto che parlo inglese?

— Mi perdonerà, signora. Volevo dire, dottoressa. Anzi, collega. Non è che sia molto abituato a contatti con medici donne, anche se da noi è da tempo che ne esistono: a Londra c'è persino la *School of Medicine for Women*, fondata vent'anni e passa fa dalla prima donna medico...

— Che non era inglese — interloquì una voce profonda e ironica alle mie spalle. — Chiedo venia, caro collega, ma non ho resistito alla tentazione di intervenire, perché questa, vede, è una situazione tipica.

Il dottor Benelli mi rivolse un saluto. Neri alzò lo sguardo verso il cielo, mentre la dottoressa allargava ancor più il suo sorriso.

— Tipica in che senso, scusi?

— Voi inglesi pretendete di essere i primi in tutti i campi. Il vostro impero è il più importante del mondo... e dimenticate che quello romano è durato mille anni, per non parlare dei cinesi. Le libertà civili le avete inventate voi... e vi scordate della rivoluzione americana. E ora le donne medico: Elizabeth

Blackwell era inglese di nascita, ma da bambina andò con la famiglia negli Stati Uniti ed è lì che si laureò.

— Ma lavora e insegna da noi!

— E tuttavia non l'avreste mai ammessa, *voi,* in una università. L'America, che gran Paese è quello!

— Su su, signori, non vi metterete a discutere su queste quisquilie, spero — intervenne la Roncolai, accennando a prendere a braccetto entrambi e ad avviarsi verso il corso. — Tre dottori che litigano. Che direbbe la gente?

— Che è normale — rispose Benelli. — Mai visto due di noi non accapigliarsi su un paziente. Siamo una razzaccia, Maria, lo sai.

— Ecco il mio caro Filippo brontolone. *Tu* almeno non litighi mai con me, e non comincerai stasera. Ho un milione di cose da chiedere al nostro collega britannico e non lo lascerò libero finché non avrò finito.

Non dimenticherò facilmente l'imbarazzo e insieme il piacere di quella incantevole passeggiata per la città a braccetto con la dottoressa Roncolai e il dottor Benelli, un atteggiamento confidenziale tipicamente italiano, cui mi adeguai subito, ma che avrebbe suscitato un imbarazzante scandalo nella mia Londra. Fui sottoposto a un fuoco di fila di domande e richieste di spiegazioni in cui cercai di barcamenarmi, e anche se debbo dire che non me la cavai troppo male, conclusi che i miei due colleghi erano fior di medici, estremamente aggiornati e competenti.

— Mi perdonerete, signori — disse infine la dottoressa — ma il tempo incalza e debbo assolutamente tornare a casa: temo che la nostra discussione finisca qui.

— Vuoi che ti accompagni, Maria? Abiti vicino a casa mia…

— Assolutamente no, mio caro. Vai pure a cenare alla taverna, io so ancora cavarmela.

— Spero che vorrà perdonare la mia rudezza di stamane — aggiunse il dottor Benelli al mio indirizzo — e anche la mia franchezza. Ma la mia amica qui presente le confermerà che ho un carattere, come dire…

— Impossibile? — propose dolcemente lei.

— Spigoloso: meglio spigoloso. A ogni modo, dottor Watson, sarò felice se avrà il tempo di venirmi a trovare qualche volta. E accetti questo sigaro in segno di pace.

— Avrei preferito una pipa, come quella che fumavano i pellerossa prima che i suoi beneamati americani li sterminassero tutti, laggiù nelle ex colonie.

Me ne andai soddisfatto della stoccata, col sigaro tra i denti, ricambiando allegramente il saluto che i passanti mi rivolgevano: in quanto ospite di Neri ero la celebrità del momento, insieme a Holmes. Ma forse proprio per quel saluto mi distrassi e svoltai all'incrocio sbagliato; quella che prima mi era parsa una discesa adesso era un vicolo pianeggiante, e i miei punti di riferimento scomparvero. Non mi persi d'animo, pensando che la città era piccola e che a furia di girare avrei comunque finito col capitare davanti alla casa di Neri; così mi misi a camminare di buon passo, compatibilmente almeno con la mia gamba che cominciava a risentire delle passeggiate italiane e che mi ricordava con qualche fitta della vecchia ferita alla battaglia di Maywand.

A un certo punto mi ritrovai al cospetto di una porta medievale, al di là della quale si estendeva una macchia buia e ostile: il bosco, pensai. Gli ultimi raggi del sole incendiavano quel tratto di campagna, dando luce a un angolo di foresta in cui i toni di verde e di grigio si mescolavano in una minacciosa cupezza: la natura si preparava alla notte. Proprio nel momento in cui mi ero appoggiato al muro per osservare lo spettacolo, notai una figura intabarrata sgattaiolare dalla strada e dirigersi verso una carrozza che l'aspettava: si issò sulla predellina e si infilò all'interno, ma nel chiudere la porta dovette compiere un movimento anomalo, perché la mantella scivolò per un attimo sulle spalle, rivelandomi il viso della dottoressa. Fu un attimo, quindi la porta si richiuse e la carrozza partì, lasciandomi nel dubbio se avessi visto bene. Ne ero sicuro: ma d'altra parte la Roncolai aveva detto che tornava a casa. Avrebbe mentito? E se sì, perché mai?

Quella sera, a cena, Sherlock Holmes rimase molto silenzioso. Cercai di rompere il ghiaccio col nostro anfitrione, e tra una portata e l'altra chiesi notizie di Benelli e della dottoressa.

— Due ottime persone, senza dubbio — rispose Neri, osservando in controluce il colore del vino che il cameriere gli aveva versato nel calice. — E tuttavia non le annovero nel mio giro di amicizie. Lui è un uomo pieno di cultura: sua moglie, Gianna, è la direttrice della Biblioteca, una donna di rara competenza e squisita sensibilità. Dal canto suo Benelli possiede una spaventosa erudizione; le sue conoscenze spaziano in vari campi e credo sia laureato anche in Storia e Matematica, pur ignorando in quale università le abbia studiate. Certo è che quando si mette in testa un'idea, è terribilmente difficile convincerlo del contrario. Caparbio, ecco. Lo definirei un po' caparbio nelle sue convinzioni.

— Come questa storia della leggenda del Lupo — osservò Holmes, scostandosi leggermente dalla tavola. — Ho notato che il commento di Benelli l'ha piuttosto irritata, signor Neri.

— È così — ammise il nostro ospite. — Intendiamoci, anch'io non credo alla leggenda. Ma uno deve pur inchinarsi ai fatti, non può far finta che non esistano. Benelli alza le spalle e sghignazza, senza proporre alcun tipo di spiegazione logica. Il mio atteggiamento, al contrario, è di rispettoso silenzio. In fondo sono già morte tre persone: il pastore, quel vecchio e il mio povero Salimbeni. Non mi pare che ci sia nulla su cui scherzare.

— Lei deve però ammettere — interloquii — che l'ipotesi di un lupo fantasma che si aggira tra Gubbio e Assisi uccidendo la gente senza motivo… be', lascia piuttosto perplessi, no?

— Mi verrebbe da citare il vostro Bardo nazionale — replicò Neri. — *Ci sono più cose in cielo e in terra, Orazio, di quante non ne contempli la tua filosofia…* Ma vi prego, non fatemi fare il sacerdote dell'occulto. Io vi ho solo riportato ciò che dice la gente in paese: voi, se potete, datemi un'altra spiegazione di tutto quel che è accaduto. I fatti…

— I fatti non possono essere negati, ma devono essere interpretati — dichiarò il mio amico alzandosi da tavola. — Siamo noi che diamo loro un significato; e quando glielo diamo, abbiamo già in testa un ordine precostituito. Bisogna vedere se quell'ordine è esatto… Ora ci perdonerà. La cena era realmente squisita, e il suo Porto delizioso, ma siamo stanchi e da domani dovremo cominciare a cercare elementi su cui ragionare.

Stringemmo la mano al signor Neri e imboccammo il corridoio verso le nostre stanze, che correva su un lato della casa, le ampie finestre ancora aperte. Ancora una volta mi colpì il silenzio che avvolgeva la città: non c'era anima viva per le strade, non un suono, non un sospiro. Perfino i nostri passi, attutiti dai morbidi tappeti, erano inghiottiti dal buio appena rischiarato dalle candele che portavamo in mano. Che cos'era quell'oppressione che schiacciava Gubbio, e che premeva anche sul mio cuore? C'era davvero una maledizione, o era solo un episodio di follia collettiva, una paura che diventava realtà solo nelle menti della popolazione?

Già con la mano sulla maniglia della mia stanza mi rivolsi a Holmes, la cui scarna figura proiettava un'ombra inquietante nell'alone luminoso delle candele.

— Cosa pensa di fare, Holmes?

Il mio amico mi rivolse uno sguardo strano, che mai avevo veduto in lui. I suoi profondi occhi grigi non scintillavano dell'esultanza di una soluzione, e neppure dell'ansia della ricerca. Non c'era la frenesia del segugio che si butta sull'usta, pronto a seguirla fino ai confini della terra se sarà necessario: ma come uno strano smarrimento, una insoddisfatta inquietudine. L'alta figura ristette per un attimo, poi scosse lentamente la testa.

— Sono imbarazzato, Watson. La verità è che non so da dove cominciare. È un clima strano… qualcosa che ammorba tutta questa città… tutta questa vicenda. Avverto una coltre di menzogne, di cose non dette… è come se tutto fosse nascosto dietro una massa di bugie. Cosa abbiamo qui? Fantasmi, lupi, ululati. La verità è che non sono nel mio ambiente. A Londra so come muovermi; lì potrei cercare nei quartieri della malavita, attingere informazioni… ma qui? Per dedurre bisogna conoscere. Certo, Neri ci ha narrato i fatti… i fatti che conosce lui e per come lui li ha interpretati… ma cosa è accaduto davvero? Ci servono dati, vecchio mio, dati incontrovertibili su cui basarci. E sono quelli che cercheremo per primi, domani.

15

La mattina successiva fui svegliato dal canto degli uccelli: una cosa piuttosto strana in città, pensai mentre mi crogiolavo ancora tra le coperte, oziando prima di alzarmi. Ma Gubbio era un luogo bizzarro, asserragliato nella natura che lo circondava: pur quasi privo di parchi o giardini, o almeno così mi era parso, era però talmente compenetrato con i boschi che gli animali erano di casa. Gli uccelli lo sorvolavano, e ogni sorta di richiamo si udiva nel silenzio del mattino. Nella notte ero certo di aver percepito il verso di una civetta, che evidentemente aveva fatto il nido sotto qualche tetto non lontano. Mi ritrovai a chiedermi se anche un lupo avrebbe potuto passare inosservato, nascondendosi in qualche cantina: ma mi riscossi, proibendomi di continuare con sciocchezze come quelle. Come aveva detto Holmes, bisognava ricercare i fatti e lasciar perdere le fantasie.

Mi preparai velocemente e scesi a far colazione in cerca del mio amico. Mi attendeva un laconico biglietto appoggiato sopra il piatto. Holmes era uscito di buon'ora e mi aspettava alla Biblioteca.

Quando mi presentai all'ingresso della monumentale Biblioteca Sperelliana, nello stesso palazzo che ospitava gli uffici comunali, il cortese impiegato che compilava il modulo, e a cui mi ero rivolto in un pessimo italiano, mi osservò di sottecchi al di sotto delle lenti che portava, ascoltando il mio nome. Mi disse qualcosa in italiano, e fu anche così cortese da ripeterlo assai lentamente: ma quando dal mio viso sconfortato realizzò che proprio non capivo, si alzò e mi fece strada fino alla sala di lettura più interna. Lì Sherlock Holmes stava discutendo animatamente con un signore di mezza età.

— Buongiorno, Watson! Noto che l'aria umbra fa bene al suo sonno e anche al suo appetito, a giudicare da quelle piccole tracce di pane sul suo polsino sinistro, che le consiglio di spazzar via. Permetta che le presenti il professor Permoli, che ho appena conosciuto qui in biblioteca. Le assicuro che il professore è un vero erudito: è un piacere parlare con lui.

L'italiano si presentò con un leggero inchino assai formale. Notai che vestiva in modo elegante ma non eccessivamente raffinato. Aveva un viso simpatico e glabro, con due occhi vivaci incorniciati da occhiali a *pince-nez,* e capelli candidi a cingere un cranio calvo sulla sommità: dimostrava attorno ai sessant'anni e l'espressione intelligente anticipava una mente lucida e brillante. Con un sorriso contagioso mi strinse la mano e mi parlò in un inglese perfetto.

— Davvero onorato di incontrarla, dottore. Come dicevo al signor Holmes, sarò felice di aiutarvi a conoscere Gubbio e specialmente la sua parte più nascosta. La mia città ha dei veri tesori segreti, degni di attenzione per lo studioso. Per mia fortuna ho molto tempo da dedicare a certi miei interessi e ho potuto approfondire la conoscenza di questi aspetti.

— Lei parla un ottimo inglese.

— Oh, è solo la traccia del mio periodo londinese. Lavoravo all'ambasciata italiana, allora: ma quel tempo è finito da quando sono andato a riposo e me ne sono potuto tornare qui a Gubbio. Naturalmente fu a Londra che sentii parlare del signor Holmes: la città era sottosopra in seguito alla sua elegante soluzione del caso dello *studio in rosso.* Una indagine davvero esemplare.

— Più che altro una storia ben scritta — obbiettò il mio amico. — Il pubblico trascura colpevolmente la bravura del dottor Watson, e la sua capacità di mettere in buona luce il mio operato a costo di una certa falsificazione della realtà. Il caso dello *studio in rosso* sarebbe stato quasi banale dal punto di vista della deduzione logica, se non fosse stato per l'enigma dell'anello... ma questa è storia passata. Il professore, Watson, mi stava parlando delle Tavole Eugubine. Un argomento affascinante. Vuole riassumerlo per il mio amico?

— Ma non vorrei...

— La prego.

Permoli, compiaciuto, si avvicinò alla finestra e mi indicò l'imponente Palazzo dei Consoli, dall'altra parte della piazza.

— Là dentro — attaccò — sono conservate da più di quattro secoli sette tavole di bronzo. La città le acquisì nel 1457, ma sono antichissime: assai prima dell'asservimento di Gubbio ai Romani. Esistono leggende innumerevoli su dove furono ritrovate e da dove venisse il loro scopritore. Sta di fatto che riportano una serie di cerimonie religiose dell'antica città, e le riportano in latino, etrusco e umbro arcaico.

— Interessante. Come la stele di Rosetta per i geroglifici egizi, vero?

— Sì, dottore, anche se qui si tratta di rituali religiosi e non di un semplice documento burocratico: questo ci apre probabilmente uno squarcio su tutta la società di allora, i suoi usi, le sue credenze. Se solo potessimo decifrarle...

— Io ritengo, professor Permoli, che se noi...

Holmes prese a lanciarsi in una disamina sul significato dei segni destrilinei nella letteratura caldea che mi lasciò freddo nella stessa misura in cui entusiasmò il professor Permoli. Mentre i due chiacchieravano animatamente, notai che Holmes aveva davanti a sé una serie di articoli di giornale; così, con aria indifferente, mi misi a leggerli, visto che la mia conoscenza dell'italiano scritto era nettamente superiore a quella dell'italiano parlato.

Il primo, del febbraio 1890, era un modesto trafiletto

riportante la notizia (senza alcun commento) che un pastore di cinquantasei anni era stato rinvenuto cadavere nei boschi. Un articolo di alcuni giorni successivo faceva notare con un certo stupore che non si erano scoperte tracce di animali sul luogo della tragedia, e il giornalista chiudeva il pezzo confidando che *la nostra polizia saprà trovare una spiegazione convincente di questo fatto anomalo, che ci è stato confidato da testimoni degni di fede.*

Dopo di quello vi erano diverse segnalazioni di *strani rumori* uditi in città, e un'intervista al dottor Benelli in cui il medico aveva incolpato dell'accaduto *correnti d'aria che, passando per qualche angusto pertugio, possono avere provocato rumori insoliti, che i creduloni hanno scambiato per ululati.*

Ma l'articolo più interessante era certamente l'ultimo, pubblicato pochi giorni prima del nostro arrivo.

Il cadavere di Albino Gennai, di professione ebanista, è stato ritrovato all'alba in un vicolo presso la chiesa di San Giovanni, in circostanze che suscitano una certa inquietudine. Il poveretto giaceva in un lago di sangue e aveva la gola squarciata in modo del tutto innaturale. La dottoressa Roncolai, che ha avuto la discutibile ventura di rinvenire il cadavere, ha dichiarato che lo spettacolo era raccapricciante e che non riusciva a darsi una spiegazione di ciò che aveva visto. Il medico incaricato dell'autopsia, il noto dottor Benelli, non ha voluto rilasciare dichiarazioni, limitandosi a riferire che i fantasmi non azzannano alla gola le persone. La polizia mantiene il più stretto riserbo sull'accaduto.

A quel punto il giornalista sciorinava una lunga serie di elucubrazioni sull'argomento, scadendo in un romanzetto popolare da quattro soldi. Intanto, mentre scorrevo il contenuto dei giornali, la discussione tra Holmes e Permoli si era avviata su binari sempre più astrusi, almeno per un uditore poco avvezzo alla loro misteriosa disciplina.

— È stato un autentico piacere discutere con lei, signor

Holmes. Sono compiaciuto che questo genere di cose rientri tra i suoi interessi e spero che avremo modo di approfondire la nostra chiacchierata. La inviterei volentieri a casa mia, dove ho molto materiale, ma per mia disgrazia sto eseguendo dei lavori e mi è toccato far venire una squadra di muratori: da Roma, pensi un po'; qui sono proprio dei ladri. C'è una confusione tale che mi vergogno a ricevere ospiti e sono sempre fuori casa: può trovarmi, se mi cercherà, presso la sede degli Sbandieratori di Gubbio.

Quest'ultima nota risvegliò di colpo il mio interesse, mentre sembrò far precipitare quello del mio amico. Avevo letto durante il viaggio alcune note relative agli sbandieratori in questione: veri virtuosi dell'arte di lanciare in aria le bandiere di Gubbio, uomini che dal Medioevo erano famosi per la loro abilità e per la coreografia fantastica delle loro esibizioni corali. Permoli mi spiegò che da sempre a Gubbio gli appassionati si ritrovavano ad allenarsi e a organizzare le loro attività.

— Io ero assai bravo quando ero giovane. Ora, ahimè, non sono più in grado di far ciò che ero in grado di fare allora, ma l'allenamento ha preservato una certa qualche abilità e talvolta mi esibisco ancora. Alla mia età, debbo più che altro presiedere all'organizzazione; ma anche così, dedicare parte del mio tempo libero a qualcosa che amo mi riempie di soddisfazione. D'altro canto Gubbio è una città tranquilla, in cui un uomo può attendere con calma alle sue piccole passioni e ai suoi studi.

— C'è qualcosa che amerei chiederle, professore — disse Holmes con aria indifferente, avvicinandosi di nuovo alla finestra. — Tutto questo trambusto – la faccenda del Lupo e dei delitti, intendo – deve aver turbato la pace di Gubbio. O la città è rimasta tranquilla?

L'italiano rifletté un attimo prima di rispondere, ma un lampo di malizia scintillò nei suoi occhi quando si decise a farlo.

— Certo voi inglesi sareste rimasti assai più freddi, anche se le ricordo che è nei vostri Paesi che la gente crede ai fantasmi.

Ma capisco che gli eugubini si siano messi in testa questa sciocchezza del Lupo, visto che ci sono dei fatti che nessuno riesce a spiegare. Ci metta un po' di superstizione… la gente ha bisogno di capire ciò che ha attorno, e se non può farlo, inventa delle spiegazioni ultraterrene.

— Dunque dei fatti inesplicabili ci sono anche secondo lei. A cosa si riferisce?

— Non parlo dell'omicidio di quel poveretto, perché non so nulla di quella storia. Ma gli ululati… signor Holmes, gli ululati proprio non riesco a spiegarmeli. — Permoli scosse la testa. — Vede, talvolta sono stato tra coloro che li hanno uditi da vicino, e mi sono precipitato a cercarne l'origine.

— Un bel coraggio — commentai. — E se davvero si fosse trovato davanti un lupo, demoniaco o meno?

Il professore scrollò le spalle, battendosi un colpetto sulla tasca della giacca. — Non credo ai demoni, e una revolverata è una buona medicina anche per i lupi: da due mesi, le confesso, non mi separo facilmente dalla mia Beretta. E poi… non sempre uno si comporta in maniera razionale. In fondo sono un latino, per dirla con voi britannici! Ma tutto ciò non ha importanza, perché in realtà non ho mai trovato alcunché. Ed è proprio questo che mi sconcerta. Una volta o due sono arrivato nel punto da cui era partito l'ululato in meno di un minuto: e si trattava di luoghi da cui nessuno avrebbe potuto scappare senza che io lo vedessi. La scorsa settimana ero diretto da casa mia al Palazzo dei Consoli, il pomeriggio attorno alle quattro, quando un ululato è risuonato violentissimo nel cortile accanto alla strada che stavo percorrendo. Ho pensato che finalmente c'eravamo. A quel cortile si accede soltanto dalla stretta via che avevo di fronte, ed è chiuso tra quattro mura senza finestre: pareti lisce, alte più di dieci metri, nessuna possibilità di issarsi fin lassù neppure per un alpinista esperto. Mi sono infilato nella via con il mio zaino sulle spalle e il revolver in pugno, e sono piombato nel cortile che l'ululato aveva appena smesso di sentirsi... Ebbene, non c'era assolutamente niente: uomini, animali, tracce, niente. Se aveste potuto vedermi! Ansante, con la rivoltella in mano e la faccia stupefatta... sareste scoppiati a ridere, credo. Signori, io non sono un vigliacco, eppure vi assicuro che ho paura. Ho sempre paura di fronte all'ignoto.

Sherlock Holmes si era seduto di nuovo, il capo leggermente inclinato all'indietro in un atteggiamento di intensa concentrazione.

— Interessante, Permoli, davvero. Spero che mi sappia indicare il luogo, cosicché lo possa studiare. I muri sono di mattoni a secco?

— No. Intonaci lisci, di colore chiaro, e nemmeno a farlo apposta appena reintonacati: se qualcuno o qualcosa avesse scalato quelle pareti, avrebbe dovuto arrampicarsi su superfici perfettamente lisce. E oltretutto senza lasciarci sopra un'impronta di fango, dato che aveva appena piovuto.

— Se ci fosse stata una corda tesa dal tetto, poi ritirata dall'alto? — azzardai.

— Mi dispiace, dottore, ma è impossibile. Sono arrivato in pochi secondi e nessuno avrebbe avuto il tempo di arrampicarsi, ritirare la corda e dileguarsi dall'altra parte dei tetti: senza contare che non c'erano tracce di fango sulle pareti. E adesso, signori, se non vi dispiace debbo proprio andare.

Permoli afferrò un capace zaino in tela che aveva riposto sotto un tavolino e cominciò a riempirlo di libri.

— Un bel peso, però! Permette che l'aiuti? — commentai vedendo che se lo buttava sulle spalle con un certo sforzo.

— Grazie, dottore, ma ci sono abituato. Cosa vuole, è l'unico modo per portare avanti e indietro i libri della biblioteca. Per fortuna la direttrice è gentile e non ho problemi col prestito. Per i miei studi ho bisogno di tenere a portata di mano vari volumi, e portarmeli in una pila è impossibile, per non parlare di quando piove. Temo di essere diventato un personaggio caratteristico, qui a Gubbio, con il mio zaino stracolmo di libri sulle spalle… i bambini ridono e qualche volta mi prendono in giro, ma io non ci faccio caso. Il peso della scienza!

Quando il professore fu uscito, chiesi a Holmes cosa pensasse di quello che aveva trovato sui giornali.

— Pare che la sua amica dottoressa sia stata la testimone che ha trovato il corpo, Watson. Mi farebbe piacere parlarle. Forse ha notato qualcosa… e anche quel Benelli va interpellato, visto che ha eseguito l'autopsia.

— Potremo farlo nel pomeriggio: mi hanno detto che entrambi usano far ambulatorio al mattino.

— Molto bene, vecchio mio. Significa che potremo dedicare qualche altra ora a visitare questa magnifica biblioteca. Il professore mi ha parlato di qualcosa come novemila volumi, pensi un po'! Ho notato dei manoscritti del XIV secolo, e lei sa che la letteratura medievale è una delle mie passioni.

Avevo sempre ammirato in Holmes la sua capacità di astrarsi improvvisamente dallo svolgimento di un'indagine, da un problema cui non trovava soluzione, per dedicarsi a interessi del tutto diversi: l'avevo visto recarsi a un concerto e seguire la musica in perfetta beatitudine, del tutto dimentico dell'enigma cui si era dedicato anima e corpo fino a quel momento, o chiacchierare amabilmente a cena dei più svariati argomenti senza lasciar trasparire nulla che rivelasse in lui il tenace segugio che di lì a poco si sarebbe di nuovo scatenato sull'usta. Sapevo bene che queste provvisorie fughe dalla realtà del suo lavoro gli consentivano di lasciare le indagini in un punto apparentemente inesplicabile per tornare a esso con mente fresca e non più obnubilata dai vecchi schemi. Per usare le sue stesse parole, "quando non si riesce a sfondare una porta a spallate, Watson, talvolta è meglio allontanarsi per tornare più tardi, osservando se magari c'è una finestra. In caso affermativo, si risparmia la spalla". Così, senza stupirmi troppo, lasciai il mio amico profondamente immerso nello studio di una magnifica miniatura dall'anno Mille e me ne andai bighellonando per la città. Salutai di lontano il professor Permoli, quasi ingobbito sotto il peso del suo zaino, e mi diressi in alto, alla volta della cattedrale e del Palazzo Ducale. Lassù, affacciato alle terrazze che davano sulla città, potei ammirare il Palazzo dei Consoli e quello municipale, e mi stupii osservando le enormi campane che dalla torre del Palazzo dei Consoli facevano la guardia alla pianura. Tornato di sotto, spedii un biglietto ai miei due colleghi, chiedendo loro un appuntamento per il pomeriggio.

La risposta giunse subito dopo pranzo: Benelli si scusava ma doveva recarsi fuori città, mentre la dottoressa Roncolai ci attendeva per un tè.

— Perché ha sorriso al biglietto, Holmes? — chiesi al mio amico mentre ci recavamo dalla Roncolai.

— Perché è un biglietto gentile, Watson. Non credo che sia usuale per la dottoressa offrire un tè agli amici. Penso che qui si offrano caffè e pasticcini, o qualcosa del genere: vino dolce, magari. L'offerta del tè è chiaramente un pensiero cortese per due veraci britanni come noi: devono vederci come dei buffi animali. E a proposito, temo che il tè sarà atroce.

— Peggio di quello di Neri? Ne dubito, Holmes. C'è un limite a tutto.

Fu una bella lotta, in effetti, ed entrambi restammo in dubbio se il liquido caldo servitoci a casa Roncolai fosse o meno comparabile con il suo omologo a casa Neri. Notai lo sguardo di compassione che la dottoressa ci rivolse mentre ci offriva il tè, evidentemente convinta della superiorità dell'italico caffè.

— Perché si interessa a questa storia, signor Holmes? — replicò incuriosita quando le chiedemmo della sua tragica scoperta. — La credevo qui in vacanza.

— Il mio amico, dottoressa, le dirà che il mio cervello ha bisogno di restare impegnato: e d'altronde la cosa è troppo curiosa perché io possa trascurarla.

— Sì, un episodio decisamente curioso, ne convengo. Vede — continuò la Roncolai dopo un attimo di riflessione — io non sono facilmente impressionabile, al di là di quel che lei può pensare delle donne.

— Al contrario, dottoressa. Sono certo che lei è dotata di una volontà di ferro: non deve essere stato facile fare la carriera che ha fatto. Una donna medico è certamente oggetto di molti pregiudizi.

— Eppure raramente sono stata così sconvolta. Non era certo il primo cadavere che vedevo, tuttavia... era mattina, molto presto, sul fare dell'alba. Stavo recandomi a fare una visita urgente, quando, forse a causa della nebbia che a quell'ora avvolgeva la città, ho svoltato all'angolo sbagliato. Stavo tornando indietro maledicendo la mia sbadataggine quando ho scorto con la coda dell'occhio la punta di una scarpa dietro un muro: mi sono avvicinata lentamente e... ho visto il corpo. A quel poveretto era stata tranciata la gola, e poi lo avevano trascinato per diversi metri: ogni tanto si erano fermati, perché la traccia di sangue per terra si allargava in pozze dove era rimasto più a lungo. Suppongo che quell'animale, o qualunque cosa sia, di tanto in tanto scuotesse il cadavere: pare che i lupi lo facciano.

— Già. Può descrivermi la ferita?

— Lacero-contusa, nella regione anteriore del collo — sentenziò lei molto professionalmente — con tranciamento della trachea e della carotide. Una morte quasi istantanea, almeno questo. I margini non erano netti, ma strappati, come se fosse stato trascinato per la gola da una belva di dimensioni enormi.

Seguì un attimo di silenzio, durante il quale ognuno di noi fissò attentamente un punto indefinito nello spazio. Holmes rifletteva a occhi semichiusi, quasi stesse rivivendo la scena. — Come erano gli abiti? — chiese poi, di colpo.

— Molto insanguinati, e sporchi nella parte posteriore: era stato trascinato, appunto.

— E le mani?

— Le mani… no, non ho notato nulla di particolare alle mani. Lo sguardo… quello sì aveva qualcosa di strano, qualcosa che non saprei definire.

— La ringrazio, dottoressa. — Improvvisamente Holmes si alzò in piedi. — Abbiamo abusato fin troppo della sua pazienza, ed è ora di tornare a casa. Stasera i nostri amici shakesperiani metteranno in scena l'*Amleto* per noi, e non possiamo tardare.

Mi lasciai sfuggire un piccolo gemito alla prospettiva, e osservai con rimpianto il bel viso della mia collega: mi dispiaceva lasciarla così, e cercai un argomento per prolungare sia pur di poco la nostra visita. Proprio in quel momento udimmo qualcuno rientrare, e voci infantili rimbombare nell'ingresso: la domestica, evidentemente, aveva riportato a casa i bambini. Uscendo dalla stanza la signora Roncolai ci presentò ai ragazzi: una giovinetta di una quindicina d'anni e un frugoletto vivacissimo di otto, che risposero educatamente in un inglese stentato.

— A proposito, mia cara, dove andava l'altra sera? L'ho incontrata mentre saliva a bordo di una carrozza. Non mi dirà che fate visite in carrozza, voi medici italiani!

— Mi dispiace, dottore — replicò lei stupefatta — ma non so proprio a cosa si riferisce.

— Dopo che ci siamo salutati con Benelli… alla porta medievale verso il bosco…

— Glielo ripeto, caro Watson, lei si sbaglia: l'altra sera sono tornata a casa e sono andata a dormire subito, perché ero stanchissima. Mi ha confuso con un'altra donna, e questo non posso proprio perdonarglielo. La ammetterò di nuovo alla mia presenza solo quando si sarà scusato! — mi minacciò sorridendo amabilmente.

Mentre ci avviavamo sulla strada del ritorno, Holmes mi chiese cosa pensavo della mia collega.

— Una donna affascinante — risposi con sincerità.

— Mentiva, se ne è accorto?

— Lo escludo, Holmes. È evidente che l'abbaglio è stato mio, anche se ero sicuro che...

— Mentiva. Ha finto di scherzare, ma ho visto la paura nei suoi occhi. E quando una donna ha paura, la menzogna è dietro l'angolo. Ma cos'è questo?

Il figlio della dottoressa ci aveva raggiunto ansando: doveva aver corso come un disperato.

— Lei è proprio Sherlock Holmes? Quello Sherlock Holmes?

— Quello del dottor Watson? Certo, ragazzo.

— Allora io prego lei, per favore. Mia mamma, aiuta mia mamma. Io davvero molto preoccupato. Per favore, prego!

— E perché sei preoccupato per lei? — ribatté lentamente il mio amico, scandendo bene le parole.

— Mamma esce di casa, va via e torna di notte. L'ho sentita. L'altra sera... non è vero che dormiva, io lo so: sono andato a cercarla e non era nel letto. Ora scappo o lei se ne accorge. Per favore, per favore!

E fuggì via come era venuto, a tutta velocità, nel buio che calava sui vicoli.

16

Mia cara Mary,

*sono oramai diversi giorni che ci siamo salutati e mi manchi sempre di più. L'Italia è stupenda e Gubbio in particolare una città meravigliosa, ma non credevo proprio che ci sarei finito con Holmes invece che con te, come avevamo sognato invece tante volte! Ma prima di diventare "scioccamente romantico", per usare le tue parole, ti racconterò gli ultimi sviluppi della vicenda che ci ha catapultato in Italia e che hanno avuto una brusca svolta ieri sera: non che il clima di mistero si sia in qualche modo attenuato o che riesca a vedere un qualche filo logico nel dipanarsi di questa orribile storia, peraltro. Holmes è taciturno e di umore cupo, segno sicuro che anche lui brancola nel buio o quasi. Quando l'ho messo con le spalle al muro chiedendogli a che punto era con le sue indagini, ieri a colazione, mi ha guardato con aria stranita e poi ha bofonchiato qualcosa sull'*eta *etrusca che gli dava dei problemi.*

— Non trovo il corrispettivo in umbro antico, capisce, Watson?

Dopodiché si è rimesso a masticare guardando nel vuoto, e non c'è stato modo di spiegargli che veramente io alludevo agli omicidi.

In realtà gli ultimi giorni si sono susseguiti senza particolari novità. La mattina Holmes si reca al Palazzo Comunale, a studiare manoscritti in biblioteca o a esaminare le Tavole

Eugubine: apparentemente sembra del tutto dimentico delle sue indagini, ma lo conosco abbastanza per sapere che non può essere così. Evidentemente lui scorge un rapporto, una connessione importante tra tutto ciò e il caso del lupo fantasma, anche se non riesco assolutamente a comprendere di cosa si tratti.

Quanto a me, passo il tempo bighellonando da turista: un turista distratto, però, attento più a osservare le persone e i fatti che i luoghi e i capolavori d'arte. Sono naturalmente danneggiato dalla mia ignoranza della lingua locale, ma le lezioni di Holmes in questi anni mi hanno abituato a osservare gli atteggiamenti delle persone, i loro toni di voce e l'abbigliamento, oltre che la lettera di ciò che dicono. Nelle poche parole che riesco a metter insieme in italiano, ho provato a impersonare la figura dell'eccentrico britannico in caccia di emozioni e piuttosto tonto, chiedendo in giro che mi spiegassero questa storia del Lupo. La gente in genere diventa pallida, si guarda nervosamente intorno e a bassa voce attacca una lunga filippica condita di occhiate significative e gesticolio delle mani: il tutto culmina in uno sguardo al cielo e un enfatico annuire. Ne ho dedotto che la diceria popolare è oramai condivisa da tutto il paese o quasi, proprio come diceva Neri. L'unico che pare ridersela è quello strano tipo di medico, Benelli: tutte le volte che lo incrocio non perde mai occasione di polemizzare con me e attaccare l'Inghilterra e l'Impero, vantando la superiore cultura latina e la "civilizzazione" portata dai Romani, pensa un po'! Lo fa tuttavia con un garbo e un'ironia tali che non riesco a irritarmi, e finisco col rispondergli con qualche stoccata sui suoi beneamati americani. Tra un bisticcio e l'altro non ha perso occasione di sostenere che tutta la faccenda è assolutamente ridicola e che non crede alla leggenda lupesca più di quanto non creda agli asini che volano (una colorita espressione italiana per indicare una cosa chiaramente impossibile). Dopodiché ha sgranato gli occhi e mi ha indicato un punto nel cielo esclamando con voce strozzata: "Guardi, dottore! Un asino!!". E io, soprappensiero, mi sono girato... puoi immaginarti le risate di quel malandrino.

Sarà stato per le persone con cui ho parlato, sarà stato per l'impalpabile suggestione che emana da questa città, ho avuto per tutti gli ultimi giorni una strana sensazione addosso: come se ci fosse una minaccia sospesa, silenziosa, ma pur tuttavia incombente e terribilmente reale. Mi è difficile riuscire a farti vivere, qui sulla carta, l'ansia sottile che avverto. Prova a immaginarti la singolare Gubbio, un pezzo di Medioevo puro, con le sue torri bianche e le strade strette, le case grigie di pietra calcarea addossate l'una all'altra; l'odore di terra bagnata e di legna bruciata; il silenzio profondo in pieno giorno, così diverso dai rumori della città, e che rende sinistro e ostile ogni scricchiolio, ogni passo, ogni calpestio dietro l'angolo... Immagina le notti, con i richiami degli uccelli notturni e un senso di angoscia che puoi perfino respirare, quasi che la paura dei cittadini esca da loro come il fiato e si diffonda tra le case come una peste. E, per concludere, immagina di nuovo la città, infetta di paura, mistero e solitudine, scagliata dalla pianura verso la vetta del monte che la sovrasta, con le spalle addossate al muro del bosco nero che la circonda come per soffocarla... Ecco: se riesci a immaginare tutto questo, allora potrai avere un'idea del senso di attesa, della certezza di nuovi delitti e nuove tragedie che qui attanaglia ogni cittadino. Chi sarà il prossimo? Cosa succederà domani, oggi, tra due ore, tra un attimo? Questa è la domanda che incombe sui cuori degli eugubini: e la mia esperienza militare, la mia saldezza di nervi, se mi aiutano a non lasciarmi coinvolgere nel panico, non servono certo ad allentare i miei sensi tesi allo spasimo.

Eppure tutto ciò farebbe ancora parte del mondo delle sensazioni individuali, se non fosse per ciò che è accaduto ieri sera.

Ebbene, cara Mary, mi trovavo per l'ennesima volta sulla meravigliosa piazza ai piedi del Palazzo dei Consoli, la cui imponente massa cominciava ad arrossarsi del sole del tramonto. Uno spettacolo magnifico, mia adorata, che spero proprio un giorno di condividere con te. Ti confesso che questa terrazza pensile è diventata uno dei luoghi che preferisco frequentare in città, con la sua vista fenomenale sulla pianura, verso Perugia e Assisi. È una piazza piuttosto frequentata e a quell'ora crocchi di persone si salutavano e si scambiavano due chiacchiere: sempre però con un tono quasi spaventato, assai diverso, mi dicono, dal clima usuale e dal temperamento degli abitanti. È stato proprio nel momento in cui il sole cominciava a tuffarsi al di là delle colline, incendiando tutta la vallata, che un ululato inaspettato e fortissimo ha gelato il sangue di tutti i cittadini. Un uomo accanto a me ha distintamente pronunciato una preghiera a Sant'Ubaldo, mentre molti si facevano il segno della croce e si addossavano lentamente verso la balaustra, nella direzione opposta all'orrendo suono. In quell'istante una figura che ben conoscevo è apparsa sulla spettacolare rampa di gradini che dalla piazza conduce all'interno del Palazzo dei Consoli, dove si trovano le Tavole Eugubine, e una voce ben nota ha urlato:

— Andiamo, Watson! È qui vicino stavolta!

È stato come il rompersi di un incantesimo: ho afferrato la rivoltella d'ordinanza che, ti confesso, mi porto sempre in tasca da quando la nostra avventura italiana è cominciata, e mi sono messo alla calcagna di Holmes, seguito a mia volta dai due o tre coraggiosi che rifiutavano di subire passivamente la situazione. L'ululato continuò per un paio di minuti buoni, mentre ci inerpicavamo a tutta velocità per la salita che porta al Palazzo Ducale e al Duomo, dirigendoci verso l'origine del suono. Cessò mentre correvamo, io zoppicando bravamente a causa della mia vecchia ferita, e Holmes in testa a incoraggiare a gran voce gli italiani. Ma arrivati a metà della viuzza, chiusa da entrambi i lati dalle case e poi da alti muri di pietra, vedemmo correrci incontro il professor Permoli, con il suo buffo zaino a ballonzolargli sulle spalle.

— L'avete sentito? L'avete visto? Doveva essere qui vicino!

— Non era più in alto?

— No, perbacco. Vengo dal Duomo e il suono veniva dal basso.

Holmes ristette per un attimo, guardandosi attorno.

— Non è andato in basso, non è andato in alto. Che sia fuggito scavalcando il muro?

L'eccitazione della corsa stava sfumando e i nostri compagni italiani hanno cominciato a guardarsi nervosamente intorno. Uno ha raccolto un bastone che chissà perché era rimasto a terra e lo ha stretto con forza. Holmes, aiutato da me, ha cominciato a scalare il muro: un'operazione che ha richiesto diversi minuti, e ti prego di notare che lui è una persona straordinariamente atletica e in perfetta forma. Si è calato dall'altra parte e ha studiato con attenzione il terreno, che era fradicio per la pioggia caduta la notte precedente. Quando è tornato indietro (da quella parte c'erano dei tronchi che ha potuto usare per risalire sul muro) aveva una espressione tempestosa negli occhi e lì per lì si è rifiutato di parlare. Siamo tornati da dove eravamo venuti, un po' abbattuti e un po' perplessi: ma quando, dopo aver salutato i nostri compagni di avventura, gli ho chiesto a quattr'occhi cosa avesse trovato al di là del muro, Holmes mi ha guardato severamente e ha soggiunto: — Niente, Watson. Non ho trovato niente in terra. Sulla cresta del muro, invece, c'era un'impronta fangosa: l'impronta di una zampa gigantesca. E in qualunque direzione sia saltata quella bestiaccia, per quanto lungo fosse stato il salto, avrei dovuto trovare impronte profonde, per il peso dell'animale. Ma non c'era assolutamente nulla. Il che è estremamente interessante.

Questo è stato tutto quello che ho cavato dalla bocca di Holmes, prima che si rinserrasse in un enigmatico silenzio.

Ho conosciuto in quella occasione la versione locale dell'ispettore Lestrade di Scotland Yard, di cui tanto ti ho parlato. Un vero bestione, dalla mole impressionante e, temo, di intelligenza non superiore a quella del suo omologo britannico: si chiama Amilcare Bencivenga ed è anche lui un funzionario della cosiddetta Pubblica Sicurezza, uno strano giro di parole per dire polizia. Mi ha tempestato con una fila di domande sul perché eravamo qui, a cui ho risposto vantando un interesse abnorme per i "ceri": più che per un reale interesse nei miei confronti, credo che volesse sfoggiare la sua autorità di poliziotto.

Questa sera mi aspetta un'autentica tortura. Neri ha convocato i suoi amici shakespeariani per una rappresentazione speciale del Macbeth. *Sono gente simpatica ma temo degli attori mediocri. Spero solo di potermi ricredere…*

Non mi ricredetti affatto, invece, e la rappresentazione fu in certi tratti francamente imbarazzante. A parte il livello della recitazione – in fondo avevo visto di peggio nelle recite parrocchiali in Inghilterra – quello che veramente non riuscii a mandare giù fu l'idea di Neri di trasformare il tutto in una messinscena politica. Lady Macbeth per lui era il simbolo del potere che corrompe un'anima pura, e Macbeth colui che aveva abbandonato i suoi ideali di gioventù: i traditori della classe operaia, insomma. Ma è stato solo quando, al posto della foresta che si muove, Macbeth si è messo a urlare di terrore di fronte allo sventolio di un paio di bandiere rosse, che ho pensato che si fosse toccato il fondo. Alla fine sono riuscito a nascondere dietro un sorriso forzato ciò che veramente pensavo e a salvare un minimo di formalità, mentre Holmes si congratulava a gran voce per "l'originalità dell'interpretazione": avevo sempre ammirato le capacità diplomatiche che il mio amico sapeva sfoderare nei rari casi in cui decideva di farne uso. Gli attori comunque non sembrarono aver colto il nostro imbarazzo: eccitati e felici, ancora rossi in viso per lo sforzo e l'emozione, diedero vita a un cicaleccio continuo mentre tutti assieme attaccavamo la cena allestita dal nostro anfitrione.

— Ora ha capito, dottore, come mai conosciamo così bene l'inglese? Non facciamo che esercitarci sui testi originali, e pian piano abbiamo iniziato a esprimerci nella vostra lingua.

— C'è tuttavia qualcosa che mi sfugge. Voi puntate a un'interpretazione per così dire socialista del Bardo, nevvero?

— Forse socialista è un filino eccessivo. Diciamo che ci interessa rivisitarlo in tal senso.

— E usate la lingua originale. Ma non credete che la massa dei contadini e degli operai apprezzerebbe ben poco uno spettacolo in una lingua che non conosce? O pensate di insegnare loro l'inglese, prima?

Per un attimo il buon Neri sembrò spiazzato dall'osservazione, ma poi alzò filosoficamente una spalla e tornò al suo disarmante sorriso.

— Ammetto che non ci avevo pensato. Ebbene, lo tradurremo in italiano. Ma recitarlo in inglese ci è servito comunque a entrare nella parte, no? Lei che ne pensa, signor Holmes? Potrebbe aiutarci nella traduzione? So che conosce piuttosto bene la nostra lingua.

— Ne sarei onorato; è il minimo che posso fare per lei. Ma ci sono molti vocaboli che ancora non conosco bene... per esempio, qual è il significato esatto della parola *equivoca?* Poco fa, senza volere, ho udito la signora Rita pronunciare una espressione del genere a proposito, credo, della dottoressa Roncolai... o sono indiscreto?

Un attimo di silenzio imbarazzato seguì le parole del mio amico.

La signora abbozzò un sorriso e poi, scuotendo i capelli con un gesto spigliato, si rivolse a Holmes.

— Questo è quel che capita quando ci si siede a tavola con un investigatore. Ma non deve scusarsi, signor Holmes, sono stata io a essere sventata. In realtà stimo molto la dottoressa Roncolai, come tutti in città, del resto. Il fatto è... che è strana, ecco. O meglio, è strano il modo in cui si comporta da un po' di tempo.

— Diciamo — bofonchiò Menichetti — che ora come ora *tutto* è strano a Gubbio.

— Renzo ha ragione — aggiunse Orfeo Goracci annuendo. — Vede, signor Holmes, da qualche mese, da quando ha cominciato a diffondersi quella strana storia del Lupo, è come se la città fosse stata investita da una corrente di sospetto e di paura. Tutti guardano di sottecchi gli altri, come se li sospettassero dei peggiori delitti… invece di coalizzarci contro un nemico comune ci chiediamo dove si annidi quel nemico, e dubitiamo del vicino, o dell'amico che conosciamo da tanti anni.

— Questa Roncolai non la conosciamo da tanti anni, però! — intervenne vivacemente Rita. — Che ne sappiamo in realtà? Come potremmo mettere la mano sul fuoco per lei?

— Oh, andiamo! — replicò Menichetti. — Le calunnie sono sempre esistite nei paesi.

— D'accordo, ma che fine ha fatto suo marito? Perbacco! — aggiunse decisa Rita, guardandosi fieramente intorno. — Quando arrivò qui, una decina d'anni fa, la sua sembrava una famiglia felice. Un marito, due bambini, e lei con quel lavoro un po' anomalo per una donna, ma molto brava. Poi però il marito ha dato le dimissioni dal lavoro: a scuola, dove insegnava, non l'hanno più visto, e si è parlato di dissapori, di scenate… dopodiché è sparito. E lei non ne parla.

— Si tratta certamente di una storia molto dolorosa — commentò Neri a mezza voce. — Del resto, quando un marito abbandona la moglie…

— Ma la Roncolai non si comporta affatto come una moglie abbandonata! — protestò Rita. — Potrei capire se volesse tenere segreta una vicenda così intima... ma allora perché parla ancora del padre ai bambini come di un santo? Mia figlia va a scuola con loro, e sono entrati in confidenza. In casa sua c'è un enorme ritratto del marito. Vi pare una donna tradita? C'è qualcosa di strano in lei, ve lo dico io che sono una donna. E su certe cose – mi perdonerà, signor Holmes – noi siamo assai più brave perfino di voi detective.

— Non ne dubito affatto — sorrise il mio amico. — Dunque lei sospetta che ci sia dell'altro? Per esempio che possa essere stata la dottoressa a tradire il marito?

— Potrebbe essere. C'è chi dice che lui se ne sia andato in preda allo sdegno. Ma se fosse, perché le avrebbe lasciato i figli? Quel che è sicuro è che lei riceve posta da Perugia regolarmente: si chiude nel suo studio con quelle lettere, e la cameriera la sente singhiozzare. Non vorrà negare che c'è qualcosa di poco chiaro in quella casa! Lei non la definirebbe equivoca una situazione così?

— Non saprei, effettivamente. Per me, straniero, non è facile valutare le vostre azioni. Gli italiani sono un popolo un po' particolare…

— E che c'entrano gli italiani adesso? Non generalizzi, signor Holmes: *semo nojaltri de Gubbio a esse matti, 'n se po' mica dà la colpa a quel'altri! Guardi i Ceri!*

Sorrisi a sentir parlare Menichetti in un inglese dal pesante accento umbro, una commistione che mai s'era udita dalla notte dei tempi. Ma su quel punto aveva certamente ragione. Per quel che avevo capito, la febbre dei Ceri stava aumentando di giorno in giorno, e il nervosismo che serpeggiava tra la gente cominciava a dipendere dalla corsa incombente almeno quanto dalla paura del lupo soprannaturale: avevo sentito di riunioni e conciliaboli tra coloro che dovevano portare i tre Ceri, di abiti appositi dati a lavare alle donne, di corse fatte per prova. Ma quando lo accennai, tutti scossero la testa, dubbiosi.

— È vero, ogni anno provano a scegliere i più forti — osservò Neri. — Ma non è mica questione di forza… c'è dentro l'esperienza, l'aver portato il Cero tante volte; aver visto gli altri, aver ricevuto l'insegnamento degli anziani. C'entra il coraggio, la capacità di reggere l'eccitazione: sopportare la folla che ti pressa da tutte le parti, che ti toglie il respiro, che si sposta solo all'ultimo istante; correre senza guardare con un peso sovrumano sulle spalle, fino a perdere il fiato, fino a sentir rombare le orecchie, e poi crollare sfinito ai cambi… che c'entrano le prove con tutto questo?

— Lei parla con una grande passione.

— Ho portato il Cero per tanti anni, signor Holmes. Ho smesso da tre perché non ho più l'età… e non c'è cosa che ti faccia sentire più vecchio che rinunciare a portare il Cero.

Il nostro ospite tacque immalinconito: e forse per rispetto tutti i suoi amici si misero a fissare il vino nei bicchieri, in silenzio. La serata scivolò via lentamente, fino ai saluti.

17

La mattina successiva mi alzai piuttosto tardi, forse a causa dell'ottimo Nebbiolo che il nostro padrone di casa ci aveva offerto in dosi probabilmente superiori alla mia capacità di sopportazione. Holmes, nella sua giacca da camera color grigio topo, se ne stava semisdraiato sulla sua poltrona in salotto, fumando accanitamente la fedele pipa di terra nera che lo aveva seguito fin da Londra. L'aria era impregnata di fumo, e ringraziai mentalmente il cielo che il mio amico avesse avuto il buon senso di chiudere la porta sul corridoio anche se non aveva pensato di aprire la finestra. Tossendo mi addentrai in quell'atmosfera viziata e la spalancai io, riempiendomi i polmoni di una brezza fresca e profumata.

— Buongiorno, Holmes. Vedo che non disdegna il tabacco italiano.

— Come dice, Watson? Ah, certo. Non è granché, ma è fumabile.

— Lei, amico mio, fumerebbe la paglia se non avesse altro. Ha dormito bene?

— Non ho dormito affatto. Ho pensato.

— E a cosa? Holmes, deve smettere di trascurarsi così. Un giorno potrebbe…

— Ma a quello che ci hanno raccontato ieri sera, Watson. A cosa sennò?

— Non credevo che i Ceri la interessassero tanto. E neppure

il nostro caso, se è per questo. Negli ultimi giorni l'ho vista assai preso dalla decifrazione delle Tavole Eugubine, quelle curiose lastre di bronzo. O devo arguire che hanno a che fare con la nostra indagine?

— In un certo qual modo è proprio così. Vuole suonare per la cameriera, Watson? Oggi gradirei consumare la colazione qui, se non le spiace. Ho delle idee in testa e mi dispiacerebbe dover vedere delle persone. Lei, vecchio mio, possiede le rare doti della riservatezza e del silenzio, e non le apprezzo mai come in queste occasioni. Le sarei davvero obbligato se si astenesse dal farmi domande per la prossima mezz'ora.

Conoscevo le bizzarre abitudini del mio amico e non mi sognai di contraddirlo. C'erano dei momenti, e quello era uno di questi, in cui il suo poderoso cervello era così intento a ruminare dati, a cercare concatenazioni logiche tra i vari elementi, a elaborare teorie, che ogni contatto con il mondo gli riusciva distraente e perciò fastidioso: avevo imparato nei lunghi anni di frequentazione con il grande detective che l'atteggiamento migliore in quei casi era di lasciarlo solo o almeno di ignorarlo del tutto. Quel giorno lasciarlo solo lo avrebbe esposto alle possibili domande e interruzioni delle cameriere, perciò scelsi di restare, per proteggerlo da ogni possibile disturbo. Con la massima discrezione consumai la mia colazione e mi misi a leggere il giornale. (Era il *Times,* che premurosamente Neri ci faceva arrivare da Perugia con solo un paio di giorni di ritardo rispetto alla sua uscita a Londra). Non potei fare nulla, però, quando la cameriera bussò di nuovo e ristette un po' intimidita alla feroce occhiataccia del mio amico.

— È per lei signore... un biglietto da parte del dottor Benelli...

Holmes studiò per un attimo la busta, certo un riflesso condizionato per lui. Dopodiché la lacerò ed estrasse il biglietto. Lo lesse in un istante e me lo passò con un sorriso.

— Pare che siamo invitati, Watson.

Gentile signor Holmes – diceva il biglietto – *sarò felice di riceverla oggi pomeriggio, insieme al dottor Watson. La visita di due inglesi nella mia modesta magione mi preoccupa un poco, ma considerando che l'Italia non è un Paese ricco, ho qualche speranza di supporre che la vostra venuta non sia il preludio di un'invasione in piena regola. Suo, Filippo Benelli.*

— Gli avevo mandato un biglietto, chiedendo se poteva riceverci.

— Perché mai, Holmes? Francamente quell'uomo mi irrita un poco. Anche questo biglietto; forse lui lo considererà spiritoso, ma in Inghilterra lo avrei schiaffeggiato per un messaggio del genere.

— Qui invece scherzano tutti, anche su loro stessi… bisogna stare al gioco, amico mio. E Benelli è il medico che ha eseguito l'autopsia sul cadavere dell'ebanista, non se lo dimentichi.

— Sarà. Ma io continuo a preferire le buone maniere inglesi a certe spiritosaggini.

Holmes mi batté affettuosamente una pacca sulla spalla e si rimise in piedi, sgranchendosi le braccia. Mi stupii ancora una volta della capacità di resistenza di quell'uomo in apparenza non così robusto, e che invece era capace di passare una notte completamente sveglio, a riflettere, senza dare alcun segno di stanchezza. Da questo punto di vista assomigliava veramente al segugio cui tante volte lo avevo paragonato, capace di seguire la traccia per giorni e giorni, senza mai cedere. Quella mattina, però, non vedevo nei suoi occhi l'eccitazione della caccia, la frenesia dell'investigazione: piuttosto un'inquietudine profonda, ai confini dello sbigottimento.

— Sono turbato, Watson — mi confessò quando affrontai l'argomento. — Sarà che non sono nel mio ambiente, ma c'è una atmosfera che mi opprime, qui…

Holmes aveva ragione, mi dicevo mentre camminavamo a passo svelto verso la casa di Benelli. Non era questione di immaginazione: la paura si poteva avvertire nell'aria, nei vicoli deserti, nelle facce lunghe della gente. Non c'era traccia della cordialità confusionaria, del rumore e dell'allegria che avevo letto essere caratteristiche delle città italiane e che così tanto colpivano noi compassati britannici; era come se qualcosa di estremamente pesante gravasse sul cuore dell'intera Gubbio, opprimendone il respiro, avvelenandole l'anima, incupendo perfino la sfacciata bellezza dei suoi palazzi, bianchi in faccia al sole e al cielo scandalosamente azzurro di maggio. Perfino i gatti che ogni tanto incrociavamo sembravano filare via guardinghi e allampanati, senza cercare carezze o cibo. I profumi che arrivavano a zaffate dalla campagna – profumo di nuovo, di terra bagnata, di fiori che sbocciano, di primavera, rinnovamento e gioventù – non smuovevano gli umori, non propiziavano l'allegria.

Rimuginavo tra me e me queste considerazioni piuttosto fosche quando bussammo alla porta di Benelli. Fu la signora Gianna ad aprirci: una figura gentile e timida che con un sorriso modesto ci fece strada verso una stanza al pianterreno. Rimasi colpito dall'abbondanza di libri che affollava già il corridoio, accumulandosi su scansie, ripiani, soppalchi più o meno improvvisati, per poi esplodere in una vera orgia di librerie da muro, chiuse a vetrina o aperte alla polvere, che foderavano tutte le pareti del pur vasto ambiente.

— Sono bibliotecaria — sorrise la signora al mio sguardo stupefatto — e mio marito è un appassionato lettore…

Benelli era seduto in un angolo della stanza, assorto davanti alla scacchiera, e si accorse a malapena del nostro arrivo. Il suo avversario invece ci rivolse un caloroso saluto.

— Caro signor Holmes, che piacere vederla ancora. E anche lei, dottore: dunque, che ne pensa della nostra città?

— Incantevole, signor Permoli — risposi sinceramente.

— Scacco! — ruggì Benelli, muovendo un pezzo con l'aria di un sergente scozzese che spara una fucilata. Batté il palmo della mano sull'orologio da gara, che cominciò a scandire il tempo a disposizione di Permoli, arrestando il suo: poi si rilassò un attimo, si guardò attorno e parve finalmente rendersi conto della nostra presenza.

— Oh, scusatemi, signori. Ero assorto nel gioco...

— Non si preoccupi — ribatté Holmes. — Ho osservato spesso il curioso meccanismo mentale dei giocatori di scacchi. Uno si aspetterebbe che ciascuno pensasse alla partita anche mentre è l'altro a muovere, in modo da usare tutto il tempo a disposizione.

— È proprio così, infatti.

— Niente affatto, invece — obbiettò il mio amico. — Il giocatore si concentra al massimo durante il proprio tempo e si riposa durante la mossa avversaria. È curioso ma l'ho osservato in modo costante, e voi due non fate eccezione: ora è il turno del professor Permoli di astrarsi dal mondo reale. Nevvero, professore?

Un grugnito fu la sola risposta che avemmo.

— Buffo: mi sa che ha ragione lei — riconobbe Benelli. — Non ci avevo mai fatto caso: e sì che giochiamo assieme da tanti anni, tutti i venerdì. Almeno da quando Permoli è tornato da Roma, perché prima capitava solo durante le vacanze.

— Lavorava a Roma dunque?

— Non ve lo ha raccontato? Alla segreteria dell'onorevole Crispi. Voi siete inglesi, ma Crispi è un uomo politico assai importante, sapete? E il mio amico era un pezzo grosso. Se solo avesse voluto... ma ha preferito ritirarsi e godersi la vita. Ogni tanto sono ancora in contatto. E comunque anche a Gubbio non c'è personaggio importante che non lo cerchi per consiglio, il sindaco *in primis*.

— Abbandono! — scattò bruscamente Permoli, muovendo la mano con un gesto di rassegnazione. — È inutile continuare, mi hai fregato su tutta la linea. Ma non credere che la prossima volta ti lasci spaziare per il centro scacchiera con quel cavallo, sai! Cosa stavi malignando sul mio conto, tu?

— Mi limitavo a vantare i tuoi successi in campo ministeriale.

— *Vanitas vanitatis*... roba morta e sepolta. La mia nuova vita è iniziata qui, quando ho potuto cominciare ad approfondire i miei amati studi... e, sì, anche gli scacchi.

— Quelli non ti riescono ancora bene — ghignò Benelli.

— Maledetta linguaccia! Ma smettiamola di litigare, Filippo, o faremo la figura di due vecchi biliosi.

— Più che altro la figuraccia la sto facendo io, quella del pessimo padrone di casa. Posso offrirvi dell'ottimo caffè italiano o del barbarico tè britannico. Cosa preferite?

— Il tè — risposi. — Suppongo che faccia parte delle nostre perversioni... anche se il caffè al tempo del vostro Cesare non esisteva.

— Difatti solo per questo non l'avete imparato — concluse Benelli.

Poco dopo gustavamo un tazza di tè stranamente ottima, in compagnia dei due italiani e della padrona di casa. Sherlock Holmes annuiva con un interesse che io sapevo falso come Giuda alle descrizioni della Biblioteca comunale, e fu solo dopo una lunga chiacchierata sui temi più disparati che sferrò improvviso il suo attacco.

— E tuttavia, signora, lei mi dice non esservi alcun riferimento nei manoscritti in possesso della Biblioteca alla leggenda del Lupo. È curioso, non le pare?

— Non mi pare affatto — intervenne Benelli bofonchiando. — Qui sono impazziti tutti, altro che lupi spettrali! Nessuno aveva mai parlato di questa storia fino a solo sei mesi fa! Ma comunque, anche se fosse antichissima, fanfaluche sono e fanfaluche restano. Possibile che voi inglesi vi facciate sempre affascinare dalle scempiaggini sovrannaturali? Qui non siamo mica in uno dei vostri castelli, con tanto di fantasma di famiglia! Mi dicono che da voi, se una famiglia non ha da mostrare un fantasma che vive in casa sua da secoli – non importa se parente o meno – si sente umiliata. Ma io sostengo che tutta questa faccenda ha origini naturali, e solo naturali.

Holmes alzò gli occhi al cielo e scosse la testa. — Figuriamoci se non sono d'accordo con lei, dottor Benelli. E tuttavia dobbiamo fare i conti con una serie di fatti che…

— *Fatti?* Quali fatti, sentiamo? Un pastore ucciso dai lupi?

— Dei quali non sono state trovate tracce, però.

Benelli sbuffò. — Sarà: ma io non ero presente e non ho controllato. Così si dice, ma chissà se hanno guardato bene.

— Ci sono tre guardie pronte a giurarlo. Ma poi, gli ululati senza motivo?

— Scherzi di buontemponi, volgari trucchi da avanspettacolo.

— E il cadavere dell'ebanista? Azzannato alla gola, mi pare.

— Alt! L'ho fatta io l'autopsia a quell'uomo, e su quello posso testimoniare. Aveva la gola tagliata, è vero, e tagliata in modo strano: con dei segni simili a denti. Ma dovete dimostrarmelo, però, che lo fossero! No, guardi, tutto quello che si può dire è che è stato trascinato a strattoni per molti metri ed è morto per lo squarcio alla gola. Ma che l'aggressore fosse un lupo… Signor Holmes, non mi dirà che anche lei è disposto a dar credito a simili baggianate?

— Niente affatto, dottor Benelli — rispose Holmes asciutto. — Francamente non credo alla leggenda del Lupo più che ai fantasmi, ai draghi o ad altre fanfaluche… ma un buon ragionatore non può negare i fatti solo perché sembrano inesplicabili: deve esaminarli con freddezza e concatenarli secondo una linea logica diversa, in accordo alle leggi di natura. Anzi, è proprio nella stranezza degli elementi che spesso è possibile ritrovare il bandolo della matassa: diffido sempre delle vicende apparentemente banali. Lei invece non fa che giocare in difesa, cercare di negare la teoria fantastica che tutti riteniamo tale. Dobbiamo piuttosto esaminare tutti i fatti, anche i più inusuali, che lei ha riscontrato. E a proposito di stranezze, non c'era nulla di anomalo nel cadavere dell'ebanista?

Benelli parve riflettere un attimo.

— Ebbene, le confesso che alcune cose mi hanno turbato proprio perché mi apparivano incomprensibili. Le tracce di denti al collo, per esempio. Erano segni inequivocabili, quel collo sembrava azzannato e sbranato; la trachea era tranciata di netto. E poi Gennai è stato veramente trascinato: lo testimoniano le abrasioni dei vestiti, la lunga striscia di sangue che il corpo ha lasciato, i sassolini minuti e lo sporco che c'era addosso al dorso, alle natiche e alla nuca.

— Interessante. I polpacci? Le mani? Le unghie?

— Sì, le unghie erano spezzate e scheggiate in più punti, come se avesse tentato di graffiare. Invece i polpacci e i talloni erano sostanzialmente integri. Tuttavia la cosa che mi ha colpito di più è stata l'espressione del viso… sciocchezze, penserà lei. Ma non era il viso stravolto di terrore di chi vede la morte in faccia… era un viso *stupito*, piuttosto.

Un profondo silenzio cadde nella stanza mentre il mio amico socchiudeva gli occhi gettando la testa all'indietro. Fu il professor Permoli a rompere il silenzio, con un tono grave e preoccupato.

— Signor Holmes, io sono uno studioso, lei lo sa, e mi rifiuto di credere in alcuna presenza demoniaca: eppure non riesco a dare una spiegazione logica a questi accadimenti. Lei può farlo?

— Al momento attuale, no — confessò il mio amico. — Ma sono certo che se il dottor Benelli riuscisse a ricordare tutti i dettagli dell'autopsia, certamente salterebbe fuori qualche elemento in grado di chiarirci cosa è effettivamente successo quella notte. Bisognerebbe, dottore, che lei ricostruisse ogni particolare, ogni mossa che lei ha eseguito in quella occasione, e che ne parlassimo poi assieme.

— Se lei crede, ci proverò.

— Adesso però basta, signori — intervenne la signora Gianna con piglio scherzosamente seccato. — Voi uomini avete la disdicevole abitudine di parlare sempre di cose del tutto inadatte a una casa perbene. Sangue, lupi, gole squarciate… che storie orribili da raccontarsi all'ora del tè.

— Caffè — borbottò Benelli.

Fu in quel momento che udimmo bussare alla porta, e la dottoressa Roncolai piombò nel mezzo del salotto. Notai subito che aveva una strana espressione: pallida, con due occhi resi enormi dalle pupille dilatate. Le vidi fremere le labbra; quella donna era in preda a un fortissimo shock. Tuttavia si dominò, con uno sforzo di volontà che mi parve evidente, e si ricompose in un sorriso tirato.

— Carissima, Maria — tubò la padrona di casa andandole incontro e prendendole le mani in un gesto affettuoso — che mani fredde hai! Sei uscita troppo leggera, benedetta ragazza! Quand'è che penserai alla tua salute, invece che a quella degli altri? Tutti uguali voi medici…

La dottoressa chinò graziosamente il capo in segno di saluto a tutti noi, che eravamo balzati in piedi.

— Mi dispiace interrompere la vostra chiacchierata. Ero venuta per motivi ahimè più prosaici che una visita di cortesia: ho trovato l'articolo di cui parlavamo ieri, Filippo, su quella rivista tedesca, e volevo discuterne con te: mi sembra parecchio interessante. In realtà cambia tutte le mie convinzioni in materia, e il mio povero paziente potrebbe davvero giovarsene. Sono così sottosopra. Se solo non avessi visto l'articolo non ci sarebbe stato nulla da fare; adesso, invece, possiamo salvarlo. Se hai un po' di tempo, più tardi o domani, vorrei mostrartelo e stabilire insieme la strada migliore da seguire.

— Ma certamente, mia cara.

— Come diceva Goethe, *Die Leber befindet sich im Schädel und die Frau ist ein minderwertiges Geschöpf!* — fece Holmes sorridendo, rivolto alla Roncolai. — Non è vero, dottoressa?

La donna annuì. Ora il suo sguardo si era fatto meno febbrile, come se avesse ritrovato la compostezza e il distacco professionale dovuto. Pensai dentro di me che quello era probabilmente il guaio con le donne medico: troppo emotive, troppo coinvolte. Non riuscivano a dominare le proprie emozioni e a pensare al paziente in termini obiettivi. Certo, il lato umano è fondamentale, ma ci sono momenti in cui bisogna esaminare freddamente la situazione, dimenticandosi quasi che si tratta di decidere sulla vita o sulla morte di un essere umano, altrimenti si è paralizzati. Ecco, avevo appena avuto la dimostrazione di quanto pericoloso fosse il lasciarsi andare. Mi morsi però le labbra e riuscii a evitare ogni commento, ogni benevolo consiglio a riguardo: sapevo bene che anche a quattr'occhi avrei soltanto scatenato le reazioni emotive della mia giovane collega, la quale, tra l'altro, ci lasciò ben presto. Il resto del pomeriggio filò via tranquillo, e fu soltanto sulla via del ritorno che ripresi la questione con Holmes.

— A proposito — conclusi alla fine della mia filippica — cosa significa quella frase di Goethe? Il mio tedesco è molto primitivo, come sa.

— Sempre meglio di quello della sua collega, caro Watson — sospirò il mio amico. — La frase significa qualcosa come: *Il fegato si trova nel cranio e la donna è un essere inferiore*, e il povero Goethe non ha mai scritto una scempiaggine del genere. Temo che la dottoressa avrà qualche difficoltà a tradurre quell'articolo. Il che la assolve dalla sua accusa, vecchio mio, ma riconferma la massima che io ho espresso innumerevoli volte: mai fidarsi di una donna, Watson, mai fidarsi.

18

Trascorsi la notte quasi insonne, malgrado il lungo allenamento alle situazioni emotivamente più forti cui mi ero abituato nella mia vita. Che cosa c'era dietro quella rete di misteri e menzogne? Che cosa nascondeva la mia collega? Dov'era finito suo marito? E tutto questo cosa aveva a che fare con l'enigma del lupo fantasma? Stavo quasi per riprendere sonno quando un altro di quegli spaventosi ululati risuonò al di sopra delle case vicine: e potei quasi avvertire il brivido di paura che gelò la città, e che fece rannicchiare gli abitanti nei loro letti, sotto le coperte. Inutile, con quel buio, andare a cercare ciò che in pieno giorno non si era riusciti a trovare. Così mi rassegnai ad aspettare l'alba, e a parlarne con Holmes.

Ma quando mi alzai, a mattino inoltrato, Sherlock Holmes era già fuori, probabilmente a studiare le Tavole Eugubine con il suo nuovo amico Permoli. Uscii di casa senza una meta precisa, mentre mi frullava in testa il pensiero inquietante che il clima cupo che avvolgeva la città, l'incubo che come una cappa la opprimeva, contrastava in maniera sfacciata con il cielo terso e limpido, l'aria pulita e fresca, la temperatura piacevolmente tiepida: era nei cuori che ristagnavano il gelo e la cruda disperazione.

Passando dalla strada principale, già frequentata a quell'ora, scorsi la dottoressa Roncolai camminare spedita, con un'aria così assorta e una ruga così accentuata a marcarne il bel volto, che fui certo di non essere neppure notato. Era assai strano che a quell'ora del mattino avesse un appuntamento, visto che non aveva con sé alcun strumento professionale o la borsa medica. Mi misi a seguirla da lontano, incuriosito: e la vidi dirigersi verso la casa del dottor Benelli. Fu proprio in quel momento che mi sentii picchiettare sulla spalla. Mi girai e mi trovai di fronte l'impressionante mole dell'ispettore Bencivenga.

— Buongiorno, dottore. Anche lei a prepararsi per i Ceri?

— Prego?

— Be', mi avete detto che siete qui per i nostri famosi Ceri. È domani la corsa, non lo sapete? La città è già in fermento.

— Certo, i Ceri. Aspettate diversi turisti, immagino... non sarà facile governare l'ordine pubblico.

— Non si preoccupi, ce la caveremo, anche se... — Bencivenga abbassò la voce. — Ecco, dottore, non dovrei dirglielo, ma proprio stamane è arrivato il signor Giorgini da Roma. Oh, una personalità di rilievo, sapete? Ci hanno chiesto di assegnargli una scorta di cinque persone. Con tutte le altre cose che abbiamo da fare, pensate un po'!

— Un uomo importante, quindi. Un ministro?

— Macchè. Francamente non l'avevo mai sentito nominare, e anche il professor Permoli, che ha lavorato con Crispi a Roma, dice che gli è un perfetto sconosciuto. Pare che questo Eliseo Giorgini sia un capo contabile della Banca Romana: si vede che è amico di qualcuno che conta. So solo che è di Gubbio e che fa parte della Compagnia dei Campanari... ma stavolta non sarà possibile lasciarlo suonare.

— Cosa?

— Ah, questa non la sapeva, eh? Ha presente il campanone che si vede sulla torre del Palazzo dei Consoli? Viene suonato solo in occasioni speciali, da un gruppo di cittadini che lo reputano un onore straordinario, cui non rinuncerebbero mai. Ecco, il nostro amico è uno di loro: ma mai lo avevano scortato quando era qui in città, e non posso mica mandare i miei uomini sul campanile, è troppo pericoloso. Eccolo lì, lo vedete?

Mi girai a osservare la scena: un omino piccolo e occhialuto che camminava in mezzo a un gruppo di poliziotti guardinghi, dando la buffa sensazione che fosse un prigioniero piuttosto che una personalità da proteggere. A poca distanza, un gruppetto di domestici affannati e dal volto paonazzo trascinava con sforzo evidente quello che sembrava un pesante baule: il capannello di uomini si appressò a un portone che si aprì, inghiottendo Giorgini, i poliziotti, il baule e i suoi portatori come se non fossero mai esistiti.

— Secondo me — borbottò con aria sospettosa Bencivenga — è per via di quel forziere che ce lo fanno scortare. Deve portarsi dietro un tesoro... roba della Banca, naturalmente. Però mi chiedo perché mai non lasciarla nei sotterranei della Banca, invece di mettere in tentazione i ladri di mezza Umbria!

— Lei ha proprio ragione, ispettore. Ciononostante sono sicuro che saprete proteggerlo benissimo.

Bencivenga si lisciò i baffi a manubrio, guardandosi attorno ferocemente.

— Questo mi ricorda che debbo tornare ai miei doveri, dottore. La lascio alla sua passeggiata.

Salutato l'italiano mi incamminai velocemente verso casa Benelli. Se la Roncolai era veramente diretta da lui, il loro incontro doveva certamente essere connesso con l'episodio della sera precedente, e con il velato appuntamento che si erano dati. Possibile che ci fosse una sorta di tresca tra i due? Cercai di scacciare dalla mia mente gli orribili pensieri che avevano cominciato ad affollarla, e di fidare piuttosto nella rettitudine dei miei colleghi. Eppure, quante volte avevo sentito Holmes commentare a quali livelli di bassezza può giungere l'animo di un medico quando si volge al male? In fondo avevo già visto il mio amico smascherare medici colpevoli di vari reati, dalla corruzione alla violenza, ai più efferati dei delitti... ero forse ancora una volta di fronte a quell'eventualità? Magari, se avessi potuto parlare con Benelli e la Roncolai insieme...

Era destino tuttavia che un simile colloquio non dovesse avvenire, almeno quella volta. Quando arrivai al portone di Benelli, infatti, la domestica che aprì riuscì a spiegarmi, con estrema pazienza e in termini elementari, che il dottore e la dottoressa erano già usciti insieme, e che non c'era nessuno in casa. Non so cosa mi prese, quale fu il genio malefico che mi spinse a tentare quell'*escamotage*, ma certo è che mentii spudoratamente e in un italiano assai approssimativo convinsi la cameriera a lasciarmi entrare ad aspettare il suo padrone.

La sala dove fui introdotto era la stessa in cui avevamo passato la sera precedente, con il tavolino degli scacchi ancora con la posizione raggiunta nell'ultima partita: cominciai a passeggiare in su e in giù, chiedendomi cosa diamine mi era saltato in testa, in effetti. Pensavo forse di perquisire tutta la casa? E cercando cosa, in nome del cielo? No, non aveva alcun senso; dovevo smettere di fare l'investigatore dilettante, e semmai cercare di affrontare la questione con un colloquio franco e diretto. Fu proprio nel momento in cui mi ero deciso a suonare il campanello e a chiedere cappello e bastone per andarmene, che mi cadde l'occhio su un angolo del caminetto. Notai un foglio semibruciato, cosa strana, visto che il caminetto non era mai acceso a maggio. Con un gesto automatico, non senza essermi guardato attorno con circospezione, mi chinai a raccoglierlo. Il foglio era stato risparmiato in una parte non piccola: il testo era in italiano, vergato con una calligrafia maschile e decisa. Me lo misi in tasca e filai con la fronte aggrottata verso casa.

Due ore dopo allontanai con il dorso della mano il poderoso vocabolario Italiano-Inglese che avevo freneticamente consultato fino a quel momento e mi rilassai sullo schienale della seggiola con un mugolio di soddisfazione.

— Mi compiaccio con lei, Watson! — esclamò una voce

ben nota dietro le mie spalle, facendomi sussultare. — Ottimo lavoro: sarei lieto di conoscere le sue conclusioni a proposito del problema della dottoressa.

— Non capisco come abbia realizzato che si tratta di lei. È molto che è qui?

— Quanto basta per aver visto quanto era concentrato e quanto seriamente ha lavorato su una lettera mezzo bruciata. Considerando che l'originale, che lei ha messo in bella vista in un angolo, reca vergato in cima il nome di Maria Roncolai, non è stato difficile dedurre l'oggetto del suo interesse, e dei suoi ragionamenti.

— La studi meglio, allora: era nel caminetto di casa Benelli. Io l'ho solo tradotta, ma ciò che resta del testo è davvero inquietante.

Tutta la parte destra della lettera era stata carbonizzata dal fuoco: ma la parte sinistra era ancora parzialmente leggibile.

Alla dottoressa Maria Roncolai, Gu (...)

Gentile dottoressa,

sono a scriverle a proposito (...) *suo povero marito. Non posso tacere. So che il suo buon amico dottor Benelli* (...) *e d'altronde non si tratta di cose che mi riguardino.* (...).

Accetterò dunque una ulteriore donazione di 5000 lire.

(...)

— E dunque, Watson?

— Mi pesa dirlo, Holmes, ma la situazione mi pare chiara. Un ricatto, e dei più biechi.

— Interessante. E a quale scopo, se è lecito?

— Ebbene, il testo è malridotto ma il senso complessivo è chiaro. Vi è un segreto riguardante "il povero marito" che evidentemente è stato messo a tacere. Temo che l'allusione al "buon amico" alluda a una tresca, e per mantenere il silenzio si chiede una "ulteriore donazione" per una grossa somma:

ulteriore, il che lascia intendere che ci sono state altre somme in passato.

— Eccellente, Watson, eccellente. Non posso che complimentarmi con lei.

— Dunque ho ragione. Mi spiace, però: è una storia così sordida e sembravano persone così a modo…

— Suvvia, non sia così pessimista. Io mi sono complimentato per il metodo che lei ha usato: partire da un certo contesto per dedurre il significato recondito. Purtroppo, tuttavia, lei è stato danneggiato dalla conoscenza approssimativa della lingua. Inoltre è partito dal punto sbagliato.

— Come? — chiesi un po' confuso. — C'è qualcosa di sbagliato nelle mie deduzioni?

— Temo che siano tutte completamente errate.

— Davvero? — replicai stizzito. Le considerazioni di Holmes distruggevano due ore di indefesso lavoro e faticose elucubrazioni. — E quale sarebbe allora il punto esatto? La parte bruciata?

— Proprio così, vecchio mio. Vede, una lettera in cui si scrive a sinistra il nome del destinatario, e a destra la firma e la data, è una lettera commerciale. Del resto "gentile dottoressa" è il classico esordio di una comunicazione formale, non certo di una lettera ricattatoria. Quel "Gu" accanto al nome sta sicuramente per Gubbio: dunque chi scrive lo fa da un'altra città, o non riterrebbe necessario sottolineare il luogo dove la dottoressa si trova. Per qualche motivo che non conosciamo, si richiede di pagare una grossa somma e si fa cenno all'amicizia con il dottor Benelli: ma il tono è cortese, mai minaccioso. Chi scrive di tresche od omicidi non usa riguardi lessicali come "povero marito" e soprattutto non utilizza la forma italiana del "lei", che si rivolge alle persone di riguardo. Nel complesso posso dire poco altro, salvo che il mittente è mancino, di ottima educazione ma un poco disordinato, ha una ottima posizione ma tende a risparmiare, è tendenzialmente ottimista ma in questo periodo ha avuto degli insuccessi professionali.

— Mio caro Holmes!

— Be', che sia mancino si vede dall'inclinazione delle lettere; l'educazione dalla forma con cui scrive e dalle svolazzature eleganti dei caratteri; il disordine dall'aver asciugato male la parte laterale della lettera prima di piegarla.

— La posizione economica?

— La carta di ottima qualità.

— E la tendenza al risparmio?

— L'inchiostro dozzinale.

— Ma il carattere ottimista, il periodo cupo…

— La linea stabile ma con tratti verso l'alto è tipica di un ottimista, pur saldamente radicato nella realtà. Ma la piccolezza dei caratteri indica un ripiegamento su se stessi, un periodo depressivo la cui causa non sta nel campo sentimentale.

— Mi arrendo. Dunque lei non crede che la mia collega…

— Credo che celi un segreto sconvolgente, almeno per lei, e che Benelli la aiuti a nasconderlo: ma questo segreto non è ciò che lei paventava, Watson. Niente mariti uccisi e seppelliti in cantina, per intenderci. Temo che il fatto di essere un marito lei stesso, ancorché felice, l'abbia influenzata in misura eccessiva; o forse risente dell'umore melodrammatico degli italiani, chissà.

Ero troppo interessato alle deduzioni del mio amico per non decidere di ignorare la sua punzecchiatura.

— Mi faccia capire bene, Holmes: il segreto della dottoressa è correlato alla storia del Lupo?

— Questo potremo saperlo solo chiedendoglielo. Forse è il caso di mandarle un biglietto annunciando la nostra visita…

— Dottor Watson! Signor Holmes! — Uno strillo acuto squarciò il silenzio ovattato della stanza. — Venite, presto! Il dottor Benelli… il Lupo!

Renzo Menichetti era entrato urlando come un ossesso, con lo sguardo stravolto. Senza replicare Holmes e io schizzammo in piedi e lo seguimmo come un sol uomo, a perdifiato. Ricorderò a lungo quella pazza corsa nella città medievale, tra i vicoli deserti, con il silenzio rotto solo dalle nostre suole che pestavano il selciato, e il senso di angoscia che mi aveva afferrato. Attraversammo quasi tutta Gubbio, dirigendoci verso l'alto e la cinta muraria che delimitava l'abitato. Mentre correvamo Menichetti tentava di aggiornarci, tra una tirata di fiato e l'altra.

— Si è sentito l'ululato e per fortuna il signor Permoli era da quelle parti: si è precipitato, come ha fatto altre volte, ma come al solito non è riuscito a scovare la bestiaccia. Ma il fatto che si sia diretto là è stato provvidenziale… altrimenti Benelli sarebbe stato ammazzato come quel poveretto qualche giorno fa.

Svoltando l'ultimo arco arrivammo in un piccolo spiazzo inondato dalla luce del pomeriggio. Lo avrei giudicato un angolo incantevole, con le alte mura di pietra a riflettere i raggi del sole, se non fosse stato per la scena di sangue e orrore che mi si parò davanti.

Benelli, pallidissimo, era a terra semisvenuto, con un braccio dilaniato e ciondolante. Qualcuno intorno a lui aveva tentato di tamponare le ferite con degli stracci, ma sanguinava ancora abbondantemente. Mi feci largo e riuscii a frenare l'emorragia in pochi minuti.

— È grave, Watson?

— È fuori pericolo adesso. Ma se l'è vista brutta.

— Può rispondere alle domande?

— Sì, ma non lo stancherei.

Sherlock Holmes si chinò presso Benelli e gli sussurrò in un orecchio: — Lo ha visto?

L'italiano, a occhi chiusi, scosse il capo. Poi, con una voce che sembrava venire dall'Oltretomba, proseguì: — No, signor Holmes, non mi sono accorto di nulla. Un gran dolore alla testa e sono svenuto. Non so altro.

— L'hanno colpito alla nuca — confermai, osservando la ferita al capo che sanguinava ancora.

— *Il colpo del Lupo* — commentò gravemente Menichetti. Il giovanotto, pur avendo ripreso fiato, sembrava pallido come un morto: non riusciva a distogliere gli occhi dalla orrenda ferita che avevamo di fronte. Qualunque cosa si fosse avventata su Benelli, lo aveva dilaniato mettendo quasi a nudo l'osso: potevo discernere con chiarezza l'impronta di lunghi denti acuminati che avevano addentato la carne, strattonando via il corpo esanime.

Come avevo già visto accadere in casi del genere, l'attenzione del gruppetto di persone intorno a noi sembrò calamitarsi su Sherlock Holmes. Il mio amico si era alzato lentamente, e mentre io davo disposizioni perché il povero Benelli fosse trasportato a casa per prestargli delle cure più adatte, il detective fece spostare tutti con un gesto, restando il solo al centro dello spiazzo. Si muoveva, pensai, come una specie di strano ballerino, quasi danzando tra la lunga striscia di sangue e le tracce segnate sulla polvere. Si chinò un paio di volte, tirando fuori l'inseparabile lente e bofonchiando tra sé parole incomprensibili.

Un brusio degli spettatori segnalò l'arrivo della polizia. Bencivenga avanzò con la prosopopea di una primadonna e l'imponenza di una nave ammiraglia, dominando la scena con la sua mole non proprio leggiadra.

— Dunque signor Permoli? Che è successo?

Lo studioso era appoggiato al muro, pallidissimo, con il suo inseparabile zaino di libri accanto a lui: in effetti sembrava più morto che vivo.

— Se solo fossi arrivato un minuto più tardi... ho udito un ululato, uno dei soliti: come faccio sempre, sono corso per vedere da dove arrivava. Quando ho svoltato l'angolo, laggiù, ho scorto le gambe di un uomo, che sussultavano, come se venisse trascinato. Ho urlato istintivamente, quindi ho ripreso a correre: ma al mio urlo il corpo era ricaduto, come se chi lo trascinava l'avesse abbandonato. Un secondo dopo, quando ho finito di svoltare l'angolo, c'era solo Benelli a terra. Poi è sopraggiunto qualcuno...

— Ma lei non ha visto il Lupo — commentò Bencivenga con voce tremante.

— No, non l'ho visto... per mia fortuna. Finora avevo sorriso di questa leggenda, ma adesso... lei che dice, signor Holmes?

Il mio amico si era di nuovo levato in piedi, spazzolandosi con aria tranquilla il vestito.

— Posso dire poco, professor Permoli. Non c'è fango per terra, su cui le impronte si sarebbero stampate in modo ideale: sono pietre, e c'è solo un poco di polvere. Inoltre i soccorritori del povero Benelli hanno irrimediabilmente inquinato la scena.

Il poliziotto italiano sbuffò leggermente. — Lei è un ospite, signor Holmes: da noi l'ospitalità è sacra e non intendo essere scortese. Tuttavia le sue mi paiono davvero parole in libertà. Cosa c'è da scoprire qui, andiamo! Benelli è stato colpito alla nuca laggiù; dopodiché qualcosa lo ha azzannato al braccio e lo ha trascinato verso la Porta, verso il bosco. Dev'essere una bestia di proporzioni colossali per spostare così il corpo di un uomo. Ha null'altro da aggiungere, signore?

Holmes sorrise cortesemente.

— Poco altro in effetti. Benelli veniva da quella direzione a passo svelto, poi è crollato di colpo senza alcun preavviso. Il corpo è stato effettivamente trascinato, e scosso due o tre volte: lì, lì e qui. Ci sono tracce un po' meno confuse dove è stato colpito. Raccomando alla sua attenzione l'enorme traccia perfettamente visibile vicino al muro. È di sangue, come se il Lupo avesse immerso la zampa *dentro* la sua vittima.

— Giusto cielo!

Vidi parecchi uomini farsi il segno della croce e mormorare a bassa voce una preghiera.

— Suvvia, adesso basta! — sbottò Bencivenga, riscuotendosi e indirizzando un gesto imperioso ai suoi agenti. — Fate sgombrare il posto e mettetevi di guardia perché non arrivino curiosi. Domani è la Festa dei Ceri, ci mancherebbe altro che questa maledetta storia la guastasse. Professor Permoli, venga con me alla stazione di polizia: dobbiamo formalizzare la sua dichiarazione.

Il resto del pomeriggio trascorse a casa di Benelli, dove fui in grado di approntare una medicazione degna di questo nome. Dovetti essere io a occuparmi dell'infortunato, perché la dottoressa Roncolai era fuori Gubbio e non si sapeva quando sarebbe rientrata. A onta della ferocia con cui era stata inferta, la ferita non era così grave come avrebbe potuto: i vasi principali e i nervi erano intatti, e la ripresa dell'arto era certa. Ciò che mi preoccupava davvero, tuttavia, era lo stato d'animo del mio paziente, che sembrava aver ricevuto un colpo durissimo.

— Ha visto quei segni, dottor Watson?

— Sì, Benelli.

— Non ha alcun dubbio, vero? È il morso di un animale.

— Temo di sì.

— Di un enorme animale, non c'è dubbio. Si distinguono benissimo i canini... e io che non ci volevo credere. Se penso a quanto ho riso... Dio, che sciocco sono stato, Watson! Forse è proprio per questo che mi ha aggredito... e mi avrebbe trascinato nel bosco, prima di uccidermi.

— Adesso non ci pensi, dottore. Sono certo che esistono spiegazioni del tutto naturali a questa vicenda.

— Davvero? E lei saprebbe fornirmene una?

— Io no, ma Sherlock Holmes ci riuscirà sicuramente. E adesso, caro collega, debbo farle bere questa pozione a base di laudano. Si farà un bel sonno senza sogni, e domani andrà a vedersi la Festa dei Ceri con il braccio al collo: ma solo dalla finestra, mi raccomando! Matto com'è, si infilerebbe tra la folla se non glielo proibissi.

Ma la mia fiducia nella possibilità di una spiegazione

naturale dei fatti era più ostentata che reale: dovevo ammettere, anzi, che si trattava quasi di un atto di fede. Fu con vero sollievo, quindi, che vidi una luce divertita accendersi nello sguardo di Holmes, quando gli accennai le mie perplessità a cena.

— Non è poi così difficile da spiegare, vecchio mio.

— Cosa? Un lupo che entra in città, attacca e sparisce? Una bestia di quelle dimensioni? Dico, ha visto l'impronta delle zampe? L'ampiezza dei denti?

— Davvero originali, sì. Ma le ripeto che non è questo che mi preoccupa. Vede, Watson, riesco a capire il come, e forse il chi... ma non riesco a comprendere il *perché*. Perché mai si stanno divertendo a terrorizzare la città?

— Divertirsi? Sono morte tre persone finora, e c'è mancato un soffio che non fossero quattro.

— Suvvia, amico mio, questi non sono discorsi da fare prima di andare a letto. Domani ci sarà la Corsa dei Ceri e ho tutta l'intenzione di seguire quel singolare rito con grande attenzione. Ho una mia teoria sul suo significato, ma ora è troppo tardi per parlarne. Buonanotte, Watson.

— Ma come! E non mi dice allora...

— Lei conosce i miei metodi, Watson — mi interruppe con aria seria il mio amico. — Si sforzi di applicarli e – ne sono certo – arriverà alle mie stesse conclusioni. Per aiutarla vorrei che lei puntasse la sua attenzione sulle strane orme lasciate dalla bestia nella polvere, mentre si ritirava verso il bosco.

— Ma non c'era alcuna orma, né lì né nel bosco! I poliziotti hanno cercato a lungo...

— Questo è appunto ciò che le rende strane, vecchio mio. Buonanotte.

19

La mattina del 15 di Maggio la confusione e gli schiamazzi che provenivano dalla via mi svegliarono assai presto. Cercai di riprendere sonno, ma un rullare di percussioni mi fece sedere sul letto: qualcuno passava per la strada battendo a man bassa sui tamburi, e, a giudicare dagli schiamazzi, doveva essere seguito da un allegro coro di ragazzini. Infine, tanto per chiarire che non era il caso di pisolare ancora, il campanone del Palazzo dei Consoli cominciò a scandire dei colpi così potenti che i vetri presero a tintinnare. Quel frastuono era del tutto inusuale per una città così silenziosa, e in qualche modo mi rallegrò, tanto opprimente e inquietante mi era sembrato nei giorni precedenti il silenzio che avvolgeva piazze e strade. Rimasi tuttavia di stucco quando mi accorsi che erano solo le sei di mattina: e ancor di più quando vidi Sherlock Holmes, che allorché non lavorava usava alzarsi piuttosto tardi, già perfettamente vestito. Perfino la cameriera che ci servì la colazione – una donna austera, la quintessenza stessa della freddezza – era eccitata e gaia. Era la festa in onore di Sant'Ubaldo, tenne a spiegarci come se noi non lo avessimo ormai imparato: la festa di Gubbio, che portava in piazza tutta quanta la città, e i tamburini stavano girando per svegliare i Capitani.

— Grazie dell'informazione, mia cara, temevo che questo fosse l'orario di sveglia d'ora in poi — sentii replicare il mio amico. — Non trova strano, Watson, come la gente sia volubile?

Ieri erano terrorizzati dal Lupo, oggi sono euforici per il Santo.

— Non è diverso da noi. La gente si entusiasma facilmente, e facilmente si deprime.

— Buona osservazione amico mio, buona osservazione. Lei mi diventa saggio, temo sia l'influenza del matrimonio.

Sherlock Holmes si alzò dal tavolino e si avvicinò alla finestra, osservando in silenzio gli eugubini che transitavano di sotto. Tirò fuori dalla sua giacca color topo una piccola pipa di radica e si mise metodicamente a riempirla di tabacco.

— Le spuntature di sigaro toscano saranno un po' forti, ma tutto sommato sono il miglior sostituto del tabacco londinese che sia riuscito a trovare qui. Questa gente fuma autentica paglia, Watson, non trova?

— È uno dei miei argomenti preferiti nelle polemiche con Benelli. Mi serve a dimostrargli che i barbari sono loro, a onta di due millenni di civiltà romana.

— Davvero! E lui cosa ribatte?

— Che le pipe migliori si fabbricano in Italia, e che il tabacco l'hanno scoperto i suoi beneamati americani. Peccato che fossero i poveri nativi, quelli che oramai sono nelle riserve.

— A onor del vero mi pare che il tabacco venga dal Sud America, Watson. Di almeno questo peccato i poveri *yankee* sono innocenti.

— Visto che il discorso è caduto su Benelli…

— Sì?

— Mi pare che sia lui il *trait d'union* tra la vicenda della dottoressa Roncolai e quella del lupo fantasma. Ho pensato molto stanotte, ma confesso che non sono riuscito a indovinare il bandolo della matassa.

Sherlock Holmes mi guardò molto severamente.

— Indovinare è una pessima abitudine, distrugge le capacità logiche. Io non lo faccio mai. Bene, Watson, credo che avrà l'intera giornata per esercitarsi: per oggi sarà assai difficile acquisire nuovi dati, temo.

— E per quale motivo?

— La Roncolai è fuori città, Benelli è fuori gioco e Gubbio sarà sottosopra tutto il giorno. Si aspettano migliaia di persone; la confusione regnerà sovrana e non sarà possibile contattare nessuno.

— Ebbene, in mancanza di alternative migliori mi godrò la Festa dei Ceri. Ho letto qualcosa in proposito: è una faccenda terribilmente complicata.

— Già… troppo complicata per essere quello che sembra, una semplice festa religiosa.

— Che intende, Holmes?

— Oh, solo qualche idea raccattata qua e là, nulla di importante. Ma ho il sospetto che dietro il rituale cristiano si celino riti assai più antichi: voglio parlarne a un giovanotto che conosce mio fratello, un certo Bower, che credo sia interessato all'argomento. Vada pure a godersi lo spettacolo. Quanto a me, ho appuntamento col professor Permoli: intendo esporgli alcune teorie sulle Tavole Eugubine.

La città era completamente trasformata. La Gubbio silenziosa, colma di mistero e di tensione, aveva ceduto il posto a strade piene di gente, a un rumore di fondo mugghiante e confusionario, a una folla che cominciava a saturare tutti gli spazi possibili. Era come se un colpo di bacchetta magica l'avesse trasformata d'incanto, come se la città rifiutasse la paura almeno per quel giorno così speciale. Il solo avvicinarsi alla strada principale si rivelò difficile: già da un'ora la piazza sotto il Palazzo dei Consoli si era riempita di gente, e i capannelli di persone eccitate che commentavano quel che accadeva crescevano di minuto in minuto.

— Anche lei qui, dottore? — mi fece il giovane Menichetti, che si era staccato dal gruppetto dei suoi amici per venirmi incontro tra la folla.

— Era impossibile restarmene in casa, con tutta questa confusione.

— Confusione questa? Aspetti stasera! Ci stiamo solo scaldando... ma se vuole vedere la festa da vicino, venga con me! Io sono ceraiolo di Sant'Ubaldo, sa?

Non ebbi il coraggio di confessare al giovane che conoscevo assai poco della Festa, ma la mia espressione dovette essere così spaesata che quel buon ragazzo prese come punto d'impegno di spiegarmi come stavano le cose mentre ci dirigevamo con un lungo corteo verso il camposanto. Da tempi antichissimi tre corporazioni della città si erano prese l'impegno di gestire la Festa, nonché il trasporto delle statue dei tre Santi in cima ai Ceri fino al convento del monte Igino, che sovrastava la città. La prima parte della Festa consisteva nel corteo che vedevo; una lunga teoria di eugubini diretti al cimitero per onorare i ceraioli defunti con corone di fiori. Finita la cerimonia la mia guida mi invitò a seguirlo ancora.

— Ha capito tutto per il momento? Mi segua, si va alla Chiesetta dei Muratori.

La folla si ingrossava. Salimmo per vie anguste fino a una chiesetta dove una masnada di giovanotti – tutti con la camicia bianca aperta sul busto, berretto rosso e fusciacca alla vita – si salutava con grandi sorrisi e possenti pacche sulle spalle: erano i ceraioli prescelti, cioè coloro che avrebbero avuto l'ambìto onore di portare i Ceri. Menichetti tentò di trascinarmi dentro la chiesetta, ma la calca era così fitta che non riuscimmo a entrare. Non me ne lamentai troppo quando mi resi conto che all'interno tutta quella gente, compunta e raccolta, ascoltava una funzione religiosa. A un certo punto si fece silenzio nella piazza.

— Stanno sorteggiando i Capitani dentro la chiesa — mi sussurrò Menichetti, che miracolosamente mi era rimasto accanto in tutto quello sballottio.

Un attimo dopo due nomi vennero urlati e un autentico boato salutò i due fortunati, che si issarono bene in vista sulla folla.

— È un grande onore, immagino. Guadagneranno bene?

— Al contrario, piuttosto! Dovranno finanziare i lavori dei Ceri, pagare per l'organizzazione della Festa e infine offrire il pranzo a tutti i ceraioli. Ultimamente abbiamo avuto problemi, sa? Qualcuno si è rifiutato di fare il suo dovere, dicendo che non se la sentiva di rovinare la famiglia. Che tempi... Andiamo, adesso: hanno già dato il mazzolino di fiori, parte la sfilata.

Mentre Menichetti parlava, tre statue (di San Ubaldo, San Giorgio e Sant'Antonio) uscivano una dopo l'altra dalla chiesetta, montate su una barella di legno portata a spalla dai giovanotti entusiasti. Si formò una vera processione, all'interno della quale i ruoli e le gerarchie sembravano essere rigidamente fissati.

— In testa i tamburini e la banda, poi Sindaco, Capitani, Capocetta e Capodieci, quindi noialtri ceraioli: alla fine tutti gli altri.

Non ebbi il cuore di confessare che ignoravo le differenze più o meno sottili tra Capocetta e Capodieci e mi accodai a Menichetti con la spiacevole sensazione di essere un abusivo all'interno del gruppo dei ceraioli.

Fu una passeggiata defatigante girare per le vie della città seguendo le tre statue, fino ad arrivare al Palazzo dei Consoli. Io mi trovavo sempre nel gruppo dei ceraioli, protetto e difeso dal buon Menichetti, proprio alle spalle delle statue, che si infilarono nell'enorme palazzo con noi dietro. Lì, in una sala enorme, ci aspettavano i tre Ceri: delle strutture assai curiose, del tutto diverse da quello che mi potevo aspettare. La migliore descrizione che potrei dare di quelle bizzarre ma bellissime macchine è che ognuna costituiva una struttura alta quasi quattro metri, di legno, formata a sua volta da due grossi pezzi simili a bussolotti montati uno sull'altro, Due lunghe aste fissate all'esterno, a ponte tra i bussolotti, sembravano garantire una qualche forma di stabilità, e bandiere e pennacchi erano legati a mo' di abbellimento.

— Su, dottore! Andiamo.

— E dove?

— Ma a fare colazione, perbacco. Non ha fame?

Cominciai a capire il perché della loro nomea di matti quando quei giovanottoni mi trascinarono poco lontano a ingozzarci di baccalà alle nove del mattino, non senza innaffiarlo di libagioni più che abbondanti. La tensione aumentava: ma era una tensione assai diversa da quella che avevo visto regnare in città i giorni precedenti. C'era sana competizione qui, voglia di ben figurare e di far vincere la propria fazione: cose, queste, che da buon inglese trovavo del tutto familiari.

Mi accodai ancora a Menichetti nella sfilata che seguì, dietro i tamburini, le bandiere delle contrade e strani personaggi a cavallo in costume medievale. Menichetti mi parlava di Capitani, Trombettieri e Alfieri, ma per me tutto si fondeva in un'unica folla variopinta, un coacervo di colori e cariche, funzioni e gruppi che riportavano in vita una società complessa, antica e multicolore. I ceraioli si erano divisi in tre gruppi, ognuno preceduto dai propri tamburini, dalle bandiere e da quelli che mi fu spiegato essere i Capodieci dei tre Ceri. Tutti cantavano curiose canzoni, che non comprendevo nel mio italiano stentato ma che erano certamente delle prese in giro degli altri ceraioli: e camminavamo così, cantando e ridendo, in mezzo alla folla che oramai ci premeva dappresso e ci incitava a sua volta, sfilando sotto i palazzi addobbati a festa e pieni di fiori.

Erano oramai le undici e mezzo quando rientrammo nella grande piazza sotto il Palazzo dei Consoli. Ancora una volta rimasi senza fiato di fronte a quello spettacolo architettonico, ma come era diverso oggi dai giorni precedenti! La folla ci fece largo – non so come fosse stato possibile, ma giuro che così avvenne – e ci si aprì la visione del Palazzo, con l'imponente scalinata che scendeva fino a noi ricolma di figuranti in costumi medievali e dei famosi sbandieratori: gente capace di lanciare in aria le proprie bandiere e riprenderle al volo come per gioco, scambiandosele, afferrandole da dietro, con una capacità e una destrezza impressionanti.

Non capii molto bene quello che accadde nei minuti successivi, malgrado i tentativi del buon Menichetti di erudirmi: il cerimoniale era assai complesso, frutto di usanze antiche e sapienti. Vidi arrivare il Vescovo e incontrarsi con altri personaggi, e subito dopo in quella calca spaventosa giunsero a cavallo degli uomini in costume medievale.

— È il Primo Capitano! Riceve la chiave della città e la benedizione del Vescovo! E guardi là, Watson!

Un'altra figura usciva di corsa dal Palazzo, a spada sguainata: a un suo segnale il portone si aprì completamente e la grande campana iniziò a rintoccare.

— È il Campanone! Suona solo in occasioni speciali, come questa! E adesso guardi le barelle!

— Barelle? C'è qualche ferito?

— Ma no! Sono le strutture su cui si incaviano i Ceri.

— Si inca…

— Si montano!!

La folla sbandò e venni sballottato senza ritegno. Dalla porta del Palazzo uscivano i Ceri, portati a spalla a passo di corsa, ancora orizzontali. Il mio gruppo di ceraioli saltò addosso al Cero di Sant'Ubaldo e fece entrare una punta di ferro in una specie di foro che si trovava nella "barella", una complicata struttura di travi e assi tenuta in verticale, mentre altri, dalla parte opposta, assicuravano la statua del Santo in cima al Cero. Tre uomini, uno per Cero (i Capodieci, mi dissero poi), bagnarono con dell'acqua il legno del foro. La confusione era indescrivibile; io respiravo oramai a stento, pigiato dalle ondate che attraversavano la folla come un mare in tempesta, aspettando un segnale. Quando il Capitano lo diede, i tre uomini balzarono giù. Il Campanone suonava a stormo, le urla arrivarono all'acme, la folla sbandò e i ceraioli fecero ruotare la barella in posizione orizzontale, mentre i Ceri si levavano nella loro maestosa bellezza: era "l'alzata". I Ceri cominciarono subito a correre, l'uno dietro l'altro, facendo tre giravolte su se stessi (le "girate") e intorno alla piazza: poi uscirono, sempre a velocità folle e ballonzolando sulle spalle degli uomini che li portavano correndo a perdifiato.

— Venga, dottore! Venga con me! — gridò ancora Menichetti passandomi accanto, col viso stravolto dalla fatica e correndo assieme agli altri con il Cero sulle spalle. Gli corsi accanto anch'io, travolto dall'eccitazione.

Lo spettacolo di un dottore di mezza età, claudicante a causa di una vecchia ferita di guerra, che corre come un giovanotto urlando cose che non capisce in una lingua che non conosce in mezzo a migliaia di donne e uomini in preda a una frenesia selvaggia, avrebbe senz'altro sollevato qualche obiezione nella mia compassata Londra. Ma nella follia contagiosa di quel giorno mi ritenevo del tutto coerente al contesto e lasciai da parte ogni *aplomb* britannico, scatenandomi come il più esagitato dei popolani eugubini.

Ho un vago ricordo di quella corsa tra i vicoli e le piazzette; delle "girate" in segno di omaggio (la "mostra") davanti alle case dei ceraioli defunti o anziani; dei ceraioli sfiniti che si accasciavano, subito sostituiti dai tanti altri che correvano al loro fianco; del giro nel quartiere tra porte e terrazzine che si aprivano, fiaschi per ristorarsi e riprese veloci di corsa. Sarà durata una mezz'ora forse, ma nel tempo interno che scandisce i momenti importanti della vita, nel mio cuore, il ricordo di quella folle corsa è di un tempo assai più lungo. Infine, ansanti, arrivammo in una strada più grande, vicino a una porta medievale. Mi fu detto che era l'antica Via delle Fonti, ora Savelli della Porta. Lì convergevano anche gli altri due Ceri, dopo la loro "mostra" nei rispettivi quartieri: e lì le macchine furono finalmente posate a terra, su dei grandi ceppi lignei alti un metro e mezzo circa e assicurati con corde ai muri perché non cadessero.

Era finita. I ceraioli si congratulavano con grandi pacche sulle spalle tutte sudate e si guardavano attorno con aria soddisfatta. Quanto a me, ero distrutto. Mi sono sempre dilettato di sport e il mio fisico non è certo da disprezzare:, ma correre a perdifiato urlando come un ragazzino non era certamente un esercizio adatto a un medico che volesse preservare la sua dignità professionale.

— Proprio non la capisco, Watson — sentii dire da una voce ben conosciuta mentre mi appoggiavo al muro cercando di riprendere fiato. — Rischiare un colpo per un'isteria di massa. Deve esserci sangue latino nelle sue vene, vecchio mio: per fortuna che Benelli non l'ha vista comportarsi così, o le battute sulla flemma di noi britannici si sarebbero sprecate.

— Ringrazi il cielo che non ho fiato, Holmes, o le replicherei come si merita. Lei è un pusillanime: eccola là, senza una stilla di sudore in fronte. Meno male che ci sono io a difendere l'onore inglese, o gli eugubini ci avrebbero considerati dei barbari plebei e senza cuore.

Il detective scoppiò a ridere, stringendomi la mano.

— Su su, vecchio mio! Ho corso come un matto anch'io, cosa crede? Ho solo un poco più di resistenza rispetto a lei.

— Non doveva incontrarsi con Permoli?

— L'ho fatto. Siamo venuti in piazza assieme, ma l'ho perso nella folla. Lei l'ha visto, Menichetti?

— In questa confusione? Impossibile. Ma sarà entrato nel Palazzo dei Consoli, per il pranzo offerto alle autorità, agli ospiti e a tutti i ceraioli. Perché non venite anche voi alla *tavola bona?*

— Mi avevano detto che tutte le tavole sono buone qui da voi.

— È il nome del pranzo, dottore. Venite: siete ospiti, e a Gubbio gli ospiti sono sacri. Vi presenterò al sindaco...

— Senta, Menichetti, non se ne abbia a male — replicai — ma io me ne torno a casa. Più che un pranzo ho bisogno di un po' di riposo.

— Guardi che quello che ha visto non è ancora nulla. Dopo il pranzo verremo a riprendere i Ceri e ci sarà la corsa vera: quella fino alla vetta del monte.

La sola idea di una seconda corsa a perdifiato, per di più dipinta come più impegnativa della prima, mi fece mancare il fiato per un attimo. Mi scusai ringraziando; incredibilmente, invece, Sherlock Holmes accettò con piacere.

— Bisognerà pure rappresentare la vecchia Inghilterra, non le pare, Watson? A più tardi allora!

Mi avviai a passo lento verso la casa di Neri, che era fortunatamente lì vicino. Ma in quella strana mattinata mi attendeva ancora una sorpresa: fu con una certa impazienza e un misto di stupore e fastidio che continuai a bussare per diversi minuti senza che nessuno mi aprisse. Potevo capire che Neri fosse andato al pranzo ufficiale, ma mi chiedevo che fine avesse fatto la servitù. Alla fine, quando oramai disperavo di potermi buttare in poltrona a riposarmi un poco, udii un ciabattare lontano.

— Arrivo! Arrivo!

La porta si aprì, come Dio volle, e mi trovai davanti una vecchia domestica incartapecorita che avevo incrociato un paio di volte: al servizio della famiglia da tempo immemorabile, mi aveva detto il padrone di casa che non aveva avuto il coraggio di mandarla via. Un colpo di fortuna per me, pensai, visto che altrimenti avrei dovuto rassegnarmi a sedere sul selciato.

— Mi dispiace, signore, ma non c'è nessuno. Sono tutti alla *tavola bona*, o a festeggiare a casa loro.

Aveva proprio ragione, mi dissi mentre riaccostavo la porta e gettavo un'occhiata per la via: nemmeno un gatto randagio si muoveva nel silenzio della strada bagnata dal sole di maggio.

20

La vecchia domestica si allontanò per un corridoio biascicando parole che non riuscivo a intendere, mentre io mi ritiravo stremato in salotto. Mi faceva uno strano effetto quella casa così grande eppure completamente vuota, a parte l'anziana cameriera: così come mi aveva davvero colpito la trasformazione repentina della città. Fino alla sera prima Gubbio era misteriosa, in ansia, carica di una tensione che si palpava nell'aria, come in attesa che il suo incubo si materializzasse di nuovo e che il Lupo tornasse a colpire. Le strade erano deserte, la gente spaurita sussurrava nei pochi capannelli che si formavano ai crocicchi, mentre ognuno cercava di ripararsi a casa appena possibile. E oggi invece! Una folla gioiosa, enorme, incontenibile. Forse, pensai, proprio lo stare tutti assieme aveva dato loro la forza di reagire: uno strano fenomeno, lo stesso che spingeva le grandi folle a comportarsi spesso in modo irrazionale. Antonio non avrebbe potuto convincere i romani a piangere per Cesare se li avesse presi a uno a uno, e i politici sapevano bene come era più facile infiammare le masse piuttosto che conquistare le singole persone. Questa volta il meccanismo per cui il singolo si sente protetto dalla sua tribù era servito a sfatare la paura, a combattere l'incubo, a riprendersi con gioia e rabbia una festa antica… Continuai a riflettere su questo tema, nella poltrona in cui ero stramazzato per riposarmi un poco, mentre le palpebre mi si abbassavano lentamente e il ronzio di un moscone mi risuonava amichevole nelle orecchie.

Mi risvegliai dopo una mezz'ora abbondante, con uno spiacevole ottundimento mentale: mi pareva che mi avessero tramortito con una bastonata, a giudicare dal cerchio alla testa e dal saporaccio che avvertivo in bocca. Capii che dovevo reagire se non volevo avvertire quel malessere tutto il pomeriggio, tanto più che il mio programma non era certo quello di uscire. Mi rendevo ben conto che lo spettacolo della pazza corsa dei ceraioli sarebbe stato più unico che raro, ma francamente l'idea di ributtarmi nella calca non mi sorrideva neppure un po'. Meglio recuperare le forze e passare un pomeriggio tranquillo; ma per non farmi tormentare dal mal di testa dovevo decisamente prendere una boccata d'aria. Aprii le due ampie porte-finestre che davano su un minuscolo balcone sul retro del palazzotto di Neri e aspirai a pieni polmoni l'aria tiepida del primo pomeriggio.

Il sole era ancora alto e l'ombra proiettata dalla casa di fronte cominciava ad allungarsi sul selciato: saranno state, forse, le due. Una brezza decisa si era levata, e folate di vento spazzavano le foglie nelle strade: era un vento caldo, estivo, simile a quello che in Svizzera chiamano *phon*, che si riversava sulla città da est, alzando sensibilmente la temperatura.

La casa che avevo di fronte dall'altra parte della stradina era un piccolo gioiello. Tozza, con la facciata di pietra biancastra, rifletteva i raggi del sole assumendo tonalità fatate tra l'arancione e il giallo carico: era assai composta, con una fila di archetti che scandivano il ritmo regolare delle finestre. Al di sopra, subito sotto il tetto, si apriva una vasta terrazza coperta, da cui si poteva certamente godere la vista della strada e delle case sottostanti.

Non ero il solo a disertare i pranzi e le feste ufficiali, pensai osservando l'uomo che, come me, prendeva una boccata d'aria sulla sua terrazza: di media statura, una faccia come tante altre, eppure... dove l'avevo già visto? Ma certo: il contabile che veniva da Roma, quello scortato dalla polizia. Adesso l'uomo era solo, e se ne stava lassù a contemplare il panorama e tenere d'occhio la strada: forse sperava di scorgere da lì i Ceri, quando sarebbero passati per la via principale, e stava facendo le prove per allora.

Istintivamente stavo per urlargli un saluto quando si voltò e mi vide. Mi fece un sorriso educato e chinò leggermente il capo in avanti: un gesto cortese, da persona a modo.

Proprio in quel momento la testa gli esplose. Mentre udivo un orribile rumore di ossa schiantate vidi il capo sbandare nettamente di lato, come spostato da un urto terribile, e accennare un ritorno all'indietro mentre uno schizzo di materia cerebrale si staccava dal resto della testa: paradossalmente il corpo rimase in equilibrio un istante, prima di scivolare a terra e scomparire dietro il cornicione. La scena era durata meno di un attimo, ma si era dipinta nella mia mente come un quadro: un accadimento orribile nella sua crudezza, ma reso ancora più agghiacciante dal clima irreale che lo aveva accompagnato. Il corpo era scivolato dietro il muretto e dunque era fuori vista: davanti a me c'era la stessa casa di prima, la stesse quiete pomeridiana di un giorno di festa…

Mi ritrovai a bocca aperta, col sangue ghiacciato nelle vene. Ma anni di vita militare e il duro allenamento al dolore che la carriera medica mi aveva insegnato, non erano passati invano. Dovevo subito chiedere aiuto, correre a dare soccorso: forse l'uomo era ancora vivo. Scesi di corsa e mi ritrovai nella strada deserta. Mi fermai col cuore in tumulto: dovevo orizzontarmi. Se la finestra della mia stanza dava verso ovest, allora dovevo dirigermi sul lato del palazzo. Corsi in quella direzione e con sollievo scoprii che era quella giusta: di fronte a me, di là dalla strada, c'era la casa teatro della tragedia, con una piccola porta d'entrata. Per qualche strano motivo non pensai a chiedere aiuto gridando: avevo la sensazione, e forse avevo ragione ad averla, che non ci fosse nessuno là vicino che mi potesse sentire, e che il silenzio profondo in cui eravamo immersi dipendesse dall'assenza di tutti gli eugubini dei dintorni.

Forse fu solo un istinto sciocco quello che mi fece digrignare i denti prima di catapultarmi con tutta la forza della mia spalla contro il portoncino, che sussultò alla botta. Anche la mia spalla, però, sussultò allo stesso modo, e mi resi conto che a insistere sarei più facilmente entrato in ospedale che in quella casa.

Cercai di immaginare cosa avrebbe fatto Holmes al mio posto, e mi accorsi con la coda dell'occhio che qualche operaio aveva lasciato a pochi metri di distanza degli attrezzi da scavo. Corsi ad afferrare un piccone e inserii la punta di quello tra le due ante della porta, proprio sotto la serratura: a quel punto fu un gioco da ragazzi spostare tutto il peso del corpo sul manico. Dedicai un pensiero di scusa al mio vecchio insegnante di fisica al *college*, e alla sua fissazione sul principio della leva che avevo così sbeffeggiato una ventina d'anni prima: e uno scricchiolio rassicurante mi fece capire che stavo raggiungendo il mio obiettivo. Un attimo dopo la porta cedette e mi ritrovai quasi catapultato nell'ingresso della casa, un piccolo ambiente con poca luce, su cui si aprivano delle porte e in cui arrivavano delle scale che portavano ai piani superiori. Salii i gradini a quattro alla volta, sperando di trovare la strada giusta per arrivare alla terrazza. Mi fermai un attimo a riflettere: cercai di ritornare con la mente all'immagine che avevo avuto davanti agli occhi, e una volta di più mi rammaricai di non possedere le stesse straordinarie capacità osservative del mio amico Sherlock Holmes. Ricordavo una piccola porta chiusa dietro le spalle dell'uomo che avevo visto cadere, un uscio che dava evidentemente all'interno della casa. Doveva essere una porta di servizio; forse la terrazza veniva abitualmente usata per stendere i panni, o per altre operazioni domestiche. Dovevo cercare quella porta, decisi, invece che perlustrare le stanze una per una: quell'uomo poteva essere ancora vivo e non c'era un solo minuto da perdere.

Continuai a salire le scale finché non arrivai a una sorta di piccolo ballatoio: proprio lì c'era una porta di piccole dimensioni, chiusa. La luce che veniva dall'esterno filtrava nello spazio tra la porta e lo stipite, perché non era ben connessa: mi avvidi così che non v'era alcun catenaccio, e guardando nella serratura capii che la chiave era inserita dalla parte opposta. Cosa fare? Presi un foglio di giornale che provvidenzialmente era lì accanto e lo infilai sotto lo stipite, mentre con la punta del mio temperino spingevo la chiave. Udii il rumore della chiave e pregai che fosse caduta sul foglio: lo tirai con grande cautela e afferrai trionfante il mio premio.

La scena che mi trovai di fronte quando aprii era terribile. Appena gli occhi si furono abituati di nuovo alla luce abbacinante del sole, vidi il corpo dell'uomo esamine in un lago di sangue, riverso a ridosso del parapetto. Mi resi subito conto che per il poveretto non c'era niente da fare: doveva essere morto all'istante. Mi fermai un secondo, riflettendo sulla assurdità delle mie azioni. Avevo scassinato una porta, violato una proprietà privata, interferito sul luogo delle indagini, e chissà cos'altro, assolutamente per nulla: meglio che pensassi bene alla prossima mossa.

Ancora una volta, mentre riflettevo sul da farsi, fui turbato dal silenzio paradossale, dalla quiete assoluta che regnava intorno a me. C'era stato un delitto, un uomo era stato assassinato: si associano di norma a questa idea immagini di urla, spari, confusione e lacrime. Qui invece c'era pace, silenzio, indifferenza; pareva quasi che la natura stessa mi volesse dire di rilassarmi, di lasciar perdere, che la vita e la morte, anche la morte violenta, sono in fondo soltanto facce di una stessa medaglia. Mi accostai al cadavere, bene attento a non calpestare il sangue e a non lasciare impronte, guardandomi intorno con la massima attenzione. Non c'erano tracce di nessun tipo, e d'altronde avevo visto io stesso che l'uomo era assolutamente solo sulla terrazza. Quel poveretto, di media statura, portava una veste da camera e un buon paio di pantaloni: gli abiti erano completamente inzuppati del sangue che colava dal terribile squarcio sul cranio. Ma chi o cosa aveva potuto infliggere un colpo così terribile senza che io potessi vederlo? Pensai, per l'ennesima volta, a cosa avrebbe fatto Sherlock Holmes al mio posto. Certamente non si sarebbe fatto distrarre dagli aspetti truculenti della scena, e si sarebbe piuttosto messo a cercare ogni minima traccia materiale su cui costruire poi un'ipotesi di spiegazione. Perciò mi mossi con cautela, dal cadavere verso la porta, quindi nelle altre direzioni, in cerca di qualche oggetto, qualche indizio: ma il terrazzo era assolutamente vuoto, senza neppure vasi o strumenti che potessero essere stati usati per colpire l'uomo salvo che un secchio colmo di segatura e una scopa di saggina...

Fu in quel momento che l'ululato risuonò, lugubre, sinistro, assurdamente in contrasto con la luce e il sole sfolgorante del maggio italiano: veniva da qualche parte vicino, forse dai tetti, o magari dai vicoli tra le case… Quel suono, lo confesso, riuscì a farmi saltare i nervi che a malapena avevo tenuto a freno fino a quel momento, e mi ritrovai a cercare di turarmi le orecchie come avevo visto fare in battaglia a soldati in piena crisi isterica: mai avrei pensato allora che potesse succedere un giorno anche a me. Con uno sforzo di volontà mi imposi di calmarmi e di pensare chiaramente. Non ero più in condizioni di essere utile lì; dovevo andare a chiedere aiuto. Se perfino io, che pure non ero un vigliacco e avevo affrontato tanti pericoli in passato, se perfino io mi scoprivo le mani tremare senza riuscire a fermarle, e a occhieggiare la cantonata aspettandomi che ne uscisse un orribile e gigantesco lupo pronto a sbranarmi; se persino io mi comportavo così, allora non potevo certo criticare gli eugubini che si barricavano nelle loro case. Capii, di conseguenza, che nessuno di loro mi avrebbe aiutato.

No, l'unica via era quella di correre ad avvertire Sherlock Holmes. Il mio amico si trovava al Palazzo dei Consoli, alla *tavola bona:* era lì che dovevo dirigermi, subito. Ebbi però l'accortezza, chiudendo la porta che dava sulla terrazza, di prendere qualche precauzione nel caso qualcun altro scoprisse il cadavere e alterasse, anche senza volere, il quadro che avevo trovato: versai perciò in terra, giusto davanti alla porta, la segatura trovata nel secchio e memorizzai il punto a cui arrivavano le ultime briciole, e per sopramisura inserii tra il battente e lo stipite un pezzetto di piuma mozzata che avevo visto incastrata sotto la porta.

Ora andava meglio: sapevo esattamente cosa dovevo fare e questo mi aiutò a superare lo shock. Ero sulla porta quando quel maledetto ululato risuonò ancora, molto vicino a me: non mi guardai indietro e cominciai a correre verso il Palazzo dei Consoli, inseguito da quel suono orribile. La paura, il terrore, erano tornati a regnare per la via, e certamente ne ero preda anch'io. I miei passi risuonavano rimbombando per la strada deserta, e mi sembrava che il battito stesso del mio cuore fosse rumoroso come un tamburo militare. Ricordo che mi dovetti fermare almeno due volte per riprendere fiato e asciugarmi il sudore che mi imperlava la fronte. A un certo punto udii una finestra che si apriva, su in alto, e gridai aiuto nel mio povero italiano: ma in quello stesso momento l'ululato risuonò di nuovo e la finestra venne chiusa di scatto. Subito dopo scorsi una pattuglia di guardie: erano le stesse, mi sembrò, che avevo visto uscire dalla casa della vittima. Le fermai gridando; il suono della mia stessa voce mi riportò alla realtà.

— Hanno ucciso un uomo! Laggiù! Non capite l'inglese? Dannazione!

I due mi guardavano esterrefatti. Certo dovevo essere uno spettacolo strano… Indicai loro da dove venivo; e chi avesse sbirciato in quel momento dalla finestra avrebbe assistito allo spettacolo di un gentiluomo inglese stravolto dallo shock e dalla fatica che si prendeva la testa e si gettava per terra. Le due guardie sembravano divertirsi. A un tratto, però, uno dei due parve finalmente capire: allarmato, dette di piglio al fischietto e si mise a correre da dove ero venuto io.

— Era ora — bofonchiai sollevato. E mi misi a correre nella direzione opposta.

21

Raggiungere la grande piazza e precipitarmi all'interno del Palazzo fu tutt'uno: e di colpo mi ritrovai catapultato in un altro mondo. Fuori, nella spietata luce del sole c'era il terrore, la morte, l'ululato, il fantasma; lì dentro calore umano, confusione, volti allegri resi gioviali dal vino e dal buon cibo. L'enorme sala era riempita di lunghe tavole che la colmavano come una comune osteria, con centinaia di commensali attraverso i quali era difficile persino passare. Come avrei fatto, in quella confusione, a individuare Sherlock Holmes? Di chiamarlo non se ne parlava: la confusione era al massimo, con un rumore di fondo nel quale era difficile distinguere le singole voci. Cominciai ad aggirarmi tra i tavoli, e notai che alcuni mi guardavano con un'espressione strana, e smettevano per un attimo di ridere e parlare coi vicini, additandomi con discrezione.

Fu Menichetti a scorgermi per primo e a farmi segno di accostarmi a lui e a Holmes. Il mio amico sedeva insieme a un gruppo di giovanotti in tenuta ceraiola e li stava intrattenendo, come mi disse poi, sul Buddhismo Theravada nell'isola di Ceylon.

— Watson! Ma che le è successo? Pare che sia uscito dall'inferno.

— Vengo da lì, infatti.

Raccontai in poche parole quello che era accaduto. Holmes balzò subito in piedi.

— Non c'è un minuto da perdere. Menichetti, corra ad avvertire Bencivenga, laggiù. Gli dica di correre con tutti gli uomini a sua disposizione.

— Ma non è possibile...

— Coraggio, ragazzo mio, si dia da fare! Ci vediamo là.

Un attimo dopo eravamo già in strada, diretti di gran carriera al luogo del delitto, con alle spalle i colpi di fischietto con cui Bencivenga allertava la polizia ufficiale. Ma quanto diversa mi sembrò quella strada rispetto a pochi minuti prima! Non ero più solo in un mondo gelido e deserto, contro un fantasma crudele e inafferrabile; la figura che mi correva di fianco incitandomi mi dava fiducia e sicurezza. Con Holmes avremmo sconfitto l'incubo, come era sempre accaduto in passato. Ci fermammo solo davanti alla porta divelta.

— Perbacco, Watson, non ci è andato certo leggero. Complimenti, vecchio mio: belle spalle.

— Bel piccone — risposi ansimando, accennandogli all'arnese rimasto nell'angolo.

— Capisco. Bene, come delinquente lei è un po' rozzo, ma efficace. Aspetti a salire, ecco la Pubblica Sicurezza: sarà bene lasciarle la precedenza.

Bencivenga arrivava a passo di carica, forse un po' più paonazzo in volto di quanto non ricordassi: mi guardò ansimando e cercò di riprendere fiato due volte prima di riuscire a parlare.

— È vero quello che mi hanno riferito?

— Temo proprio di sì. Venite.

Li accompagnai all'interno, indicando le scale che salivano, ma il poliziotto scosse la testa.

— Quello dopo. Mi faccia vedere *lì*, anche se purtroppo mi aspetto il peggio.

Indicò una porta spalancata che dava in una specie di sgabuzzino. Bencivenga diede un'occhiata ed emise un gemito.

— Come temevo. Un momento. Bassi!!! — urlò un attimo dopo, berciando come un facchino.

Un graduato in divisa si fece avanti. — Comandi!

— Bel pasticcio avete combinato. Le porte almeno sono sorvegliate?

— Sissignore, come da ordini.

— Mandi messaggi a tutti gli uomini: nemmeno uno spillo deve uscire da Gubbio d'ora in poi.

— Sarà difficile, signore. Con la corsa…

— Ma che corsa e corsa! Non faccia lo stupido, sa quello che voglio, non è mica facile da portar via! Andiamo, muoversi! — Bencivenga guardò il sergente impartire disposizioni e poi si rivolse a me con aria cupa.

— Andiamo, dottore, ci faccia vedere.

— Erano quattro — osservò Sherlock Holmes con aria tranquilla, senza muoversi.

— Come, scusi?

— Gli uomini che hanno portato via la cassaforte. Erano quattro, e non possono essere andati lontano con quel peso.

— E lei come fa a sapere della cassaforte? — ribatté Bencivenga con aria minacciosa.

Holmes sorrise leggermente e si appoggiò al ballatoio delle scale.

— Mio caro ispettore: quando vedo nella polvere due lunghi solchi come *quelli,* penso che qualcosa è stato trascinato fuori. E qualcosa di molto pesante, evidentemente, perché un uomo si è infilato là dietro e ha spinto con tutte le sue forze: la suola è slittata all'indietro. Qui i solchi spariscono; ergo, l'oggetto è stato sollevato. Le impronte parlano di tre persone, ma una quarta doveva essere fuori a far da palo e da lì ha certamente aiutato gli altri. Se poi vuole sapere come e perché le impronte parlino di tre persone, nonché le caratteristiche delle persone suddette, la questione si fa lunga: semmai si metta comodo. Siccome dubito che i gentiluomini che sono entrati qui dopo che il mio amico Watson si è preso il disturbo di buttar giù la porta fossero impiegati di una ditta di traslochi, non credo che trasportassero un armadio, ma un oggetto oblungo assai pesante: un baule, una cassa o una cassaforte. Nessuna cassapanca è così pesante e neppure i bauli: e poi dubito che i signori in questione progettassero un viaggio. Tutto sommato l'ipotesi più probabile è una cassaforte.

— Holmes, ho visto la vittima quando è arrivata in città. Sappia che aveva con sé un oggetto simile: lo portavano a stento in quattro.

— *Quod erat demonstrandum*: grazie mille, Watson. Ora, caro Bencivenga, se avrà la bontà di chiudere la bocca potremo salire a esaminare lo sfortunato inquilino della casa.

Fu davanti alla porticina in cima alla rampa di scale che ebbi il mio piccolo momento di gloria. Fermai Holmes afferrandolo per il gomito e gli mostrai la piuma chiusa nell'anta. Poi aprii cautamente lo stipite e osservai la segatura in terra: nessuno era entrato di lì. Non commentai e feci cenno al mio amico di passare. Lui mi guardò con occhi brillanti e un sorriso soddisfatto, quindi pronunciò sommessamente una parola sola, ma che mi fece gonfiare il cuore d'orgoglio: — *Chapeau*.

L'ispettore Bencivenga, naturalmente, passò senza rendersi conto del significato dei nostri gesti e si accodò a noi due.

Holmes si avvicinò cautamente al cadavere, osservandolo da vicino, quindi scrutò a lungo, perplesso, le tracce di sangue per terra.

— E lei dice che l'ha visto cadere e non c'era nessuno con lui? Interessante. Uhm... lei si trovava laggiù. — Indicò col dito la casa che avevamo di fronte, e la finestra della mia stanza. — Dunque aveva una buona visuale della terrazza, leggermente dall'alto. Non c'è modo che qualcosa le abbia parato la vista. Suppongo che sia assolutamente sicuro di non essersi distratto, o magari appisolato per un secondo, no? No, infatti. Orbene. Il colpo alla testa lo ha preso alla nuca. L'osso è completamente sfracellato, quindi non è possibile capire se è arrivato dall'alto o dai lati. Però quella striscia di sangue e materia cerebrale è certamente lo schizzo originato dal colpo, che si è liberato dalla ferita un attimo prima che il corpo cadesse: mi ha detto che per un istante è rimasto in piedi, esatto?

— Esatto.

— Dunque il colpo è arrivato da destra, provocando quello schizzo verso sinistra. Il corpo poi è caduto all'indietro.

— Ma non c'era nessuno sulla destra! Ne sono assolutamente sicuro!

— Vediamo. C'era una distanza di un paio di metri fino al parapetto…

Bencivenga sbuffò. Sembrava curiosamente assai poco interessato, come se quell'omicidio non lo riguardasse.

— Forse indovino il suo ragionamento, signor Holmes. Lei pensa che qualcuno potesse essere rannicchiato qui e aver colpito non visto?

— Mi pare di poterlo escludere, ispettore: Watson avrebbe notato almeno il corpo contundente, e poi l'uomo avrebbe ben visto il suo assassino. E infine, che senso avrebbe avuto un comportamento del genere? L'omicida non poteva sapere che Watson stava guardando. Non dimentichi che tutta Gubbio era al Palazzo e che questa casa è isolata: hanno scelto il momento buono per eliminarlo senza rischi. Vede? Da qui alle mura c'è solo un campo, e delle rocce. Bene: cerchiamo attorno e verifichiamo se al nostro Watson è sfuggito qualcosa.

Sherlock Holmes cominciò a perlustrare la terrazza, muovendosi a spirale a partire dal cadavere. Si spostava lentamente, centimetro dopo centimetro, a labbra strette e serrate, senza emettere suono. Ancora quel terribile silenzio mi colpì, così innaturale ed estraneo: e ancora una volta, più lontano tuttavia, quell'orribile ululato. Fu allora che a uno dei giovani poliziotti che accompagnavano Bencivenga saltarono i nervi e si mise a strepitare in italiano, tremando come una foglia.

— Basta! Cosa state cercando! È stato il Lupo, non capite?!

— Si ricomponga! Subito!

— Ma è stato il Lupo! Non c'era nessuno sulla terrazza! Solo lui poteva farlo!

Bencivenga si avvicinò al ragazzo e lo schiaffeggiò in pieno volto, due volte: l'altro aprì la bocca come per urlare, poi scoppiò in un pianto dirotto. L'ispettore gli posò una mano sulla spalla e disse a bassa voce: — Vattene a casa, figliolo. Vai a riposarti.

Holmes sembrava non aver neppure fatto caso all'episodio, come se nulla fosse accaduto. Continuò a perlustrare la terrazza, quindi rinfoderò la lente e mi sorrise.

— Di nuovo complimenti, Watson. Se non fosse per lei sarei giunto a conclusioni sbagliate.

— Cioè?

— Ragioniamo. Sappiamo che non c'era nessuno sulla terrazza e che la porta era chiusa a chiave dall'interno. Dunque, a meno di non accettare l'ipotesi del Lupo, nessuno ha potuto aggredire la vittima con una mazza o qualcosa del genere, fracassandogli la nuca con un colpo dall'alto in basso e poi essersene andato, se non calandosi dalla terrazza: ma lei l'avrebbe visto. Potrebbero aver lanciato un oggetto: ma da dove, perbacco? Non ci sono case vicine in quella direzione. Ciononostante potremmo prendere in considerazione questa ipotesi, tuttavia lei non ha trovato oggetti, né in terra né sul corpo. Ed è stato così abile da poter escludere che qualcuno sia venuto quassù dopo di lei a trafugare qualcosa.

— Non possono neppure aver sparato — aggiunsi. — C'era un silenzio perfetto; ho potuto persino udire lo schianto delle ossa.

— Per ora accantoniamo questo problema, vecchio mio. Ho sentito parlare di carabine ad aria compressa della massima precisione: non hanno una gittata lunghissima ma in buone mani e da media distanza sono armi micidiali e silenziosissime.

Vediamo: immaginiamo che un proiettile abbia centrato dalla destra la testa dello sfortunato signore in questione; che l'abbia trapassato completamente e abbia proseguito senza fermarsi nel cranio: infatti anche la parte sinistra della nuca è in pezzi. L'uomo è alto più o meno quanto lei, Watson: vuole venire qui, per favore? Ecco, nella stessa posizione che occupava lui. Ora, se il colpo veniva di là e l'ha colpito a questa altezza... dovrebbe essere finito laggiù, su quel muro. E invece non c'è nessun buco su quel muro. Nessun buco e nessun proiettile. Un bel problema, in effetti. Interessante, assai interessante.

Bencivenga si guardò attorno. — Se voi avete finito, signori, io avrei da fare. Provvederò a far trasportare la salma.

— Pensa di riferire subito ai suoi superiori a Roma?

— Signor Holmes! Cosa diamine le fa pensare che io debba...

— Oh, andiamo, ispettore! Lei ha davvero una pessima opinione di me se crede che io possa pensare che questo è un delitto ordinario... Suvvia! Quest'uomo arriva a Gubbio scortato come un criminale pericoloso: le sue guardie danno il cambio ai colleghi e non lo mollano neppure per un istante, fino a poco fa, almeno. Quando l'uomo è ucciso lei arriva come un fulmine, ma è palesemente interessato più alla sparizione della cassaforte che alla morte della vittima, e dà ordini draconiani per impedire che la cassaforte venga portata fuori città. Vuole continuare a giocare con me o intende collaborare? Ho una certa fama nel mio campo, sa, e potrei esserle utile.

Bencivenga appariva in difficoltà.

— Lei... lei si sbaglia. Io sto facendo semplicemente il mio lavoro, ecco...

— E va bene, come desidera. Io non posso aiutarla. Ma non si lamenti quando Crispi le chiederà ragione dei documenti scomparsi.

L'ispettore annaspò vistosamente. — Crispi? Chi le ha detto...

— Dunque è vero. Guardi, le do la mia parola che nessuno mi ha suggerito niente. Facciamo così: nessuno, mai, saprà della nostra collaborazione, e il mio amico Watson si impegna con me a non rivelare nulla. Se avremo successo, sarà lei che ne avrà il merito. Se falliremo, nessuno potrà mai accusarla di averci confidato alcunché. Allora?

Bencivenga guardò il mio amico con un'espressione che avrebbe potuto usare di fronte a un mago.

— Mi avevano parlato di lei, ma non riuscivo a crederci... non so come diamine sia riuscito a capirlo, ma in effetti ha ragione. Il Prefetto mi ha chiamato a colloquio la scorsa settimana per allertarmi in tempo. C'era un signore, questo Giorgini, che sarebbe stato scortato a Gubbio dalla Pubblica Sicurezza di Roma, e qui affidato a noi. Non si trattava di un criminale, ma di un uomo da proteggere e sorvegliare senza tregua: si temeva che potesse fuggire e rendersi irreperibile. Con lui viaggiava una cassaforte che andava difesa a tutti i costi. Non mi è stato detto perché l'uomo era qui, né quale fosse il suo ruolo: ed ecco in che guaio sono finito. Dovrò rassegnare le dimissioni...

— Su su, ispettore — cercai di consolarlo. — Non è ancora detta l'ultima parola, dopotutto.

— Ah no? — gemette Bencivenga. — L'uomo che dovevo proteggere è stato ammazzato. E quanto alla cassaforte, chissà dove diavolo sarà adesso!

— Qui vicino, questo è certo — interloquì il mio amico. — Quell'affare pesa maledettamente: Watson mi dice che quattro uomini la trasportavano con gran fatica quando l'hanno portata in città, e quattro erano quelli che hanno fatto il lavoro. Dal momento in cui Watson ha lasciato la casa a quando le guardie sono tornate, saranno passati dieci minuti, forse quindici, non di più: a meno che non abbiano usato un carro, devono essere qui vicino. Ispettore, quanti agenti ha a disposizione?

— Quasi duecento. Ieri sono arrivati un bel po' di rinforzi, per via della Festa. Si temevano gli anarchici...

— Ha fatto sorvegliare le Porte della città?

— Sissignore.

— Benissimo. Faccia perquisire tutte le case qui vicino, pattugli le strade, proibisca i carri in città. Non debbono potersi muovere: li troveremo. E visto che c'è, veda di capire perché la scorta ha lasciato solo Giorgini. Aspetto sue notizie a casa di Neri: sarà là il nostro quartier generale.

Bencivenga schizzò via a organizzare le ricerche.

— Ma Holmes — dissi — la folla crescerà a dismisura da qui a un paio d'ore, quando inizierà la seconda parte della Festa. Come potremo operare efficacemente in mezzo a tutta quella confusione?

— Non stiamo parlando di piccolo oggetto da nascondere sotto la giacca, Watson. Non possono nascondersi nella folla trasportando una cassaforte da un centinaio di chili… e non possono non aver previsto che le ricerche sarebbero scattate subito. Questo è un piano ben congegnato; abbiamo di fronte un'intelligenza troppo raffinata perché abbia lasciato qualcosa al caso: pensi solo a come si è mosso in Inghilterra per attirarmi fuori dalla faccenda. No: la cassaforte deve essere nascosta qui vicino, in attesa del momento opportuno per trasferirla altrove.

— Ma se si tratta di documenti, perché non potrebbero scassinarla e tirarli fuori? Quelli sì che potrebbero essere portati via con facilità.

— Ne dubito, vecchio mio. E per molte ragioni. I complici della banda sono quattro, e una cassa di documenti divisa in quattro resta sempre un malloppo troppo grosso da nascondere sotto la giacca.

— Ma chi ci assicura che non si tratti di pochi fogli?

— Possibile, ma non probabile: perché attirare l'attenzione con una cassaforte, allora? Bastava nasconderli in un posto sicuro. Oltretutto i ladri non potevano sapere quanto tempo avrebbero avuto a disposizione per scassinare la cassaforte;

un'effrazione in piena regola era un azzardo che non potevano permettersi. No: sono convinto che la mente diabolica che ha concepito il piano abbia previsto di nascondere la cassaforte e aprirla poi, al momento opportuno. Andiamo adesso.

Ci incamminammo. Le strade cominciavano a essere meno deserte: effetto forse dei primi eugubini che lasciavano la *tavola bona* in attesa del gran finale della Festa, ma anche dei tantissimi poliziotti che pattugliavano i rioni.

— Holmes — chiesi cambiando decisamente discorso — come diavolo ha capito che c'entra il governo italiano?

— In Italia, amico mio, il governo c'entra sempre.

— Suvvia, non celi adesso.

— Non celio per nulla, purtroppo — rispose sospirando il grande detective. — Questo Crispi combina nefandezze inenarrabili. Mio fratello Mycroft, che come lei sa è ben dentro al Ministero, mi ha raccontato cose incredibili su questo ex rivoluzionario convertito al moderatismo. Diffidi sempre dei convertiti, Watson! Sono i più fanatici. Ma venendo a noi, era evidente che la cosa era grossa, e l'utilizzo della polizia ufficiale – la Pubblica Sicurezza, come dicono qui – indicava che si trattava di un problema di rilievo nazionale. Nessun personaggio pubblico è scortato in quel modo in Italia: è palese che avevano paura che l'uomo scappasse, ed è altrettanto palese che la sua cassaforte era di estrema importanza. Non poteva trattarsi di soldi o gioielli; nessuno gira col suo patrimonio dietro: ho pensato che se il governo italiano dava tanta importanza alla faccenda, doveva trattarsi di documenti. Con ogni probabilità Giorgini era a conoscenza di qualcosa di decisivo, legato in qualche modo alle carte nella cassaforte. Ma lo sapremo presto: ecco casa Neri. E vedo che siamo attesi.

22

I due gendarmi di guardia accanto alla porta di casa Neri dovevano essere stati avvertiti del nostro arrivo, perché non batterono ciglio quando bussammo. Ci aprì Neri in persona, con faccia preoccupata.

— Signori — annunciò — di là c'è il Sottoprefetto di Gubbio insieme ad altri. Vi aspettano.

— Venga con noi, la prego — rispose Holmes. — In fondo è il padrone di casa.

Nella biblioteca di Neri era ad attenderci un gruppetto di quattro persone. Con mia grande sorpresa notai tra loro il professor Permoli, che confabulava gravemente con una persona che non conoscevo, un po' da parte in un angolo della grande stanza: ci salutò con un cenno della mano e un quieto sorriso. L'uomo che stava accanto all'ispettore Bencivenga invece era alto, vestito severamente di scuro e con l'espressione autorevole: scrutò con aria interrogativa prima me e poi Neri, dopodiché si rivolse al mio amico in un ottimo inglese.

— Signor Holmes, l'ispettore mi ha riferito della sua offerta, che sono incline ad accettare vista la situazione di crisi. Penso che la sua esperienza nel campo del crimine la metta in grado di poterci essere molto utile. Ma i signori che sono con lei, con tutto il rispetto, non sono compresi nel nostro accordo.

— Può contare sulla discrezione del dottor Watson come sulla mia. Mi è stato compagno fidato in centinaia di indagini.

— E sia pure — continuò l'uomo dopo una piccola esitazione. — Ma il padrone di casa… mi esprimo in inglese in modo da non farmi capire da lui, tuttavia le faccio presente che gode fama di sovversivo.

— Ma anche di gentiluomo — commentò inaspettatamente Neri. — Mi spiace per lei, Sottoprefetto, ma parlo benissimo l'inglese. Ho avuto un domestico ucciso in questa storia e mi sento coinvolto. Le do la mia parola che manterrò il segreto. Nondimeno, se mi considerate di troppo…

— Fermo là, Neri — interloquì Holmes. — Lei ci ha chiamato, ci ha ospitato in casa sua, e in questa faccenda siamo sulla stessa barca. O tutti o nessuno, signori: scegliete.

Il Sottoprefetto guardò interrogativamente verso lo sconosciuto che era accanto a Permoli. Questi alzò gli occhi al cielo facendo un lieve cenno con la mano, e il funzionario sbuffò leggermente prima di riprendere.

— E va bene: vi considero legati a un giuramento d'onore su questa disgraziata storia. In fondo non è necessario che conosciate tutti i particolari. Vi basterà sapere che è in corso un'inchiesta segreta commissionata dal Governo sul comportamento di alcuni pubblici ufficiali assai importanti. Il signor Giorgini era un testimonio chiave e dopo una notevole pressione da parte del senatore Giacomo Giuseppe Alvisi, che ha la responsabilità dell'inchiesta, aveva accettato di collaborare. È assolutamente cruciale scoprire il suo assassino, chiarire a chi fa capo, ma ancor di più recuperare la cassa di documenti che aveva con sé.

— Che importanza hanno i documenti, ora che Giorgini è stato ucciso?

— Fondamentale. Giorgini basava la sua testimonianza su pile di carte che aveva raccolto. Quella documentazione può essere ancora usata.

— Come mai, se è lecito, i documenti sono stati trasportati? Non è stata una leggerezza?

— Giorgini non si fidava a lasciarli a Roma, non se ne separava mai: aveva messo insieme quelle carte nel corso di anni. Aveva posto una speciale condizione al senatore Alvisi per collaborare, quella di avere sempre sott'occhio il suo materiale: diceva che senza quelle carte non gli avrebbe mai creduto nessuno.

— Capisco. Di che tipo è la cassaforte?

— Una *Parma Antonio e Figli,* ultimissimo modello. Due chiavi di accesso, uno spessore di acciaio da due pollici: un vero mostro.

— Molto pesante?

— Almeno un centinaio di chilogrammi.

— Vedo. Senatore Alvisi, posso chiederle cosa confabula col professor Permoli?

L'uomo che era dall'altra parte della stanza si voltò, inarcando le sopracciglia. Era di media statura, con un'imponente barba che gli dava un aspetto più vecchio della sua età, e due occhi profondi e tenebrosi.

— Mi conosce? Sapeva che ero qui?

— Niente affatto. Ma il mio mestiere è dedurre le cose, non saperle. Non posso credere che il Sottoprefetto prenda ordini se non da un'autorità centrale della massima importanza, e so che il professor Permoli ha lavorato a stretto contatto con il Primo Ministro Crispi. Ho visto le fotografie di Francesco Crispi e dei suoi ministri sui giornali inglesi, e lei non è tra quelli: non può essere, credo, che il senatore Alvisi. Sbaglio?

— Niente affatto — ribatté l'uomo con un gesto di rassegnazione. — A questo punto i giochi sono scoperti e tanto vale parlare chiaro. Sono venuto a Gubbio perché ho un'importante riunione politica, ma anche per tenere d'occhio Giorgini. Da buon eugubino aveva posto la condizione di poter assistere alla corsa dei Ceri, e credevamo di aver trovato un ragionevole compromesso. Da quella sua dannata casa avrebbe potuto seguire la corsa senza mischiarsi alla folla. E invece…

— Senatore — continuò il mio amico. — Ho bisogno di sapere se Giorgini le aveva già reso testimonianza.

Alvisi mise le braccia conserte guardando Holmes severamente.

— Signor Holmes, non le pare di esagerare?

— Niente affatto. Debbo comprendere l'importanza di quelle carte; le assicuro che è cruciale per decidere le prossime mosse.

Ci fu un breve scambio di sguardi: ma furono gli occhi di Alvisi ad abbassarsi per primi.

— E sia. Suppongo di non avere altra scelta che quella di fidarmi di lei.

— Appunto.

— Giorgini mi aveva riferito, a grande linee, quel che sapeva della faccenda: faccenda di cui naturalmente non è il caso di parlare qui. Ma sarebbe stato molto più preciso al ritorno da Gubbio, documentando tutto ciò che diceva con le carte custodite nella cassaforte. Mi ha detto che da dieci anni teneva copia di tutto ciò che gli capitava sottomano, e aveva un archivio completo, solo consultando il quale la sua deposizione giurata avrebbe potuto essere credibile.

— Insomma, l'hanno ammazzato giusto prima che rilasciasse una deposizione giurata. E sono riusciti a far sparire i documenti. Bel colpo, c'è da ammetterlo. Bencivenga, quale è la situazione per quanto riguarda le ricerche? Quella è una pianta topografica della città? Benissimo.

Ci avvicinammo al tavolo centrale su cui era adagiata una grande carta militare. Potei distinguere benissimo le mura, le porte di accesso a Gubbio, le strade e gli isolati.

— Questa è la casa in cui è stato commesso l'omicidio. — spiegò Bencivenga additando un punto sulla carta. — Dal momento in cui il dottor Watson ha lasciato la scena del crimine a quello in cui la scorta è tornata indietro su allarme dello stesso dottore, non possono essere passati più di dieci minuti.

Sappiamo che gli uomini erano quattro e potevano sollevare a stento la cassaforte. Come sapete la città era pattugliata fin dal mattino, e gli agenti sono assolutamente certi che nessun carro o cavallo è transitato di lì tutto il giorno. Considerando la posizione degli agenti nelle strade accanto, il tempo avuto a disposizione, il peso e la velocità presumibile con cui si muoveva, il gruppo non può aver oltrepassato questa zona in quei pochi minuti.

Il poliziotto disegnò un cerchio intorno alla casa di Giorgini.

— Ciò premesso, rimangono pochissime strade in cui un gruppo di uomini avrebbe potuto passare inosservato: questa e questa. In pratica un quadrilatero intorno a via Savelli. Stiamo controllando tutti gli edifici all'interno della zona, uno per uno.

— Benissimo — approvò Holmes. — Mi pare non ci sia altro da fare per ora. A proposito, ispettore, ha poi capito perché la scorta ha abbandonato Giorgini?

Bencivenga annuì fosco. — Un falso agente ha consegnato un dispaccio urgente: l'ordine di recarsi subito al Palazzo dei Consoli lasciando solo Giorgini. I miei uomini hanno ubbidito. Ho minacciato Bassi di stroncargli la carriera, ma detto tra noi non poteva non cascarci.

— C'era da immaginarselo. Interessante però…

Alvisi sbuffò. — Questi mi sembrano giochetti, signor Holmes. Per noi è decisivo recuperare i documenti adesso, assai più che scoprire il sicario.

— Non è del tutto esatto, senatore — replicò il mio amico. — Il suo "sicario" è un astuto criminale che ha predisposto un piano preciso fin nei dettagli: ogni elemento che aiuti a scoprirlo è prezioso. E per quel che concerne la cassaforte, l'ispettore Bencivenga ha già eseguito i miei ordini… per quanto dubiti che le ricerche abbiano buon esito.

— Perché mai dice questo? — obbiettò Alvisi. — Lei stesso ha impartito delle istruzioni in merito, e Bencivenga ci dice che la cassaforte deve essere all'interno del quadrilatero, anche se molto opportunamente si pattugliano le strade e si controllano le porte.

— Forse il signor Holmes pensa che la cassaforte sia già stata aperta e i documenti trafugati — ipotizzò il professor Permoli, che era rimasto in silenzio fino a quel momento.

— Be', mio caro amico — ribatté Holmes — ho già avuto modo di discutere col dottor Watson la sua stessa obiezione, e debbo dire che non credo che la cassaforte sia stata ancora toccata. E non credo che lo sarà, almeno nelle prossime ore. Questo è un piano diabolicamente preciso, e non potevano affidarsi alla fortuna: sapevano che sarebbero stati braccati entro pochi minuti. No, dovevano avere un modo di nasconderla alla svelta e poi riservarsi l'impresa di aprirla a più tardi.

— E allora? Ha detto che dubita dell'effetto delle ricerche…

— È l'altra faccia del mio ragionamento, professore. Abbiamo di fronte un piano perfetto programmato da una mente eccezionale. Sarà dura riuscire a mandarlo a monte.

— Sembra quasi che lei ammiri questa presunta "mente eccezionale" — intervenne di nuovo Alvisi.

Il mio amico sospirò. — Ammiro sempre una mente superiore, quando ne incontro una. Il che non mi impedisce di combatterla ferocemente, se è dall'altra parte della barricata: ma il rispetto è necessario se si vuole vincere.

— Holmes — interloquii — c'è una cosa che non capisco. Lei parla di un piano preciso, e non ho motivo di dubitare del suo giudizio. Ma cosa sarebbe successo se io *non* avessi assistito alla morte di Giorgini? Il fatto che io sia intervenuto non ha rovinato i loro disegni?

— Immagino che la scorta, appena arrivata al Palazzo dei Consoli avrebbe capito che l'ordine era falso e sarebbe tornata indietro di corsa: il piano originario doveva prevedere una quindicina di minuti, venti forse, per compiere il delitto e il furto. Lei ha costituito un imprevisto che ha accorciato i loro tempi: un piano così complesso avrà però avuto dei margini di sicurezza, non poteva non contemplare la possibilità di un imprevisto. Tutto sommato, sono dell'avviso che il piano originale sia stato portato a termine regolarmente.

— E l'assassinio? Come è stato possibile?

— Questo, signori, è l'elemento più curioso: un uomo solo, chiuso sul terrazzo, colpito da un oggetto che non c'è. Un delitto impossibile, sembrerebbe.

— In città le voci sono già cominciate — riferì Bencivenga. — Tutti dicono che è il *colpo del Lupo,* come negli altri casi.

— È una soluzione possibile — ammise Holmes. — Ma se pensa che sia quella esatta farebbe meglio a chiedere l'aiuto dell'Arciprete, non il mio. Abbiamo già abbastanza problemi con i criminali, senza che ci si debba mettere il demonio. Per quel che mi riguarda, una volta escluso l'impossibile – e considero la teoria del lupo fantasma chiaramente impossibile – ciò che resta, per quanto improbabile, deve essere la verità. È un problema interessante, ma ci sono degli spunti da cui partire.

— Allora ci dà una speranza! Cosa pensa?

— Caro senatore, il mio amico Watson potrà dirle che sono una persona dal carattere un po' originale. Diciamo che ho delle idee a riguardo ma preferisco tenerle per me. Credo di doverle chiedere un po' di pazienza: per ora credo che aiuterò Bencivenga nelle ricerche della cassaforte.

— Come! Intende entrare nelle case insieme ai nostri uomini?

— Niente affatto. Intendo andare a riflettere. Signori, col vostro permesso.

La porta si richiuse dietro la schiena di Holmes. Pochi secondi dopo udimmo provenire dalla sua stanza in fondo alla casa l'attacco di un *capriccio* di Paganini, uno dei suoi preferiti.

Permoli mi fissò sbalordito. — Ma... si è messo a suonare? Adesso?!

Sostenni il suo sguardo con tutta tranquillità. — È il suo sistema per concentrarsi. Gli ho visto risolvere molti casi in questo modo.

— Ma io volevo chiedergli...

— La sconsiglio vivamente di avvicinarsi a lui in questo momento. Diventa assai irascibile quando viene disturbato. Quando vivevamo assieme, in queste occasioni facevo lunghe passeggiate a Regent's Park. Debbo dire che me ne è sempre stato molto grato.

— Un bell'originale...

— Un originale che ha risolto centinaia di casi: il miglior detective di tutta Europa. Ma senta, Permoli, mi dica un po': che ci fa uno studioso in pensione come lei in questa baraonda?

L'uomo represse una bella risata, accomodandosi in poltrona mentre Neri si ritirava preoccupato e Bencivenga e Alvisi parlottavano tra loro.

— Questa è davvero bella, dottore. Quando lavoravo nel gabinetto Crispi avevo conosciuto Alvisi, naturalmente: ma sono anni che non lo vedevo più. A quell'epoca lui mi stimava e mi chiedeva sempre consiglio su come non farsi bruciare politicamente. Poco fa mi ha incontrato per la strada mentre veniva qui a passo di marcia col suo codazzo di guardie. Mi ha preso sottobraccio e mi ha chiesto di dargli una mano: *Lei conosce tutti a Gubbio* – mi ha detto. – *Potrà farmi da consigliere come un tempo, ed eviterò errori e brutte figure*. Ecco qui.

— Siamo davvero una bella coppia, amico mio. Io, un medico, e lei, un cultore di antiche lingue, trascinati tra delitti impossibili e casseforti sparite. Da buoni osservatori, credo non ci resti che attendere le elucubrazioni dei nostri rispettivi amici.

Mi preparai con calma la pipa con il buon tabacco che mi era avanzato dall'Inghilterra. Mentre aspiravo le prime boccate mi concentrai ad ascoltare il suono lontano del violino di Holmes – quasi certamente lo *Stradivari* che aveva comprato da un rigattiere per soli 55 scellini. La melodia era lenta, malinconica, triste, e spesso tornava sui suoi stessi passi ripetendosi in modo irritante. Seguirono lunghi tratti di suoni pizzicati e monchi, di frasi musicali spezzate e di temi appena accennati. Conoscevo quel modo di suonare, e sapevo cosa significava. Sherlock Holmes stava cercando la chiave dell'enigma in mezzo a decine di elementi, di indizi, di segnali: ma quali erano quelli utili, e quali quelli destinati a portarlo fuori strada? Il lamento del violino urlava il tormento di un anima in pena, la sofferenza di chi cercava nella nebbia l'unico sentiero che ci avrebbe portato fuori dalla palude, come a Dartmoor ai tempi dell'enigma dei Baskerville. Continuò a lungo quella musica, quella ricerca. Non sono certo di quanto tempo durò, perché le volute del fumo azzurognolo si fecero via via più confuse mentre lentamente la mia stanchezza mi avvolgeva in un mondo ovattato, e le palpebre mi si abbassavano.

23

Il mio riposo durò per la verità soltanto pochi minuti. Quando riaprii gli occhi ero rimasto solo: trovai un biglietto, vergato dal buon Neri, che mi avvertiva che era uscito.

...Bencivenga, Alvisi e Permoli sono andati alla gendarmeria, per aspettare notizie sulle ricerche. Sembrano sempre più nervosi col passare dei minuti e non mi sono piaciute per niente certe allusioni sui sovversivi: non sarebbe la prima volta che ci vengono addebitate le colpe dei loro fallimenti. Corro a cercare i miei amici per metterli sull'avviso. Come sempre, usate pure la casa come meglio vi aggrada...

Holmes aveva smesso suonare il violino. Stavo per chiedermi se era uscito anche lui quando me lo ritrovai davanti, vestito di tutto punto e con una luce che ben conoscevo negli occhi.

— Vedo che ha interrotto le sue profonde riflessioni, Watson.

— E lei di suonare, Holmes.

— Diciamo che le note che produceva lei interferivano con quelle che producevo io. È pronto? Abbiamo diverse cose da fare prima che la Festa ricominci e non si possa più circolare per le strade. Mi dicono che la calca al momento della corsa è tale che è impossibile cadere; si è tenuti in piedi contro la propria volontà.

— La corsa comincia alle sei: abbiamo solo un paio d'ore. Dove è che vuole andare?

— A ispezionare i dintorni della casa di Giorgini.

— Ha riflettuto su dove può essere la cassaforte? — chiesi, mentre ci avviavamo di buon passo.

— Sì — rispose Holmes — ma senza alcun costrutto. Vede, da un certo punto di vista è molto semplice: la cassaforte *non può* essere stata portata oltre il quadrilatero, e quindi *deve* essere là dentro. Magari nascosta, dissimulata, ficcata da qualche parte, ma là dentro. D'altra parte, però... sarei pronto a scommettere che per quanto i gendarmi di Bencivenga siano abili e scrupolosi, non troveranno nulla. Il demonio che abbiamo di fronte ha previsto ogni mossa e deve avere in serbo per noi un trucco alla sua altezza. Ma quale?

Dopo pochi passi ci trovammo di fronte al palazzotto in cui era avvenuta la tragedia. La porta sconnessa era presidiata da un piantone che ci guardò in cagnesco finché non si ricordò che eravamo stati là con il suo superiore. Ma contrariamente a quello che pensavo, Sherlock Holmes non puntò all'interno della casa.

— Dentro abbiamo già visto tutto quello che dovevamo vedere — mi fece, dirigendosi su un lato. Si fermò a una decina di passi dall'edificio e si guardò attorno con attenzione. Ho già detto che la casa si trovava in una posizione un po' curiosa: le spalle alle mura che cingevano la città, isolata dal di fronte da uno spiazzo che la separava dalla dimora di Neri, aveva sulla destra un vasto terreno da cui partiva una salitella che conduceva a una chiesa poco lontana: mi colpì vedere nella città di pietra quel terreno incolto invaso dalle erbacce e dall'erba alta, quasi una strana resistenza della natura all'orgogliosa attività dell'uomo.

— Se è stato colpito da destra mentre guardava lei in faccia, il colpo deve essere venuto da laggiù, qualunque cosa fosse. Vediamo. È passato un bel po' di tempo da quando al *college* studiavo trigonometria, ma se i miei ricordi non sono troppo arrugginiti il calcolo non dovrebbe essere difficile. Guardi qui, Watson.

Mi allungò un foglietto con due strani triangoli che si intersecavano.

— Il risultato delle mie meditazioni: era a questo che pensavo mentre suonavo. La qualità del mio concerto ne ha molto risentito, ma spero che il risultato non sia del tutto disdicevole. Allora! Cosa le pare che sia?

— Lei ha pensato a un proiettile che superato il parapetto e ha centrato l'uomo alla tempia. Calcolando l'altezza del parapetto e quella del bersaglio, ha stabilito l'angolo di inclinazione del proiettile; dopodiché, prolungandone la traiettoria, ha determinato quanto doveva essere lontano il punto da cui è stato lanciato. Ma, Holmes, non c'era alcun proiettile sul terrazzo!

— Questo non è esatto, amico mio. Non c'era alcun proiettile quando lei l'ha cercato: ma qualcosa doveva esserci quando Giorgini è morto.

— Capisco. Lei crede che ci fosse un uomo sul terrazzo che io non ho visto, e quello, tolto l'oggetto con cui ha colpito, si è poi calato dal muro…

— Non lo penso affatto. L'unico modo per non farsi vedere da lei sarebbe stato quello di rannicchiarsi contro il parapetto dalla sua parte. Ma a parte il fatto che la cosa non avrebbe avuto alcun senso, perché nessuno poteva prevedere che lei stesse guardando, il colpo è arrivato da un lato, non di fronte. No, Giorgini è morto per un proiettile. Ho pensato a diversi modi con cui quel proiettile avrebbe potuto sparire prima che lei entrasse sul terrazzo, ma ammetto che non ne ho ancora trovato uno che mi soddisfi pienamente. Tuttavia la questione decisiva è un'altra: se si è trattato di un proiettile, allora possiamo calcolare da dove è stato sparato… e, di conseguenza, cercare le tracce dello sparatore. Per prima cosa vediamo di calcolare l'altezza del muro fino alla terrazza…

Sherlock Holmes trasse di tasca un bastoncino che infilò a terra, prendendo nota dell'ombra che la luce del sole disegnava. Poi misurò a grandi passi l'analoga ombra proiettata dal palazzo, e afferrato il bloc notes si gettò a compilare file di cifre.

— Trentadue passi! — esclamò trionfante alla fine. — Non sappiamo bene che inclinazione avesse il colpo sul piano trasversale, ma non importa. Resta il fatto che un'angolazione maggiore avrebbe fatto uscire il colpo sulla tempia o dietro la nuca, invece di colpire l'occipitale dall'altra parte. Ora basterà camminare su una linea parallela alla casa di trentadue passi e cercare tracce. Stia attento, Watson...

Camminavamo a due metri all'interno della cerchia di mura. Procedevamo tra rovi, mucchi di vecchi mattoni, antiche pietre dimenticate e cumuli di rottami d'ogni genere. Sherlock Holmes si muoveva cautamente, a piccoli passi circospetti, con lo sguardo fisso al terreno: continuò a cercare puntigliosamente per più di venti minuti, ma per due volte ripassammo nella stessa zona senza trovare alcuna traccia.

— Possibile? — esclamò il mio amico, asciugandosi con aria delusa il sudore dalla fronte. — Eppure i calcoli sono esatti... — Si impietrì un istante, come colto da un'illuminazione. Poi si riscosse. — Ma certo!

Si diresse a passi risoluti verso un piccolo dosso, distante forse un'altra decina di passi verso la casa.

— Era più alto, Watson, quindi il raggio che ho calcolato era inesatto. Scommetto che troveremo qualcosa lì sopra. Ecco! Vede?

Salito sul mucchio di terriccio, mi indicò delle orme che si accalcavano intorno a un masso di pietra coperto di muschio.

— Attenzione adesso: resti lontano. Cerchiamo di non vanificare il nostro lavoro. Curioso, però... molto curioso. Lei cosa nota, vecchio mio?

Mi indicò una serie di impronte, disposte in vario modo attorno alla roccia.

— Francamente poco — ammisi dopo aver guardato a lungo. — Sono orme di lunghezza media... il tacco è un po' consumato... con ogni probabilità appartengono tutte alla stessa scarpa.

— Eccellente, Watson. Tuttavia ha dimenticato un particolare: la *profondità* delle impronte. Guardi queste, un poco lontane: quando l'uomo arriva, le orme sono abbastanza profonde.

— Anche quelle che indicano il suo allontanamento, si vede dalla direzione.

— Bravo, Watson. E invece quelle più a ridosso della pietra...

— Sono meno profonde. E questo cosa diavolo significa?

— Che si è scaricato di un peso appoggiandolo sulla roccia.

— Il fucile.

— Esatto. Il che disturba la mia ricostruzione. Mi aspettavo una carabina ad aria compressa, che è uno strumento leggero. E invece... guardi: anche il muschio reca delle tracce, siamo fortunati. Ha posato qualcosa qui... una sacca probabilmente, con l'arma smontata. Poi ha appoggiato qualcosa qui e qui: ma che diavolo di arma è questa? Pesantissima, ingombrante, silenziosa...

— Una balestra!!

Holmes si bloccò e mi scrutò silenziosamente.

— L'ho letto nella mia guida — spiegai. — Gubbio è famosa per i suoi balestrieri. Si tratta di una tradizione che dura da centinaia d'anni: fanno anche un palio, una sfida con quelli di San Sepolcro. Ed ecco cos'era quella piuma mozzata che ho trovato sul terrazzo: era una delle piume del quadrello, il dardo delle balestre!

Sherlock Holmes aspettò che finissi di parlare, poi batté le mani compostamente e abbozzò un leggero inchino.

— Eccellente, Watson. I miei complimenti.

Valeva la pena essersi sobbarcati quel lungo viaggio, aver

messo in conto i rischi di un'indagine pericolosa, aver sopportato tutta quell'ansia, per sentirsi rivolgere un complimento del genere. Mi si allargò il cuore come uno sportello e mi sentii fiero di me stesso come forse mai in passato.

— Dunque, vecchio mio — continuò il detective. — Ora conosciamo l'arma del delitto. Purtroppo non conosciamo molto altro. Che fine ha fatto il dardo?

Il successo recente mi aveva ringalluzzito e mi sentivo in un tale stato di grazia da volermi ripetere.

— E se fosse stato usato un dardo legato a una fune? Come una specie di arpione? Ha presente, quelli che usano per le balene… il mio amico Arthur Conan Doyle me li ha descritti a fondo, lui è stato medico su una baleniera per qualche tempo. Lo hanno ritirato con la fune dopo il colpo! Che ne dice?

— Brillante, Watson. Oggi la sua forma è davvero smagliante.

— Vuol dire che è d'accordo con me?

— No, vecchio mio. Mi complimento per la fantasia, non per la deduzione: a dirla tutta, temo che qui sia completamente fuori strada. *Repetita non semper iuvant,* Watson. Primo: come facevano a sapere che l'arpione, come lo chiama lei, non sarebbe rimasto conficcato nel corpo? In quel caso avrebbero tirato giù anche il cadavere. Secondo: avremmo dovuto trovare sul terrazzo tracce insanguinate del dardo trascinato per terra e sul parapetto. No, Watson: qui abbiamo davanti un dardo fantasma, da cui si è distaccata una piuma su tre. Quanti fantasmi in questa storia! Cominciano a essere decisamente troppi: il Lupo e i suoi ululati, il dardo scomparso, la cassaforte svanita, il marito della Roncolai…

— Già, a proposito della mia collega: non le pare sospetto che una eugubina si assenti dalla città proprio il giorno della corsa dei Ceri?

— Strano sì, sospetto no. Certo che doveva avere un buon motivo per assentarsi proprio oggi, ma questo non ha necessariamente a che fare con l'omicidio e il furto dei documenti.

— Però abbiamo quella lettera…

— Su cui sarà bene indagare non appena rivedremo la dottoressa. Però ora converrà tornare sui nostri passi: qui non c'è più niente da scoprire e sono curioso di sapere da Bencivenga se hanno trovato la cassaforte. Anche se, come le ho detto, ho motivo di dubitarne.

Sherlock Holmes era stato un buon profeta: alla sede delle *Guardie di Città* – il nuovo nome della polizia italiana da poche settimane – lo scoramento era totale. Alvisi, Bencivenga e Permoli balzarono in piedi all'arrivo del mio amico come se stessero aspettando l'oracolo di Delfi.

— È incredibile, signor Holmes! Nessuna traccia di quel maledetto affare! Abbiamo letteralmente setacciato il quadrilatero ma non è servito a nulla.

— Avete controllato anche le cantine?

— Naturalmente, e le soffitte, e i sottotetti. E poi i mobili, gli armadi...

— Suvvia — intervenni. — Non verrete mica a dirmi che avete frugato tutti gli appartamenti? Qualcuno non sarà stato in casa…

— Non c'è casa che non abbiamo perquisito da cima a fondo, dottore — mi rispose severamente Bencivenga. — È in gioco l'interesse dello Stato e non abbiamo esitato a entrare negli appartamenti vuoti. Ci sono vari modi di scassinare una porta oltre che a prenderla a spallate: i miei uomini sanno come aprire una serratura e richiuderla senza lasciare tracce.

— Ripostigli segreti? Doppi muri?

— Signor Holmes, noi della polizia ufficiale non saremo bravi come lei, ma le assicuro che i miei sottoposti sanno il fatto loro. Il quadrilatero è piuttosto piccolo, le case da controllare sono poche e non è stato difficile misurare lo spessore dei muri.

No, le garantisco che non ci siamo fatti ingannare da nulla del genere.

Alvisi cominciò a passeggiare nervosamente in su e in giù, torcendosi le mani dalla disperazione.

— Rubata! Tutta la documentazione è stata rubata, dobbiamo prenderne atto. Avranno già aperto la cassaforte a quest'ora…

Sherlock Holmes girò con calma intorno alla grande scrivania di Bencivenga, si sedette lentamente nella poltrona riservata all'ispettore, si mise comodo e tirò fuori dal taschino un lungo sigaro. Presto le prime boccate di fumo si alzarono azzurrognole nell'aria mentre il mio amico si adagiava appoggiandosi allo schienale con un'espressione soddisfatta.

— Il *Trichinopolis* è un ottimo sigaro — commentò infine.

— Signor Holmes! Lei deve…

— Probabilmente il migliore degli indiani.

— Lei non può...

— Tuttavia, ripensandoci, preferisco gli olandesi.

— Insomma, signor mio! Lei si è assunto un preciso impegno!

— Ma davvero, senatore Alvisi? — La voce di Holmes si era fatta improvvisamente dura. — Io sono stato chiamato qui dal signor Neri, non dal suo Governo. Ciò che penso o non penso concerne me e Neri, e la cosa non la deve riguardare. Soprattutto non prendo ordini da lei. Se crede, e se cambia tono, potrei darle qualche suggerimento: solo questo.

Seguì un attimo di imbarazzato silenzio, al termine del quale il senatore abbassò gli occhi.

— La ascolto — disse.

— Se lei ha ragione e la cassaforte è stata violata, la sua partita è persa. Nessuno può pensare di perquisire a una a una le migliaia di persone che si stanno riversando in piazza: i componenti della banda avranno ciascuno una risma di fogli nascosti sotto la giacca, e non ci sarà modo di fermarli.

Alvisi sospirò gravemente.

— E tuttavia *io non credo* che la cassaforte sia stata violata. Paradossalmente il fatto di non trovarla è piuttosto tranquillizzante: se l'avessero aperta l'avrebbero già abbandonata. Inoltre ci vogliono molte ore per violare una cassaforte di quel tipo: conosco solo due o tre persone in tutta Londra in grado di farlo, e anche loro hanno bisogno di silenzio, concentrazione e tranquillità, cose impossibili con i controlli continui della polizia. Tutto sommato credo proprio che non abbiano avuto ancora il tempo. E a mio avviso neanche il modo, perché non è possibile scassinare la cassaforte là dove si trova.

— Lei sa dove si trova, signor Holmes?

— Certamente.

— Ce lo dica allora!

— Una volta escluso l'impossibile, mio caro Alvisi, ciò che resta, per quanto improbabile, deve essere la verità. Non può essere stata portata via dal quadrilatero, perché le pattuglie l'avrebbero incrociata: quindi è dentro il quadrilatero, ben nascosta.

Bencivenga gonfiò il petto, irritato. — Signor Holmes, rispondo dei miei sottoposti come di me stesso: non sono dei dilettanti, ma uomini in gamba. Se pensa che possano essersi sbagliati, venga lei stesso a controllare, ma vedrà che si sbaglia.

— Mio caro ispettore, non si inquieti. Non biasimo affatto la professionalità dei suoi agenti; semplicemente penso che il nostro avversario ha approntato un nascondiglio speciale. Qualcosa di assolutamente eccezionale, non certo un ripostiglio comune. Venire a ripetere ciò che i suoi uomini hanno eccellentemente fatto sarebbe solo una perdita di tempo. Vediamo: esistono tombini, sistemi fognari?

— No. Gubbio è una città medievale.

— Servizi comunali di distribuzione o ritiro merci, magari con carri, anche a mano?

— Niente di tutto questo.

— Ne ero quasi certo: sarebbe stato troppo banale. Signori, questo è ciò che io chiamo un problema da tre pipe. Vi sarei estremamente grato se mi lasciaste andare a casa da solo a riflettere per un'oretta. Nel frattempo, Bencivenga, continui pure la sorveglianza a tappeto nei vicoli e alle Porte: nessun gruppo di uomini deve lasciare la città portando qualcosa, e ovviamente ogni carro deve essere fermato. E faccia controllare via via le case intorno al quadrilatero.

— La gente si sta riversando nelle strade, signor Holmes: come potremo controllarla?

— La cassa pesa talmente che occorrevano quattro persone per spostarla a fatica: ce ne vorranno almeno il doppio per trasferirla velocemente. Un gruppo del genere dovrebbe essere ben visibile, e poi la calca gli impedirà di muoversi.

— Stia tranquillo: a ogni angolo ci saranno i miei e nessun gruppo potrà passare inosservato in quelle condizioni.

Accompagnai Sherlock Holmes verso la dimora di Neri. Le strade si stavano già riempiendo di persone che lasciavano le case per prepararsi ad assistere all'evento *clou* della giornata, la processione dei Ceri e la corsa finale. Vidi che quasi a ogni angolo uno o più poliziotti osservavano concentrati la folla e lo feci notare al mio amico.

— Questi sono solo i gendarmi in uniforme, Watson: devono aver fatto affluire uomini da tutte le città vicine. E poi ci sono tutti quelli in borghese che saranno venuti da Roma. Certo che un simile spiegamento di forze dà da pensare…

— Bencivenga ha detto che avevano paura di sommosse socialiste.

— Figuriamoci. A Gubbio i nostri amici socialisti portano perfino i Ceri; si immagini se farebbero qualcosa per danneggiare la Festa. No, la verità è un'altra, vecchio mio: la questione a cui lavora Alvisi è assai più importante di quello che vogliono farci credere.

— E di conseguenza è assai più importante l'assassinio di Giorgini.

— Già.

Dopo quest'ultima parola Holmes si chiuse in un mutismo assoluto, camminando assorto con il capo infossato tra le spalle, la pipa tra i denti e le mani dietro la schiena. Lo conoscevo da troppo tempo per non sapere che il miglior aiuto che potessi dargli in quell'occasione era proprio quello di tacere: anzi, la mia stessa presenza lo avrebbe infastidito e distratto. In quei momenti il mio amico aveva assoluto bisogno di restare da solo, fumando, osservando oziosamente il filo di fumo azzurrognolo che si levava dalle sue labbra per perdersi nell'aria: ma dietro quella apparente immobilità, dietro il silenzio e la contemplazione, il suo poderoso cervello ferveva di un'attività febbrile, impegnato a elaborare ipotesi, scartare teorie, creare connessioni tra i dati. Chiusi delicatamente la porta del salotto dietro di lui e mi accomodai nella biblioteca di Neri, chiedendo al maggiordomo di portarmi uno sherry e proibendogli di disturbare Holmes per qualsiasi motivo.

— I signori non vanno a vedere la corsa dei Ceri? — mi chiese urbanamente il maggiordomo in un forbito inglese che mi stupì.

— Abbiamo ancora tempo: dipende dal mio amico, per la verità. Lei parla un ottimo inglese, congratulazioni.

L'uomo ringraziò con un sorriso.

— Un'idea del mio padrone, signore. Mi utilizza come suggeritore nelle commedie del grande Bardo, signore.

— Oh, capisco.

Un ottimo sistema, dopotutto, quello inventato da Neri per imparare l'inglese, pensai sorseggiando il mio sherry. Nella quiete della comoda biblioteca, senza il turbinio di persone e di eventi che mi era stato d'attorno negli ultimi giorni, mi ritrovai a riflettere con calma su tutta la strana vicenda che mi era capitata di vivere. Una storia straordinariamente ingarbugliata: cosa aveva a che fare l'incubo del Lupo con la lettera alla mia collega? Perché la Roncolai aveva tentato di bruciare la missiva, e perché era corsa da Benelli? Che fine aveva fatto la dottoressa, dove era andata proprio il giorno dell'omicidio di Giorgini, e perché aveva nascosto il fatto di assentarsi dalla città? Io stesso l'avevo vista montare in carrozza, evenienza che aveva disperatamente negato. E poi c'erano gli strani ululati, le impronte di una bestia enorme, i morsi sul pastore, sull'ebanista e su Benelli stesso. Non potevo credere a un fantasma, e dunque non mi restava che pensare che un grosso lupo si aggirasse davvero per la città. Ma dove si riparava? Di cosa si nutriva? Come mai nessuno era riuscito a vederlo? E comunque, se davvero un lupo si aggirava per Gubbio, che cosa aveva a che fare con l'omicidio di Giorgini? Certamente non era stato un lupo a spararigli addosso con una balestra. Ma che cosa aveva sparato esattamente, e che fine aveva fatto la freccia, o l'oggetto in questione? E, circostanza non da poco, chi aveva saputo che Neri intendeva chiedere l'aiuto di Holmes, e come aveva potuto intercettare i suoi messaggi? Chi era andato in Inghilterra a uccidere il povero Salimbeni, e perché mai non bloccarlo prima? Queste domande mi turbinavano per la testa e debbo confessare che non riuscii a elaborare alcuna teoria che riuscisse a conciliare tutti gli elementi.

Osservai cupamente il fondo del mio bicchierino di sherry, chiedendomi se davvero potesse esistere una teoria in grado di dare una spiegazione logica a tutto quel dannato affare. Forse era colpa dell'Italia, conclusi: una terra di contraddizioni e di eccessi, con i suoi capolavori e le sue brutture. Forse il metodo logico di Holmes era più adatto ad affrontare e risolvere enigmi nell'ordinata Inghilterra, in un mondo in cui la ragione poteva ancora essere il metro di tutte le cose: forse qui i paradigmi da usare erano diversi, forse davvero solo gli esorcisti e gli scongiuri potevano qualcosa contro il male…

Un discreto picchiettare sulla spalla mi distrasse dai miei cupi ragionamenti.

— Dolente di distrarla, ma la corsa ci attende.

— La corsa?

— La corsa dei Ceri, Watson. Mi sembra piuttosto frastornato, amico mio. Siamo a Gubbio, nel mese di maggio, il 15, giovedì, nell'anno del Signore 1890. Il giorno dei Ceri, ha presente?

— Mi sembrava che lei stesse riflettendo, e che non pensasse affatto di assistere a un evento così alieno dalle sue indagini — risposi, senza replicare al sarcasmo del detective.

— Le sono molto grato dell'attenzione che mi ha usato lasciandomi da solo. Lei è un compagno impareggiabile, Watson, e possiede il preziosissimo dono del silenzio. Ma non ho intenzione di perdermi la corsa. Mi mancano pochi elementi per sciogliere l'enigma e forse potrei ottenerli proprio osservando qualcosa che ancora non ho visto.

— Vuol dire che ha risolto il caso?

— Non del tutto, Watson. Ma il quadro generale mi è chiaro: un quadro piuttosto evidente, direi. Ciò che mi secca è che è la mia stupidità l'elemento più in risalto: mi hanno costretto a giocare sempre di sponda, e le nostre mosse sono state previste con un anticipo irritante. È ora di cambiare strategia. Ma adesso andiamo, prima che sia troppo tardi, e godiamoci lo spettacolo.

24

Già a uscir di casa, così, semplicemente, mi accorsi che l'aria era cambiata e quella sembrava un'altra città. Il silenzio plumbeo dei giorni prima, e quello sonnacchioso ed estenuato dell'intervallo del pranzo, avevano lasciato luogo a un'eccitazione fragorosa, a un cicaleccio che rimbalzava fuori dai vicoli e dalle piazzette, a crocchi di persone che si prendevano sottobraccio, andando baldanzosamente a sfottere crocchi di avversari. Sant'Ubaldo, San Giorgio, Sant'Antonio… non si sentiva altro passare di bocca in bocca, con tono scherzoso o devoto, o francamente provocatorio. Il mio povero italiano non mi permetteva di afferrare il significato letterale delle parole e dei discorsi, ma il senso era del tutto chiaro a chi osservasse quel roteare d'occhi, quel mulinare di mani, quel linguaggio del corpo, insomma, in cui gli italiani sono bravissimi.

Attraversammo quello che Holmes aveva chiamato il *quadrilatero,* un pezzetto di città che pullulava di poliziotti in uniforme o meno. Ce n'era almeno uno per ogni portone, e diversi agli angoli, a scrutare la folla che via via iniziava a sciamare verso la grande piazza centrale. Non sarebbe stato possibile in alcun modo portar via da lì una pesante cassaforte, pensai, avvicinandomi ai Ceri fermi sui loro piedistalli in via Savelli.

— Eccovi finalmente! Vi stavo cercando.

— Professor Permoli! Come, lei non porta i Ceri?

— Ahimè, dottore, non mi prenda in giro. Alla mia età non resta che fare il tifo per gli altri... ma le confesserò una cosa: tutte le volte che il Cero mi passa vicino, mi scappa sempre una preghierina perché un ceraiolo incespichi o non ce la faccia più, in modo che io possa prendere al volo la barella e sostituirlo. Li guardo in faccia cercando un qualche segno che sto per essere esaudito... che so, un viso più arrossato del solito, un ansimare sospetto, una richiesta di aiuto... ma per ora sono sempre stato deluso. Ed è meglio così, perché dubito che potrei sottopormi a una fatica del genere senza conseguenze. Ma venite: non sono ancora i Ceri al centro della festa; adesso è il momento della processione. Sia quel che sia, oggi è la festa in onore del Santo e la Chiesa si prende ciò che le spetta.

Permoli ci scortò verso la piazza. Una lunga processione proveniente dalla Cattedrale, dentro le mura ma molto più a nord, sul monte, scendeva in città costeggiando il Palazzo dei Consoli e il Municipio. Due file interminabili di uomini vestiti di bianco con delle cappe nere aprivano il corteo: come Permoli ci spiegò, erano i volontari della Confraternita dei Neri, quella che accompagnava i morti.

— Ecco, guardate quelli dopo, quelli con la cappa blu: è la Confraternita della Santa Croce. E dopo, ecco i sacerdoti.

La folla straboccante lasciava appena il passo alla processione. Vidi i sacerdoti camminare compunti con i loro seminaristi: ma non si era ancora al *clou* del corteo.

— La Compagnia di Sant'Ubaldo! Quelli là, con la cappa marrone! — ci spiegava intanto l'infaticabile Permoli. — Li vedete? Sono loro che portano il quadro del Santo!

Era così. Veniva portato un grande quadro con tutta la sua cornice, e dietro di esso i Canonici della Cattedrale salmodiavano, seguiti a loro volta dal Vescovo che benediva le case.

Si fermò proprio davanti a me, quel vecchio canuto, a benedire il Palazzo e la folla, prima di seguire il corteo che con un lungo giro avrebbe toccato il cuore della città.

Permoli ci fece segno di restare e lasciò che il corteo si allontanasse per la via dei Consoli, fino a scomparire.

— È tempo di tornare. Non possiamo seguire il Vescovo se vogliamo assistere alla partenza dei Ceri. Venite, torniamo indietro a dove vi ho incontrato.

Ci incamminammo lungo la via affollata, verso lo spiazzo dove i Ceri erano stati legati alcune ore prima. Mi sembrò che allontanandosi dalla piazza la calca si facesse via via meno fitta, finché davanti ai tre Ceri, ritti e assicurati alle case con un sistema di robuste funi, solo qualche marmocchio giocava spostando le corde che segnavano l'area riservata a ogni singolo Cero. Permoli li scacciò con voce aspra e quelli corsero via non senza averlo ripagato con una linguaccia.

— Ragazzacci — bofonchiò. — Sempre così: ci sono le funi a segnare dove la gente non può andare, ma loro non hanno rispetto di niente. Saltano dappertutto come scimmie e c'è da ringraziare se non ci montano sopra!

— Eppure poco fa non c'erano.

— Per forza, dottore, quest'anno va tutto per conto suo. La gente ha paura del Lupo e se ne sta chiusa in casa: ha preso coraggio adesso perché c'è tanta folla. Ebbene, signor Holmes, che gliene pare?

Il mio amico se ne stava a guardare i Ceri, meditabondo.

— Confesso che ero distratto, professor Permoli. Mi chiedo cosa vuole fare la polizia ufficiale.

— Non so, ma temo che se la prenderanno coi socialisti.

— Neri?

— Lui e i suoi. Sono anni che li tengono d'occhio e stavolta hanno forse l'occasione per incastrarli. Ma lei deve pur avere una spiegazione a ciò che sta succedendo!

Sherlock Holmes allargò le braccia sconsolato.

— A dirle la verità, no. Non so come è stato assassinato Giorgini, né cosa c'entri il Lupo. Quanto alla cassaforte, conto che la trovino nel quadrilatero. Vedo che le ricerche continuano

— aggiunse indicando un gruppo di uomini che senza parere entrava in una casa. — Speriamo di avere buone notizie tra poco. E adesso cosa succede?

Un gruppo di ceraioli si stava avvicinando facendosi largo tra la gente, dandosi grosse pacche sulle spalle e vociando allegramente. Tutto avvenne in un attimo: i tre Ceri furono sollevati di colpo e portati velocemente verso casa Neri, all'incrocio con via Dante. Lì i ceraioli ristettero, come aspettando un qualche segnale.

— La processione sta tornando! Eccoli, guardate! Ora affronteranno la calata…

Assistetti così a una cerimonia che mi stupì profondamente. Per un attimo il quadro del Santo, portato dalle confraternite e dai religiosi, e le statue sui Ceri, sulle spalle della moltitudine di giovanotti vestiti di bianco col loro berretto rosso, si fronteggiarono in mezzo alla calca: e allora il quadro oscillò in avanti, tre volte, come a inchinarsi per salutare i Ceri; e uno dopo l'altro anche i Ceri oscillarono, come a piegare il capo per un istante. Il Vescovo alzò la mano col suo pastorale: e un secondo dopo i tre Ceri erano schizzati via per la discesa a velocità folle, tra le urla della gente che correva scalmanata dietro i ceraioli, passando accanto alla processione religiosa che si era addossata al muro delle case per lasciar spazio.

— Correte! — gridò Permoli al nostro indirizzo. — Corretegli dietro voi, che io non ho più l'età!

E corremmo, Holmes e io, seguendo il mare di folla impazzita e i Ceri che svettavano ballonzolando, fino a una specie di giardino in cui i ceraioli, sfiniti, ristettero a bere un po' di vino. Lì vedemmo riformarsi un ordine nel corteo, e ricomparire i Capitani, uno a cavallo e l'altro con la spada sguainata.

Ci dirigemmo alla piazza lasciando i ceraioli, su per via degli Uffizi, e riuscimmo a percorrerla fin quasi al Palazzo Municipale. Era così gremita di gente che dovemmo lottare anche solo per avvicinarcisi.

— Maledizione, Holmes! Come faranno i poliziotti a controllare? Potrebbero far passare dieci casse senza che nessuno se ne accorga.

— Al contrario, Watson, al contrario. Non vede che la gente non ha neppure la possibilità di girare su se stessa? Come potrebbero trasportare una cassaforte in queste condizioni? I poliziotti possono anche non riuscire a controllare la folla, ma la folla si controlla da sola. Possiamo allontanarci: mi interessa quando passeranno dalla Porta per portare i Ceri sul monte.

La folla si aprì all'arrivo dei Ceri per un qualche miracolo, suppongo di Sant'Ubaldo, come l'acqua del mare dinanzi alla prua di una nave. Li vidi arrivare dal fondo della strada, ballonzolando a tutta velocità, preceduti dai Capitani che correvano come matti pure loro. Mi chiesi ancora una volta come diamine fosse possibile che nessuno rimanesse schiacciato a morte nella festa, e conclusi che i poteri del Santo dovevano essere singolarmente efficaci.

La massa degli astanti si richiuse, o così mi parve, e sul mare di migliaia di teste vidi correre come un'onda il Cero di Sant'Ubaldo. Dietro di lui gli altri due Ceri, anche quelli dritti e fieri, senza oscillazioni paurose, senza cadute. Di nuovo la folla si aprì e quel corteo di pazzi scatenati puntò diritto verso di noi, urlando come un branco di tori impazziti. Holmes mi scansò bruscamente, appiattendomi al muro un attimo prima che il Capitano a cavallo mi travolgesse al galoppo. Credo di aver passato molte esperienze in vita mia, compresa una battaglia in Afghanistan in cui mi trovai ad affrontare un intero esercito di feroci Ghazi: ma la visione di un giovanottone vestito in abiti medievali che agita una spada sguainata urlando, e dietro di lui tre gruppi di uomini affaticati che portano sulle spalle un incredibile macchinario, il tutto in mezzo agli strilli, alla confusione, e a una folla anch'essa in corsa, fu qualcosa cui non ero assolutamente preparato. In genere sono in grado di mantenermi freddo e compassato, ma debbo confessare a mia onta che in quella occasione mi ritrovai a zoppicare correndo accanto ai Ceri, e per di più strillando come un'oca spennata.

La salita era erta. Passammo accanto alla Cattedrale e al Palazzo Ducale, e ancora la folla non cedeva: si fermò solo presso la Porta Igino, che chiude la città verso il monte, dove anche i ceraioli, sfiniti, si arrestarono per dissetarsi con del vino.

— Lei corre come una gazzella, Watson.

— E lei punge come un istrice, Holmes.

— Guardi che non scherzo. Ma tra un salto e un grido, si è guardato attorno?

— Se sono riusciti a portare una cassaforte in questo marasma, allora hanno davvero capacità soprannaturali. Non crede, Holmes?

— Assolutamente d'accordo con lei, vecchio mio.

Qualcuno mi passò un fiasco di vino e non stetti a pensarci due volte; bevvi a garganella senza ritegno e mi riaccodai alla folla che usciva dalla Porta. I Ceri furono inclinati pericolosamente in avanti con le loro barelle, e la corsa riprese, più lentamente oramai, lungo l'erta salita che portava al convento in cima al monte. Lassù si sarebbe svolta l'ultima parte della sfida, con i ceraioli di Sant'Ubaldo a correre per poter chiudere le porte della chiesa dopo il loro passaggio, a sbarrare la strada per dileggio agli altri Ceri. La folla cominciò a dividersi in più gruppetti: qualcuno si fermava, i più testardi e fedeli accompagnavano i Santi nel loro ritorno alla chiesa, là dove i Ceri sarebbero stati conservati fino all'anno successivo. Notai però che mano mano che salivamo di buon passo l'atmosfera cambiava lentamente. L'aria fresca della sera stava prendendo il posto del caldo che aveva dominato il pomeriggio: e le prime ombre calavano sempre più audacemente a contrastare l'ultimo sole avviato al tramonto. Il bosco in cui si dipanava la strada prendeva un aspetto più cupo e minaccioso; ebbi quasi l'impressione che la folla si stringesse intorno ai Ceri e ai ceraioli, per proteggersi.

Sempre meno persone si staccavano dal gruppo per tornare indietro, come se ciascuno si sentisse rassicurato dallo stare insieme. L'incubo del Lupo tornava prepotentemente con la sera, strappando alla festa il suo predominio.

Sarà stata forse quella sensazione di disagio, o forse la stanchezza della salita, o, come malignamente ebbe a dire poi Holmes, la fine dell'effetto del vino: fatto sta che le mie gambe reclamarono di colpo i loro diritti e mi resi conto che era meglio tornare verso la città.

Fu appunto quello che facemmo, dirigendoci a passo lento alla volta delle Mura.

— Sono matti, Holmes. Sono tutti meravigliosamente matti.

— La bellezza, Watson, è proprio *questo*: qualcosa di assolutamente irrazionale e gratuito. La forza, l'energia messa nel costruire, che so, delle dighe, è encomiabile. Ma quella gettata via così, per portare un "cero" sulla montagna, ebbene, è davvero arte. Bisogna essere grati agli eugubini per la loro follia: è quanto più avvicina l'uomo al suo Creatore.

Holmes tacque, immerso nei suoi pensieri. Poi incrociò per un attimo il mio sguardo, e a entrambi venne spontanea una risata.

— Eccoci qui, mio caro Watson: un investigatore e un medico, sporchi, stracciati, mezzi morti di stanchezza per aver corso come ragazzini dietro a una macchina di legno, cercando nel frattempo un lupo fantasma e una cassaforte introvabile. E abbiamo il coraggio di definire matti gli eugubini...

— Lei pensi quel che le pare, Holmes, ma credo che nemmeno le Potenze del Cielo riusciranno a impedirmi un buon bagno caldo, questa sera!

Tuttavia non ci fu bisogno che si scomodassero le Potenze del Cielo: bastò molto meno a rovinare i miei programmi. Alla porta della città ci aspettava l'ispettore Bencivenga, attorniato da un folto gruppo di gendarmi. Dietro la sua apparente calma lessi un'inquietudine profonda: i baffi spioventi tremavano leggermente e una vibrazione negli occhi parlava di un'ansia trattenuta a stento. Accanto a lui il professor Permoli, col suo immancabile zaino pieno di libri, cercava di calmarlo e di essergli di supporto.

— Abbiamo setacciato di nuovo il quadrilatero non appena la folla ha abbandonato la città: non c'è niente là dentro, signor Holmes. E d'altronde non può essere neanche fuori, ne sono sicuro. Comincio seriamente a pensare che qua sotto ci sia lo zampino del Demonio.

— Su su, ispettore, non dica queste cose. I nostri amici inglesi, che non la conoscono come la conosco io, potrebbero finire per crederle. Sono sicuro che c'è una spiegazione logica ai nostri apparenti misteri.

— Logica? Cosa c'è di logico in tutta questa dannata storia? — esplose Bencivenga fulminandolo con lo sguardo. Permoli si strinse nelle spalle.

— Io non ho soluzioni, ma forse il signor Holmes può darcene.

— L'ho detto: la cassaforte si trovava *necessariamente* nel quadrilatero. Se adesso non c'è, vuol dire che ne è uscita nel frattempo.

Bencivenga cominciava a farmi pena. Si stava giocando la carriera, questo era sicuro: niente di più facile che i superiori scaricassero su di lui la colpa del clamoroso smacco. Certo non avrebbe pagato Alvisi, e neppure il Sottoprefetto: ma l'ispettore della Pubblica Sicurezza incaricato della protezione di Giorgini e dei suoi documenti... be', quello era un altro discorso. Ero certo che Sherlock Holmes avrebbe avuto una buona parola per il povero poliziotto, e rimasi piuttosto stupito e francamente irritato udendo la sua risposta assai poco urbana.

— Lei pretende troppo da me — replicò infatti con voce gelida. — Certamente ha sopravvalutato le mie capacità, come capita spesso a chi legge i pur pregevoli racconti del mio amico Watson. Il pubblico sembra credere che io sia una specie di essere infallibile cui nulla è impossibile. Sono desolato, ma purtroppo la realtà è diversa.

Bencivenga si passò una mano sui capelli in un gesto che metteva a nudo la sua disperazione: e perfino il professor Permoli si sentì in dovere di elargirgli un accenno di pacca sulla spalla.

— A questo punto temo che non ci sia altro da fare che cedere alla richiesta del Sottoprefetto e trarre in arresto il gruppo dei socialisti.

— Neri?

— E i suoi amici.

— L'imputazione?

— Sedizione e cospirazione contro lo Stato e il Re. Hanno ucciso loro Giorgini e sottratto i documenti.

— Interessante. E come l'ha dedotto?

— Non l'ho dedotto, l'ho indovinato.

— Pessima abitudine, ispettore. — Il mio amico scosse il capo. — Distrugge la logica. Come diamine avrebbero fatto e perché?

— Il perché è presto detto: per danneggiare il Governo e spargere voci sediziose. Il come non lo so, ma lo scopriremo.

— Giusto cielo, ispettore! Non avete un solo indizio al mondo... vi basate sul vostro cosiddetto intuito, non è così? Proprio vero, la polizia è uguale dappertutto, a Londra come a Gubbio...

— Dica piuttosto che sono uguali i politici. Questi sono ordini superiori, Holmes: o risolvere il caso immediatamente o affibbiare la responsabilità a un capro espiatorio. D'altra parte, più ci penso e più mi convinco che quel Menichetti, per esempio, non me la conta giusta. Sarà anche un bravo ragazzo e un musicista, ma è un socialista sfegatato. Piuttosto sospetta come contraddizione, non trova?

Holmes non replicò a questo sillogismo adamantino e io me ne stupii sinceramente. Presi fiato per ribattere: non mi sembrava da gentiluomo accettare senza reagire una così chiara volontà persecutoria nei riguardi di persone su cui non esisteva il benché minimo indizio di colpevolezza, e stavo per dire a Bencivenga cosa pensavo del suo acume e dei suoi metodi quando Holmes mi afferrò per il gomito per trattenermi.

— Posso chiederle una gentilezza, ispettore? Sono stato ospite a casa di Neri e credo di dovergli almeno un favore. Stasera lasciatelo in pace a godersi la festa. Potrete arrestarlo domani, senza chiasso e a vostro comodo.

— Se ci tiene, signor Holmes... Non credo che cambi nulla.

— Cambia che non dovrò trovarmi un albergo per stanotte. Penso di restare a Gubbio ancora per qualche giorno, viste le cose interessanti che ho scoperto qui. Professor Permoli, lei e le sue Tavole siete stati una vera rivelazione. Lei ha delle idee straordinarie sull'umbro arcaico, e ho ancora parecchie domande da farle sulle radici dell'antica lingua.

— Grazie, signor Holmes, sono lieto di sentirlo. Se domani è libero...

— Veramente volevo chiederle di vederci nel pomeriggio. Domattina presto avrei intenzione di salire al convento a studiare i Ceri da vicino. Mi hanno detto che si possono osservare in chiesa, vero?

— Certo, nessuno glielo impedisce. Dunque la aspetto a casa mia domani pomeriggio: affronteremo la questione dell'*eta* umbro e dei suoi rapporti con l'alfabeto etrusco.

Ci salutammo presso la porta, e Holmes si chiuse in un ermetico silenzio quando gli domandai con aria piccata perché non avesse difeso i nostri amici.

— Abbiamo ancora qualcosa da fare, Watson, prima che cali la notte.

25

Holmes si allontanò a passi veloci in direzione opposta alla casa di Neri. Avevo sempre invidiato il suo eccellente senso dell'orientamento, e anche quella volta lo vidi dirigersi senza esitazioni in un dedalo di stradine e vicoletti. Infine, dopo l'ennesima svolta nei meandri di Gubbio, ci trovammo davanti all'abitazione del mio sfortunato collega, il dottor Benelli.

— Non siamo attesi — comunicai al cameriere che ci venne ad aprire. — Ciononostante sono certo che il dottore vorrà riceverci.

Fu così, anche se con sorpresa e un pizzico di imbarazzo, che trovammo nella camera da letto del malato non sua moglie, come ci saremmo aspettati, ma la dottoressa Roncolai. Le mie peggiori ipotesi, pensai, trovavano una clamorosa conferma.

— Sono appena rientrata — spiegò lei con un sorriso — e non sapevo nulla di quanto era successo al nostro buon Filippo, così sono venuta subito a sincerarmi delle sue condizioni.

Sherlock Holmes sorrise inclinando lievemente il capo.

— Una fortunata coincidenza, dottoressa; in effetti non sapevo che fosse rientrata. Mi aspettavo di dover parlare col dottore, ma sono felice di trovarla qui. Porrà subito fine alla faccenda, spero.

— Quale faccenda?

— Suvvia! Ci sono già tanti misteri qui a Gubbio; non c'è alcun bisogno di ingarbugliare ulteriormente la matassa. Ho una discreta fama, dottoressa, e non è quella di stupido. Lei si allontana da Gubbio proprio il giorno dei Ceri; a volte sparisce e sostiene di essere in casa malata, mentre invece la vedono salire in carrozza: nessuno sa dove va, cosa fa, e lei nega perfino l'evidenza. Porta a casa del dottore lettere compromettenti, le brucia... Corrono voci su di lei, la gente mormora...

— E lei dà retta alle chiacchiere di paese?

— Non del tutto, certo. Ma dalle vostre parti si dice che non c'è fumo senza arrosto. E ho imparato che spesso dietro le maldicenze si nasconde il nocciolo di una qualche verità.

La donna si alzò in piedi, gettando fieramente indietro la testa.

— E tutto ciò in che modo la riguarda? Via! Debbo essere insultata in casa tua, Filippo? Da un signore che si arroga il diritto di condurre una specie di interrogatorio?

— Un signore — rispose severamente Holmes — che ha intenzione di difendere la libertà – sì, la libertà – sua e del dottore, e che deve però conoscere la verità per farlo.

Benelli si alzò quasi a sedere appoggiandosi col braccio sano al bordo del letto.

— Le assicuro che non c'è niente da svelare, signor Holmes.

— E lo stesso dico anch'io.

Il mio amico scosse gravemente la testa e si diresse verso la porta.

— Sia come volete. In questo caso non posso fare nulla per voi. Vi lascio alle conseguenze dei vostri errori.

— A che cosa allude? È una minaccia?

Holmes si fermò, girandosi a osservare la Roncolai con uno sguardo pieno di pietà e compatimento. Non potevo fare a meno di considerarla bellissima, con il viso fiero e i capelli scomposti nell'agitazione dello scontro.

— Minaccia? Mia povera dottoressa, se mi conoscesse – e conoscesse il dottor Watson – non parlerebbe così. Siamo due gentiluomini. Solo, non capisce che la polizia le chiederà conto di dove è stata? E a parte questo, quanto crede di poter continuare a tacere? A nascondere la verità? Le voci aumenteranno, le maldicenze impazzeranno. Già si sussurra che tra lei e il dottore ci sia un legame che va oltre l'interesse professionale…

— Li lasci dire! — ruggì Benelli

— E quando queste voci arriveranno ai suoi bambini, dottoressa?

La donna aprì la bocca leggermente, mentre il suo sguardo da battagliero si mutava in spaurito, e lacrime di disperazione le rigavano il volto. Crollò a sedere sulla poltroncina accanto al letto, col viso tra le mani, squassata dai singhiozzi.

Benelli le carezzò una guancia con la mano del braccio sano, sorridendole paternamente. Li osservai a disagio, vergognandomi delle orribili supposizioni che in cuor mio avevo avanzato.

— Signor Holmes, non crede che sia meglio rimandare il nostro incontro a un momento più propizio?

— No, Filippo, lascia: è ora che si affronti la questione. Se non ora, quando? — La Roncolai si asciugò i begli occhi, sorrise timidamente, come a chieder scusa, quindi fece un profondo sospiro e attaccò a parlare.

— Non so come abbia raccolto queste notizie su di me, signor Holmes, né è affar mio saperlo. Ciò che le assicuro è che ha di fronte una delle donne più sfortunate che abbia mai incontrato: e solo la bontà dei miei pochi veri amici, come il dottor Benelli e sua moglie, mi ha permesso di resistere alla malasorte. Ero una donna felice, una madre orgogliosa dei suoi figli e una sposa innamorata, quando mio marito cominciò a manifestare un cambiamento d'umore strano, circa un anno fa. Era cupo, torvo, scortese… brusco come non era mai stato. Pensai a preoccupazioni sul lavoro, a un certo punto persino a un'altra donna… magari fosse stato così! Mi confidai con Filippo, che oltre a essere dotato di una rara sensibilità è anche uno specialista in malattie mentali: e fu proprio lui che mi avvertì della verità. Mio marito è pazzo, signor Holmes, pazzo da legare. La sua follia è emersa poco alla volta, ma in modo inconfondibile e maligno. Presto la mia vita e quella dei bambini è diventata un inferno, e il dottor Benelli mi ha dovuto avvertire che correvo oramai pericolo di vita: nella sua manìa mio marito era convinto che tutti volessero ucciderlo, e che io lo stessi avvelenando. Fu allora che mi decisi a ricoverarlo in una clinica specializzata a Perugia, per evitargli l'onta del manicomio e assicurargli le migliori cure possibili. Da quel momento cerco di instillare nei miei figli il ricordo del loro padre così come l'hanno conosciuto quando era sano, e mi faccio in quattro per correre ad assisterlo e a visitarlo. Purtroppo si sta spengendo come una candela: le sue condizioni si sono ulteriormente aggravate in quest'ultimo periodo e per questo ho avuto necessità di assentarmi spesso da Gubbio. Ma come capirà, cercavo di nascondere tutto questo agli occhi del paese. Non posso accettare che i miei bambini sappiano la verità.

— E dunque la missiva che lei ha bruciato…

— Circa una settimana fa mi è giunta una lettera dall'amministratore della clinica, che mi ricordava i miei impegni verso di loro: una somma enorme, che non avrei potuto pagare con i miei introiti professionali. Minacciavano di dimettere mio marito o trasferirlo al manicomio. Corsi come una pazza da Filippo per chiedere aiuto…

— Aiuto che siamo stati ben felici di offrire, mia cara — concluse la moglie del dottor Benelli, che era entrata nella stanza senza che quasi ce ne accorgessimo. Si sedette accanto alla dottoressa e le accarezzò la mano in un gesto di estrema dolcezza. Poi affrontò il nostro sguardo con i suoi sereni occhi chiari.

— Se la gente mormorerà, mi sono detta, pazienza. Ho vissuto abbastanza a lungo accanto a mio marito per sopportare che la gente creda a un legame vergognoso tra lui e Maria: lei è come una figlia per noi, e le convenzioni non mi toccano. E ora che sapete tutto, signori, cosa farete?

Sherlock Holmes si alzò lentamente, con un sorriso appena accennato. — Nella mia professione ho dovuto vedere molte brutture, ma talvolta anche degli episodi toccanti. Vi ringrazio di avermi mostrato che l'amicizia leale esiste ancora. Considerate il dottor Watson e me legati al giuramento del silenzio, e confidate sul nostro aiuto per tacitare ogni dubbio della polizia. Signore, dottore, sono onorato di avervi conosciuto.

Benelli gli strinse la mano con effusione.

— Attento, caro collega — gli feci io — siamo sempre due inglesi. Potrei darle una bella pacca di congratulazione sul braccio ferito.

— Sarebbe in linea, suppongo, con il più puro *humour* britannico. E il mio urlo di dolore sarebbe preso da tutti come l'ennesimo ululato di quella dannata bestiaccia. Ma a proposito di questo, signor Holmes: sarà mai possibile prendere quel maledetto lupo o dovremo continuare a vivere in quest'incubo?

— Lei non crede che sia un fantasma, dunque?

— A parte ciò che penso sui fantasmi, le zanne che mi hanno ferito non hanno nulla di etereo, glielo assicuro. Credevo fossero tutte balle, ma un animale in città c'è davvero, evidentemente! *Lei* che cosa crede a riguardo?

— Sì, dottor Benelli, c'è davvero un demonio in città: ma non ha quattro zampe, e non è un fantasma — rispose enigmaticamente il mio amico, avviandosi verso la porta.

— Dove va, perbacco? Eccoli, gli inglesi! Appena un latino si fa un po' cordiale, scappano via come lepri impaurite! Gianna, per cortesia, porta del buon vino: dobbiamo fare un brindisi. Oppure del whisky e del ghiaccio, per i nostri ospiti. Che cos'ha Holmes?

Il mio amico si era girato di scatto, come punto da una tarantola, fissando l'italiano con uno sguardo sbalordito.

— Grazie, temo sia davvero tardi per noi. Ma non avrei mai pensato che aveste ghiaccio in questa stagione a Gubbio.

— Lo vede che siete dei barbari? Da noi è dal tempo dei Romani che si usa pressare la neve e farne blocchi di ghiaccio da usare in casa anche d'estate: ci sono depositi un po' dappertutto. D'inverno ci pressano la neve, alternata a strati di paglia, e la neve si trasforma in blocchi di ghiaccio un po' alla volta... Adesso c'è pure una macchina che ha inventato un americano, per farsene un po' da soli direttamente a domicilio. Insomma, proprio non vi volete fermare?

Ce ne tornammo verso il palazzotto di Neri con negli occhi la scena delle due donne abbracciate vicino al letto del malato e di Benelli, finalmente sorridente, che si scolava il suo bicchiere di vino fresco. Non appena fummo per la strada, sbottai:

— Ghiaccio, Holmes! Ecco la soluzione!

— Complimenti, mio caro Watson. Una folgorante deduzione.

— Ecco come hanno nascosto la cassaforte! Deve essere in una qualche cantina del quadrilatero, sepolta in una vasca d'acqua gelata. Il ghiaccio è bianco, e se è spesso impedisce di vederci attraverso. Un nascondiglio perfetto.

— Una idea straordinaria.

— Grazie...

— Straordinaria ma sbagliata, vecchio mio. Ci sarebbero voluti giorni per far gelare una vasca intera d'acqua, e i ladri non potevano sapere quando sarebbero arrivati i controlli.

— Be' — replicai colpito dalla critica — allora sarà tra i vari parallelepipedi di ghiaccio. Benelli ci ha spiegato che nelle cantine ce ne sono vari strati, isolati da altri strati di paglia: nessuno sposterebbe tutto quel ghiaccio!

— Neppure i ladri stessi, probabilmente. E poi questi depositi di ghiaccio si trovano fuori città, non certo nelle cantine delle case. No, amico mio, la nostra cassaforte non è celata nel ghiaccio. E tuttavia lei ha centrato ancora una volta l'elemento più importante...

Eravamo già a casa di Neri e io cominciavo veramente a essere stanco dopo una giornata del genere: anelavo soltanto a una buona dormita e mai avrei pensato che mi stavo avviando verso una notte insonne e all'inizio della fine della nostra avventura. Ricordo che rimasi sbalordito quando, bussando, non ci fu gentilmente aperto ma udimmo una voce tesa ed eccitata chiederci in italiano: — *Chi va là?* — Rispondemmo, e solo allora comparve il viso pallido del maggiordomo, che ci fece passare in tutta fretta richiudendo poi il portone a doppia mandata.

Nel salone Neri era circondato da tutti gli amici del suo gruppo, uomini e donne: facce scure, espressioni tese e preoccupate.

— Signor Holmes, dottor Watson, sono davvero spiacente ma debbo chiedervi di andare a dormire in un hotel. Mi aspetto un'irruzione della polizia e non posso permettere che veniate coinvolti.

Sherlock Holmes inarcò un sopracciglio, quindi si sedette con tutta calma in poltrona e iniziò a caricare metodicamente la sua inseparabile pipa.

— Guardi che Neri non scherza, signor Holmes — rincarò la dose Orfeo Goracci. — Arriveranno da un momento all'altro e non abbiamo intenzione di lasciarci prendere.

— Davvero, signor Goracci? Sono colpito. Avrei detto che lei era il più tranquillo nella vostra banda di agitati.

L'italiano lo fissò con due occhi di fuoco: faceva veramente paura, alto e pallido com'era, ed evidentemente fuori della grazia di Dio. Cominciò a snocciolare tutta una serie di imprecazioni che non potevo capire, ma il cui significato non poteva sfuggirmi.

— Sono sempre felice di ascoltare *la bella lingua* — replicò angelicamente il mio amico. — Però le sue parole mi ricordano più il vernacolo umbro che la lingua di Dante. Suvvia, si calmi e mi spieghi.

— Lei dice che siamo *agitati* — riprese Goracci dopo un attimo — ma non conosce la polizia italiana: i soprusi, le bassezze, le soperchierie. Faranno di tutto per darci la colpa di ogni cosa e ci aspettiamo che ci sbattano in carcere per questa vicenda. Quale occasione migliore? Un segreto di governo, una patata bollente che non sanno come gestire... colpa dei socialisti, si capisce! Ma lei queste cose le sa benissimo... forse che non ne ha parlato con i suoi amici?

Calò qualche istante di silenzio teso, in cui Holmes e Goracci si guardarono negli occhi: per un istante sembrò quasi che tutti noi, Menichetti, Neri, le signore, stessimo trattenendo il fiato in attesa che l'equilibrio si spezzasse. Ma inaspettatamente fu una delle donne, Sabrina, a rompere la tensione.

— Basta, Orfeo. Lo stai insultando per nulla: datti una calmata. Signor Holmes — proseguì — la prego di scusarci, siamo tutti un po' stravolti: sa, per quel che mi riguarda è la prima volta che mi arrestano. E Orfeo stava invitandoci a resistere.

— Lei cosa ne pensa?

La donna scosse fieramente la magnifica chioma rossa e riccioluta, prima di mettersi le mani alla cintola e rispondere.

— Io sono di San Martino e tanto basta. Non crederà mica che me ne stia dietro a questi di Santo Ubaldo! Se c'è da combattere, si combatterà. Evviva il socialismo, dico io!

Holmes accese con molta attenzione la pipa, tirò due boccate e poi si guardò serenamente attorno.

— E lor signori pensano — chiese urbanamente rivolto a Goracci — che una bella rissa con tanto di feriti o peggio sia utile alla causa del socialismo mondiale? Immagino la costernazione del Governo nel dover annunciare che lor signori hanno tentato di resistere alla forza pubblica, segno evidente della loro colpevolezza.

— E che alternativa ci propone? — ribatté Goracci. — Farci arrestare come agnellini, protestare la nostra innocenza e confidare nel processo? Non siamo in Inghilterra, signor Holmes: questi sono processi farsa, saremo carne da galera appena ci prendono. E preferisco una palla in fronte all'ergastolo. Ma capisco che tutto questo non la riguardi. Lei non è figlio, come me, di un contadino che si industriava a fare il manovale, non ha passato l'infanzia tra sacrifici e rinunce, non ha dovuto fare a piedi chilometri ogni giorno per andare a scuola. Lei…

— Io — interruppe gelido Sherlock Holmes — io sono dalla parte della giustizia, sempre. Che siate di Sant'Ubaldo o San Martino, che parteggiate per la rivoluzione proletaria o la monarchia, non mi interessa. E so bene che voi non c'entrate.

— Attento! — intervenne Neri, che se ne era restato fino a quel momento ad ascoltare a braccia conserte. — Diranno che lei aiuta i sovversivi: rischia dei guai, sono persone potenti, pericolose…

— Se avesse la minima idea di quante minacce mi sono state rivolte in questi anni, non parlerebbe così. La metà di quelli che le hanno pronunciate continua a bofonchiarle nelle carceri di Sua Maestà, e l'altra metà le ha ritirate prima di salire sulla forca. Statemi bene a sentire, tutti: non vi saranno incursioni fino all'alba di domani, e prima di allora confido che tutto sia finito. Ma dovete fare quel che vi chiedo.

— Che cosa ha in mente? Lei dunque sa…

— Il dottor Watson, qui, vi dirà che tendo sempre alla teatralità e al colpo di scena finale. Sarà per colpa di quel poco di sangue latino che mi scorre nelle vene per parte di madre: compatitemi perciò se tengo momentaneamente per me le mie deduzioni. Ora, mentre voi decidete, potrei avere carta e penna?

Gli italiani si riunirono in un angolo della stanza, discutendo tra loro. Dopo pochi minuti fu proprio Goracci che fece un passo avanti, stendendo la mano.

— Ci fidiamo di lei, signor Holmes: perdoni le mie parole di poco fa.

— Ho lasciato le mie istruzioni su quel foglio. È di vitale importanza che le applichiate alla lettera.

— Si fidi di noi.

— Mi fido a tal punto che la mia vita stessa dipende da quel piano. Menichetti, se ricordo bene lei ha suonato diverse volte su al convento e conosce il Superiore: venga con me. Quanto a lei, Watson, è pronto? Prenda la sua rivoltella, amico mio, perché, ancora una volta, la caccia è aperta!

E con un sorriso soddisfatto stampato in viso, come se andasse a ballare, aprì la porta e si tuffò nella notte avvolgendosi nel suo mantello.

26

Non dimenticherò facilmente la camminata notturna che affrontammo. Menichetti e io non avevamo alcuna idea di dove stessimo andando e ci limitavamo a seguire Holmes che marciava spedito, rasente i muri della città.

— Fate silenzio — ci aveva intimato. — È assolutamente decisivo che nessuno faccia caso a noi.

La città si stava addormentando. Dalle cantine giungeva qualche schiamazzo di ubriachi e ceraioli appena rientrati dal convento. Alcuni gruppetti si aggiravano ancora per le strade a passo stanco, intonando cori rochi per dileggiare le fazioni avversarie: ma fu facile appoggiarsi ai muri nell'ombra ed evitare la luce dei pochi fanali. Raggiungemmo in pochi minuti la Porta Igino. Qui fummo fermati dalle guardie e Holmes si appartò a parlottare col sottufficiale in comando. Pochi minuti dopo fummo fatti passare con tanto di saluto militare.

— Non dovevamo restare in incognito?

— Non qui. Abbiamo assoluto bisogno che eseguano i miei ordini.

— I *suoi* ordini? E come facciamo a sapere che lo faranno?

— Passando prima, avevo visto le guardie e riconosciuto il loro capo: è il sergente maltrattato da Bencivenga, deve essere stato messo qui per punizione. Gli ho spiegato che se vuole risalire la china e far carriera deve collaborare con me: mi aveva visto all'opera e non dubitavo che si fidasse.

Ci incamminammo lungo la strada che avevamo già percorso, su, verso il convento. Lo scenario fantastico di cui avevamo goduto poche ore prima era scomparso, inghiottito dal buio della notte: c'era solo un'esile falce di luna in cielo, a rischiarare appena il nostro cammino. Il buio pesto della selva si distendeva sulla striscia bianca della strada, e dovetti usare tutta la mia forza di volontà per costringermi a non immaginare braccia e mani adunche al posto dei rami protesi verso di noi. Mi trovai a pregare tra me e me di non udire quell'orribile ululato, e solo sfiorando nervosamente il calcio della pistola nella tasca mi sentii un poco confortato. Ma sarebbe bastata una buona scarica di proiettili contro un lupo? Contro *quel tipo* di lupo?

La salita fu più lunga e impegnativa di quanto non mi aspettassi, forse anche a causa del buio che rallentava il ritmo dei nostri passi. Holmes era diventato inquieto.

— Maledizione. Purché non sia troppo tardi… ma no, che sciocco, anche gli altri avranno il nostro stesso problema: non potranno usare le fiaccole…

— Gli altri chi, signor Holmes?

— I demoni, Menichetti. I nostri avversari di stanotte. Adesso mi stia a sentire: quando arriveremo in cima…

Di colpo la salita si fece un poco meno erta, e dietro una lieve curva si delineò nel buio una sagoma massiccia. Affiorò lenta mentre ci avvicinavamo, debolmente illuminata dal chiarore lunare: era maestosa, però, forse ancor di più proprio perché mal definita. Era una costruzione imponente, austera, più una fortezza che una chiesa: un alto muro correva fino al tetto dell'enorme edificio, sovrastato dalla parte della valle, opposta a noi, da un campanile quadrato. L'insieme dava un'impressione di forza e stabilità; qualcosa, pensai, che doveva essere molto importante nei tempi agitati in cui Ubaldo era vescovo di Gubbio: tempi di guerre e d'anarchia, in cui la Chiesa si proponeva – si imponeva – come terreno solido nella confusione del mondo. La strada terminava dirimpetto a un angolo del complesso, che dunque si presentava ai nostri occhi come uno spigolo ostile: ma di lì si svoltava in uno spiazzo davanti all'entrata principale del complesso.

Menichetti, su richiesta di Holmes che continuava nervoso a voltarsi alle spalle, bussò discretamente: e nel silenzio della notte quei tonfi sul portone rimbombarono come colpi di granata. Fu un vecchio fraticello ad aprirci, piuttosto spaurito quando Menichetti si fece riconoscere.

— *Maestro!* — esordì in italiano. — *A st'ora?* — continuò in dialetto. —*'N vorrete mica sonà? Già che sete tutti matti voialtri musicisti!!*

— Devo parlare subito al Padre Superiore.

— Al Padre Superio…

— È questione di vita o di morte, fratello. Della vostra morte, per la precisione.

— Sant'Ubaldo, proteggici tu! — E il fraticello ci scortò per corridoi e sale borbottando giaculatorie.

Il Padre Superiore era un amabile vecchietto per niente turbato dall'orario inusuale della nostra visita: osservò con sguardo sereno i tre estranei che gli piombavano addosso a infastidire la pace della sua chiesa, e con un sorriso disarmante si dispose ad ascoltarci. Menichetti gli parlò a bassa voce, con un tono suadente e in un italiano così veloce che non riuscii ad afferrare neppure il senso di quel che diceva. Ma dovette essere convincente, perché il sant'uomo si alzò e diede degli ordini al frate portiere, che scappò via. Poi sorrise di nuovo e ci accompagnò alla porta del suo studio: giusto alla fine accarezzò la testa di Menichetti e ci fece uscire.

— *Dominus vobiscum* — fu il suo saluto, e la risposta mi venne spontanea alle labbra:

— *Et cum spiritum tuum.*

Dopodiché mi rivolsi a Menichetti:

— Cosa gli ha detto?

— Di avvertire tutti i frati di chiudersi nelle loro celle, di pregare e non muoversi di lì qualunque cosa accada.

— Bene, signori — interloquì Holmes. — Andiamo a prendere posizione.

Seguimmo il grande detective ancora del tutto all'oscuro delle sue intenzioni, anche se cominciavo oramai a sospettare ciò che mulinava nel suo cervello. Menichetti, che conosceva bene l'ambiente, ci fece strada nel maestoso complesso, e attraversando corridoi e scale anguste sbucammo ben presto nel vasto cortile davanti alla chiesa vera e propria. La porta era solo accostata; entrammo nel buio.

— Watson, chiuda il portone: i nostri amici non devono fiutare la trappola. Il frate guardiano a quest'ora avrà già nascosto fuori le chiavi. E adesso, signori, nei confessionali.

Mai nella vita avrei pensato di occupare il posto che nelle chiese cattoliche è destinato al sacerdote, in paziente attesa dell'arrivo di un penitente. Ma la chiesa in cui eravamo entrati era completamente spoglia, priva di quelle cappelle laterali barocche che spesso adornano i luoghi di culto italiani, e che ci sarebbero state assai utili per nasconderci nel caso qualcuno avesse acceso una luce. Non potevo distinguere nulla nel buio pesto della navata, ma dopo qualche minuto i miei occhi cominciarono ad abituarsi lentamente e a sfruttare la debole luce lunare che filtrava attraverso le vetrate. Affiorarono un poco alla volta, molto vicine a me, le masse imponenti dei tre Ceri, addossati alla parete, là dove sarebbero stati lasciati fino al maggio dell'anno successivo: e poco lontano un'arca, che seppi poi essere l'urna in cui riposava il corpo di Sant' Ubaldo. Mi resi conto della presenza di numerosi quadri, e mi ripromisi di tornare a vederli nei giorni successivi, visto che il buio me lo impediva in quel momento.

Il silenzio era assoluto. I miei compagni dovevano essere con i sensi all'erta e i nervi tesi. La stanchezza mi intorpidiva le membra e provavo una strana sensazione di distacco tra il corpo che urlava il suo bisogno di riposare dopo una giornata di fatiche e la mente che restava lucida e in allarme. Cosa ci aspettava ancora? Avremmo udito per l'ennesima volta, in quel santo luogo, l'ululato orrendo del Lupo? La mia fantasia cominciò a galoppare, infiammata forse dalla stanchezza e dalla tensione, e influenzata certo dall'ambiente.

La grande croce sull'altare che riuscivo a intravedere nel buio sembrava ergersi come un baluardo contro le forze del male: ma saremmo stati all'altezza del nostro compito? E i miei compagni erano svegli o erano stati vinti dal sonno nel buio dei loro confessionali? C'erano ancora? Ero forse rimasto soltanto io ad aspettare il nemico che arrivava a grandi passi?

Non so quanto durò questo tempo sospeso tra realtà e immaginazione. Più di una volta strani scricchiolii o piccoli tonfi mi fecero sussultare col cuore in gola, ma il silenzio che li seguiva faceva sì che ripiombassi nelle mie fantasie. A un tratto, però, un scatto che proveniva dal portone mi fece trattenere il fiato. Uno scricchiolio discreto denunciò il lento aprirsi dell'anta, subito riaccostata: e un gruppo di ombre scivolò silenzioso nel buio della chiesa.

Si muovevano svelti, sapendo cosa fare: una lanterna cieca illuminava il piccolo tratto di pavimento innanzi a loro, finché non si misero a cerchio davanti ai Ceri e ne illuminarono uno, quello di Sant'Ubaldo. La scena aveva un che di fantastico: nel silenzio più assoluto, uno dei visitatori si avvicinò al Cero.

— Strana ora per una visita, professor Permoli — disse Sherlock Holmes balzando fuori dal confessionale con la sua lanterna. — Comprendo l'interesse per la cultura, ma mi pare che lei ecceda. E chi si è portato dietro? Ah, capisco, questi devono essere i suoi muratori, quelli che ha fatto venire da Roma per i lavori in casa sua. Ma come, non aveva detto che erano degli incapaci? No, mi dia retta, non ci provi nemmeno a usare quei manganelli. Quello che ho in mano è un onesto revolver inglese e spara pallottole piuttosto indigeste per chiunque. Sia così gentile da ordinare ai suoi amici di lasciar cadere i loro bastoni, se non vuole ritrovarsi un po' di piombo nella pancia.

L'uomo che avevamo davanti riprese presto la padronanza di sé; sul suo viso si alternarono velocissimamente lo stupore, l'ira e infine la crudeltà.

— Come avrà dedotto non mi aspettavo di trovarla qui, signor Holmes. Oh, anche lei, dottor Watson. E buonasera, Menichetti. Non posso dire di essere felice dell'incontro, signori: per voi. Voi siete tre, vedete, e noi cinque. Questi giovanotti sono piuttosto brutali e vi faranno a pezzi.

— Che gentile — replicò Holmes. — Ma vede, se qualcuno si muove io lo mando al Creatore. Oh, quasi dimenticavo: anche il dottor Watson sa il fatto suo con le armi da fuoco. Prima che possiate avvicinarvi sarete *tre*.

— Il suo è un *bluff*. Lei non sparerà su uomini disarmati.

Un secondo dopo una detonazione fragorosa faceva vibrare i vetri della chiesa e Permoli faceva un balzo all'indietro: il colpo gli era passato due dita sopra il cranio per conficcarsi nel muro alle sue spalle.

— La prossima volta sparerò più in basso. Le deduzioni errate sono pericolose, amico mio.

Restammo immobili per qualche secondo, gli uni di fronte agli altri. Ma non mi illudevo: se quegli uomini ci fossero saltati addosso la lotta sarebbe stata impari. Sembrò che Permoli mi leggesse nel pensiero, perché ebbi la netta impressione che stesse per ordinare l'attacco ai suoi: ma proprio nel momento in cui pareva raccogliere il fiato per urlare e scattare, la porta della chiesa si spalancò di colpo e una ventina di energumeni vestiti di bianco si precipitò furibonda nella chiesa. Permoli e i suoi non ebbero neppure il modo di capire cosa stava succedendo prima di trovarsi afferrati da mille mani, sdraiati a terra con un ginocchio sulla schiena e legati come salami. Alla luce delle lanterne, e poi delle candele che via via si accendevano,

Menichetti salutava con grandi pacche sulle spalle i ceraioli e Goracci e Neri che li capitanavano.

— Ebbene! — giubilò Neri. — Abbiamo obbedito ai suoi ordini, signor Holmes, e tutto è andato come previsto. Abbiamo reclutato un po' di amici di ritorno dalla corsa, e alla Porta le guardie si sono girate dall'altra parte mentre passavamo. Poi ci siamo nascosti qua fuori, nel bosco. Sotto il masso abbiamo trovato la copia delle chiavi, lasciate in modo che non dovessimo scassinare nessuna porta. Dopodiché ci siamo messi ad aspettare nel buio in attesa del suo segnale, il colpo di pistola. Vuole spiegarci ora? Nel suo foglio c'è scritto che avremmo trovato il colpevole di tutto: è Permoli?

— Certamente. Ha ucciso lui Giorgini, ed è lui che ha ferito Benelli e inventato la fanfaluca del Lupo.

— E sia pure — sospirò Neri. — Per quel che ho capito di questa storia, potrebbe essere stato chiunque. Ma che cosa ci fa qui con questi ceffi? Lei ha scritto che i Ceri corrono pericolo...

— Non i Ceri. Uno solo.

Holmes si avvicinò alle possenti strutture di legno addossate alla parete.

— Vuole aiutarmi, Permoli? Quale dei tre? Macchè. Lei è davvero poco sportivo, amico mio. Vediamo un poco... cominciamo con questo.

— Ehi! Cosa combina?

— Tranquillo, signor Neri, so quel che faccio.

Mentre i ceraioli mormoravano un po' a disagio, Sherlock Holmes cominciò a passare le lunghe dita sulle tavole di legno che costituivano il bussolotto inferiore di uno dei Ceri, una struttura di un metro e mezzo per cinquanta centimetri di larghezza.

— Deve essere nella parte inferiore, perché non potevano mica issarla... forse in quest'altro. Davanti no... magari sul lato... ecco qui. Che cosa è questa? Una leva nascosta? Oplà!

Udimmo uno scatto secco e davanti ai nostri occhi il bussolotto inferiore si aprì di colpo, rivelando all'interno un oggetto oblungo e luccicante, chiaramente metallico: la cassaforte scomparsa.

Ci fu un attimo di silenzio sbalordito, poi le grida di rabbia e stupore divennero incontenibili.

— Ma come è possibile! I Ceri sono cavi ma non si possono aprire così! Vanno smontati pezzo a pezzo…

— Ma questo non è il vero Cero di San Giorgio — replicò il mio amico tacitando immediatamente ogni protesta. — È solo una copia, messa al suo posto ai primi di maggio, giù al Palazzo dei Consoli: ne avevano bisogno per nasconderci la cassaforte. È un'imitazione perfetta, il cui autore è stato la prima vittima del cosiddetto Lupo.

— Albino, l'ebanista!

— Lui.

— E allora che fine ha fatto il Cero? Quello vero?

— Mi dispiace, signori, ma questo proprio non lo so. Lo sa però il nostro amico Permoli.

Un ruggito di rabbia si levò da quel gruppo di brava gente e sono certo che ci sarebbe toccato in sorte il dubbio privilegio di assistere a un'immediata impiccagione multipla se Goracci non avesse cacciato un urlo da tragedia greca.

— Fermi qui, banda di manigoldi! È così che rispettate Sant'Ubaldo? In quell'urna c'è il suo corpo!

Mi parve quasi che il mormorio che seguì fosse una sorta di brontolio di scusa dei ceraioli al loro Santo.

— Giù i berretti, disgraziati! E fatevi il segno della croce!

Tutti eseguirono, imbarazzati, anche se qualche occhiataccia ai prigionieri distesi in terra stette lì a testimoniare che la faccenda non era completamente chiusa, e qualcuno, insieme al segno della croce, pensò bene di affibbiare un calcione al criminale più vicino.

— Signor Holmes, cerchi di capirci. Per noi è intollerabile

non sapere che fine ha fatto il Cero!

— Be', signor Goracci, lo interroghi lei su questo punto. Professor Permoli, vorrei farle presente che una folla inferocita è un brutto affare, e atteggiamenti della serie "io non parlo" non sono molto popolari in queste situazioni. Non vorrei che qualche osteria in città divenga presto nota col fantasioso nome de *Al Permoli penzolante.*

Permoli fu tirato in piedi, strattonato e messo a sedere su una seggiola. Si guardò attorno con aria spaurita, scrutando il muro di volti truci che lo fissavano duramente.

— Passi che tu abbia ammazzato dei poveretti: avrai avuto i tuoi motivi — gli fece un ceraiolo a nome di tutti. — Della cassaforte poi non ce ne importa niente. Ma sull'urna di Sant'Ubaldo, se hai rovinato il Cero di San Giorgio possa Iddio aver pietà di te, perché noi non ne avremo!

Permoli si umettò le labbra guardandosi attorno ancora una volta.

— Sono di Gubbio anch'io, che vi credete? Il Cero è al sicuro nella cantina di casa mia.

Un mormorio di sollievo fece calare la tensione.

— Sarà, ma dei serpenti non ci fidiamo: si va a vedere, e spero per te che sia vero quel che hai detto. E adesso, signor Holmes?

Il mio amico rifletté un attimo, come per raccogliere le idee.

— È perfettamente inutile lasciarli qui. Vanno consegnati alla polizia: ma dubito che Bencivenga apprezzerebbe un regalo notturno; a quest'ora dorme di sicuro. Facciamo così: fuori di qui troverete il carro su cui volevano montare la cassaforte per portarla via: montateci voi, invece, e conducete questi manigoldi nel capanno del guardaboschi che ho visto salendo a metà della strada. Fate loro buona guardia fino alle prime luci dell'alba. A quell'ora l'ispettore si sarà alzato convinto di dover dare la caccia ai socialisti: portateglieli allora. E invitatelo a colazione a casa del signor Neri, magari dopo un paio d'ore: lì vi spiegherò tutto. E non abbiate paura del Lupo: quello non darà più fastidio a nessuno.

Il corteo dei ceraioli si avviò senza più discutere, trascinandosi dietro gli uomini legati.

— Ebbene? Lei non viene? — fece Neri, che chiudeva il gruppo, rivolto a Sherlock Holmes.

— Mio caro amico, ho un'improvvisa crisi mistica. Lo sa che sono un tipo eccentrico, e questa atmosfera religiosa mi ha colpito al cuore. Devo parlare al Superiore, anche perché questi poveri frati saranno terrorizzati. Vi raggiungerò più tardi.

— Come vuole.

La porta si richiuse e restammo soli nella grande chiesa. Via via il rumore dei passi e delle voci si attenuò fino a scomparire lontano, e solo il silenzio ci fece compagnia.

— Andiamo, Watson.

Afferrai una seggiola dell'ultima fila e corsi al Cero. Holmes ci montò sopra e si trovò all'altezza alla cassaforte.

— Per fortuna lo sportello si trova dalla parte dell'apertura, altrimenti non so come avremmo fatto a girare questo bestione in due. Bene, come diceva il poeta? *Qui si varrà la tua nobilitate.*

— Petrarca?

— Dante, vecchio mio. Tradotto in volgare, suonerebbe più o meno così: *Tu che ti credi tanto furbo, prova un po' ad aprire questo dannato affare…*

Si cavò di tasca un astuccio di pelle, lo aprì e mi mostrò una lunga fila di scintillanti strumenti d'acciaio.

— Ecco qui un set completo di *necessaire* da scassinatore, comprensivo di una magnifica leva nichelata, un tagliavetro dalla punta di diamante, chiavi false, e tutti gli aggeggi che la moderna civiltà impone in questi casi. E ora vediamo se ho davvero un briciolo di talento…

A giudicare dall'impegno e dalla concentrazione con cui il

mio amico ascoltava ogni minimo rumore mentre picchiettava cautamente sulla cassaforte, avrei detto di sì. Holmes lavorava con calma, senza fretta, con lo scrupolo di un chirurgo che compie la più difficile delle operazioni, ora usando il trapano, ora impugnando la leva, sempre maneggiando i suoi strumenti con mano ferma ed estrema accuratezza.

Durò un'ora e mezza: il mio amico cominciava appena allora ad avere la fronte imperlata di sudore, mentre io cominciavo seriamente a chiedermi se ce l'avrebbe mai fatta. Ero in piedi dall'alba ed era un'ora oramai imprecisata della notte, di sicuro assi oltre la mezzanotte. Cominciavo a non poter chiudere gli occhi neanche un momento senza oscillare pericolosamente, e un ronzio alle orecchie mi avvertiva che stavo dando fondo alle mie ultime energie, quando il rumore secco di uno scatto rimbombò nella chiesa vuota. Con uno sguardo di trionfo Sherlock Holmes aprì lo sportello, e mi mostrò un'imponente serie di documenti, ammucchiati in fascicoli e legati con lo spago.

27

La mattina successiva, quando aprii la finestra, tutta la dolcezza della primavera italiana si riversò nella mia camera da letto. L'aria tiepida, i profumi della campagna, le grida dei bambini e le risate delle ragazze che venivano dalla strada mi riempirono i polmoni della loro fragranza. Così, forse per la prima volta dall'inizio di tutta quella storia, mi ritrovai di ottimo umore e con un gran sorriso stampato sulla faccia: l'incubo era finito, anche se ancora non sapevo come.

Mai la colazione ammannitaci dalle graziose cameriere di casa Neri mi era sembrata più appetitosa, anche se gli italiani continuavano ad avere una concezione avvilente del *breakfast:* solo qualche *crescia,* una focaccia, e *friccò di pollo*, pollo cotto in tegame, oltre al loro immancabile caffellatte.

— In Inghilterra questo non è nemmeno uno spuntino — brontolai rivolto a Sherlock Holmes, che mi osservava di sottecchi e faceva onore al pasto come gli capitava ben di rado. Intuii dallo scintillio dei suoi occhi che non vedeva l'ora di arrivare all'ultimo atto della nostra avventura, e per parte mia bruciavo letteralmente di curiosità: ma decisi che non gli avrei dato la soddisfazione di chiedere spiegazioni.

— Dovrebbero arrivare tutti a momenti, nevvero? — domandai con aria indifferente mentre afferravo del *brustengo,* una specie di pizza.

— Sono già di là. Aspettano solo noi. Ha fame, Watson?

— In effetti no — mentii, appoggiando la pastella sul piatto. — Queste colazioni mal si conciliano con le nostre cene.

— Ma ieri sera abbiamo saltato la cena.

— Davvero? Non me ne sono accorto, segno evidente che abbiamo mangiato troppo nei giorni precedenti — affermai con aria convinta, reprimendo le proteste del mio stomaco. — Preferisco rimandare al pranzo, se lei ha già finito.

C'erano davvero tutti nella biblioteca di Neri. A parte gli agenti che tenevano nel mezzo Permoli, ancora con le mani legate, e Bencivenga vicino a lui, avevano trovato posto in una serie di seggiole tutti i vecchi amici del padrone di casa, da Orfeo Goracci a Renzo Menichetti, da Rita e Sabrina alla giovane Catiuscia che avevamo incontrato il primo giorno.

— Signor Holmes — esordì Bencivenga — questa mattina alcuni ceraioli si sono presentati da noi con il professor Permoli e i suoi accoliti: è inutile dirle che siamo rimasti senza parole. Siamo venuti qui perché queste erano le sue istruzioni. Spero che vorrà spiegarci quello che è accaduto.

Sherlock Holmes non lo degnò di una risposta. Si avvicinò al caminetto e appoggiò sulla mensola il sigaro che aveva acceso appena finita la colazione, senza terminarlo. Poi si sedette con calma e osservò scrupolosamente il prigioniero.

— Dunque, professor Permoli, eccoci qui. Il gioco è finito, e spero che lei sia un giocatore abbastanza esperto per capire che è davvero così. Credo di conoscere ormai la storia intera, ma lei può offrirmi un paio di particolari che potrebbero essermi preziosi. Le assicuro che se lo farà, chiederò al giudice di essere clemente.

L'anziano italiano sorrise.

— Ma davvero? Troppo gentile. Purtroppo soffro di vuoti di memoria.

— Peccato. Pensavo fosse un tipo più sportivo. Ebbene, vuol dire che comincerò io: se crede, lei mi integrerà.

Holmes si rialzò, riprese il suo sigaro e tirò due voluttuose boccate prima di iniziare. Poi cominciò, fissando con aria concentrata il fumo azzurrognolo che si alzava dalla punta del sigaro.

— Tutto comincia molti mesi fa, quando il governo Crispi delega il senatore Alvisi a presiedere una delicata inchiesta. Il nostro Permoli conosce bene Alvisi e sa che è un uomo esperto e intelligente. Per motivi suoi è estremamente interessato a che l'*affaire* non venga alla luce: o forse lo sono i suoi mandanti, quelli che credo riuscirò a individuare se potrò indagare finalmente su di lui e i suoi trascorsi. Certo è che Permoli si guarda attorno per capire come intromettersi nel gioco. Viene a sapere di Giorgini e della sua decisione di venire a Gubbio con tutte le sue carte. Concepisce allora il suo piano: uccidere Giorgini a Gubbio, perché a Roma è talmente protetto da essere inattaccabile, e nascondere la documentazione nel Cero, con tutta la cassaforte. È l'unico modo per sottrarla e farla sparire, perché immagina che Giorgini sarà scortato in maniera ossessiva e che la città sarà blindata per l'occasione. Ma nessuno frugherà dentro i Ceri… La chiave del piano è colpire il giorno della corsa. In tutta fretta e in gran segreto commissiona a un ebanista una copia perfetta del Cero di San Giorgio, con un vano nascosto e abbastanza grande per qualsiasi cassaforte. È intanto di quei giorni una strana storia che avviene qui a Gubbio e che dà un'idea preziosa al nostro uomo: l'attacco dei lupi a un pastore nei dintorni della città.

— Perbacco! Ma allora il Lupo esisteva!

— Sì, Neri, esisteva. È raro, ma non impossibile, che un branco di lupi attacchi un gregge in situazioni climatiche estreme, come quelle dell'ultimo febbraio da queste parti: mi dicono che è stato un inverno dei più rigidi. Il pastore ha cercato di difendere le sue pecore ed è stato sbranato senza pietà. Tragico, ma naturale. Questo però diede l'idea a Permoli.

— Aspetti un attimo — interruppe Goracci facendosi avanti.

Si era seminascosto in una nicchia tra le librerie, e pallido e magro com'era, mi ricordò il fantasma di Banquo. — Le pecore e il pastore furono sbranati, è vero, ma non si trovò nessuna impronta nella neve! Fu questo a sollevare le prime voci.

Holmes per tutta risposta prese una cartella portadocumenti infilata tra i libri e l'aprì, tirando fuori un giornale.

— Del pastore non si avevano notizie da venerdì e i corpi furono ritrovati di sabato pomeriggio. Si sa che il pastore stava trasferendo il gregge da un ovile a un altro, più vicino al paese, quando fu attaccato. Su questo giornale, che sono andato a ricercare nella vostra bellissima biblioteca, è scritto che venerdì notte aveva nevicato. La nevicata avvenne dopo l'attacco dei lupi, e le tracce furono coperte dalla neve.

— Non c'era neve sui corpi… io li ho visti. Erano caduti sulla neve, ma non ce n'era su di loro… dunque l'attacco era avvenuto dopo la nevicata!

— Ricorda che tempo faceva sabato mattina?

— Certo: all'alba aveva tirato un forte vento da est, era meno freddo e aveva piovuto leggermente… oh, mio Dio!

— Esatto. Prima il vento spazzò via la neve farinosa caduta sui corpi, ma non quella che aveva riempito le profonde orme dei lupi: la pioggia sottile fece il resto, sciogliendo il piccolo strato di neve superficiale, ma non il manto assai più compatto su cui avevano camminato. L'effetto finale fu che quei poveri corpi sembravano essere stati attaccati da lupi che non avevano lasciato nessuna traccia.

— Un effetto impressionante.

— Sì, Neri, e non biasimo la gente che ha cominciato a chiedersi cosa stesse succedendo.

— E la soluzione era così semplice…

— Solo per chi andasse a ricercare i dati giusti per spiegarla. A ogni modo tutta la storia, e anche l'allarme nato in città, non avrebbe superato la fase della semplice diceria da raccontare intorno al fuoco per far paura ai bambini, se non fosse stata per la fervida fantasia del nostro Permoli.

Holmes si prese una pausa, tirando ancora una boccata dal suo sigaro. Il silenzio era assoluto: tutti noi pendevamo letteralmente dalle sue labbra.

— Fin qui tutto esatto, professore? Nessuna obiezione? Andiamo avanti. Permoli sa che quando il Cero verrà consegnato l'ebanista diventerà un testimone scomodo: bisognerà farlo sparire. È allora che il nostro professore dimostra il suo genio per prendere due piccioni con una fava – non dite così in Italia? Inizia col diffondere in città la favola del Lupo, parlando di vecchie pergamene trovate in biblioteca. In realtà quella leggenda non è mai esistita. Comincia a sussurrare qua e là, e piano piano la gente si convince che il fantasma esiste davvero.

— Ma noi abbiamo sentito gli ululati!

— Certamente. E qualche volta siete persino corsi a cercare l'animale. E chi c'era sempre nei paraggi? Permoli, appunto.

Bencivenga si passò una mano tra i capelli. — Io ci perdo la testa. Sta dicendo che era lui che imitava il verso del lupo?

— No, ispettore. Non ha mai sentito parlare del fonografo? È una graziosa invenzione di un americano, un certo Edison. C'è una puntina che scorre su un cilindro di cera: si può registrare un suono, e poi riascoltarlo a piacere. Prima, per la verità, si trattava di un foglio di stagnola, ma con la cera è più facile: si monta la "tromba" – una specie di altoparlante – e si infila su un supporto il cilindro con inciso il pezzo da ascoltare sotto forma di un solco più o meno profondo. Quindi si dà una buona carica tramite la manovella a farfalla, si appoggia delicatamente la puntina all'inizio del cilindro, si sblocca l'ingranaggio e si gusta il suono.

— Vuol dire…

— Che quello che sentivate era sempre lo stesso ululato, registrato sul cilindro. Permoli se lo portava dietro, suonava, se ne andava.

— Lo zaino!

— Bravo, Watson, proprio così. Permoli girava per la città con uno zaino sempre pieno di libri: nessuno avrebbe mai pensato di controllare dentro per vedere se c'era invece un fonografo smontato. Quando non era abbastanza veloce nel dileguarsi e qualcuno che si precipitava da quelle parti in cerca del Lupo lo incrociava, faceva finta di cercarlo pure lui e di essere appena arrivato. Piano piano, a furia di insuccessi, la gente ha rinunciato e si è convinta dell'inafferrabilità del fantasma. È stato allora che il Cero finto è stato consegnato e l'ebanista tolto di mezzo per sempre.

— Ma come è stato possibile realizzare una copia così precisa del Cero da ingannare i ceraioli stessi? E come è stato sostituito?

—Tante domande tutte assieme, Watson. I Ceri sono esposti in chiesa per tutto l'anno: nessun problema andare ad osservarli nei minimi particolari. Mi dicono poi che il Cero di San Giorgio era stato sostituito solo due anni fa, e i ceraioli, pur attenti, sono stati ingannati anche per questo: avrebbero attribuito a un errore di memoria eventuali piccole differenze. Quanto alla sostituzione, può essere avvenuta in qualsiasi momento, ma propendo per la notte precedente al nostro arrivo. Ricorda, Neri? Lei ci disse…

— …Che durante la notte il Cero era stato trovato spostato, come se si fosse mosso da solo. Che ciechi siamo stati! Avevano semplicemente collocato la copia in un punto un po' diverso! Ma dovevano essere in parecchi…

—Gli stessi che abbiamo arrestato stanotte. I cosiddetti muratori venuti da Roma di cui Permoli ci aveva parlato: certamente dei delinquenti comuni. Entrare nel Palazzo dei Consoli non è stato difficile; di sicuro Permoli aveva accesso alle chiavi, con tutte le conoscenze che aveva. A quel punto venne l'omicidio dell'ebanista. Fu colpito alla nuca e poi gli tagliarono la gola. Dopodiché, il tutto venne mascherato come un attacco del fantomatico Lupo. Non deve essere stato difficile… vero, professore?

Permoli sollevò lo sguardo che teneva fisso a terra e lo piantò negli occhi di Holmes.

— Lei non ha alcuna prova di quanto sostiene.

— Il che equivale a dire che è vero. Suvvia! Non si rende conto che l'ispettore frugherà in casa sua? Troverà il fonografo?

— Quello era solo uno scherzo.

— Ma che mi dice. E la cassaforte? Andava in chiesa per pregare la scorsa notte? Senta, professore, lei non è uno stupido: abbiamo discusso insieme sulle Tavole Eugubine, conosco l'acutezza del suo pensiero. Vediamo se ho ragione: dopo che avete ucciso Albino Gennai, il povero ebanista, avete tirato fuori qualcosa di simile a una grossa tagliola, la stessa che avete usato poi per azzannare il braccio del dottor Benelli, e ci avete straziato la gola *già tagliata*, per far credere che la vittima fosse stata azzannata dal Lupo. E a quel punto eravate pronti ad attivare la trappola per Giorgini. Trappola che è puntualmente scattata al momento giusto: lei ha fatto fuori Giorgini, e i suoi uomini hanno portato via la cassaforte per nasconderla nella copia del Cero che si trovava a pochi metri, nel bel mezzo di quello che in seguito abbiamo chiamato il quadrilatero.

— Ma non avevano paura che ci fosse qualcuno per la strada? — osservò Neri. — Che li vedessero dalle finestre?

— Quasi tutti erano alla *tavola bona* — rispose Holmes. — E il buon Permoli si era già premunito lanciando un paio di volte l'ululato.

— È vero — confermai — lo ricordo benissimo. Anch'io ne fui impressionato, figuriamoci la popolazione: roba da nascondersi sotto il letto. Ma lei non ha affrontato la questione fondamentale: come diamine è stato ucciso Giorgini?

— Già — si associò Bencivenga. — Non c'era nessuno sul terrazzo.

— Ma io ho trovato il punto da cui è stato lanciato il proiettile — sorrise Holmes. — O meglio, il quadrello.

— Quadrello? E che fine ha fatto?

— Si è *squagliato.* E se cercheremo nelle cantine del professor Permoli, troveremo di sicuro una balestra e forse due o tre quadrelli di ghiaccio, bene in fresco tra due strati di paglia. Geniale, no? Con il caldo che faceva, in pochi minuti sarà rimasta solo una macchia d'acqua da qualche parte. E adesso, professore, che mi dice?

Permoli si era rizzato in piedi con un urlo: trattenuto da più parti, le mani sempre legate dietro la schiena, si era dovuto arrestare. La sua espressione era veramente terribile: feroce, stravolta dalla rabbia e da un ghigno che gli trasformava il volto. Non era più il tranquillo anziano, lo studioso dai capelli candidi e dall'aria gentile che avevo conosciuto. Paonazzo, gli occhi iniettati di sangue, la sua era una maschera di ferocia e di impotenza. Per qualche istante si svolse in quell'uomo una lotta titanica. Poi, lentamente e con uno sforzo sovrumano, riuscì a ricomporsi.

— E va bene, signor Holmes — disse abbozzando un sorrisetto. — Non so come diavolo sia riuscito a indovinare tutto questo, ma devo ammetterlo: ha vinto lei. È stato un avversario leale, e non le porto rancore: ha fatto il suo mestiere. Del resto mi avevano detto che razza di guastafeste fosse, e ho fatto di tutto perché non venisse qui… se solo Neri non l'avesse chiamata! Quando seppi cosa aveva in mente mi venne un mezzo colpo: stava filando tutto così bene fino ad allora! Riuscii a bloccare tutte le sue lettere all'Ufficio postale, pagando bene un impiegato… ma Salimbeni, quello non lo potei fermare. È vero, Giorgini l'ho ucciso io. Ma la storia è lunga, e vorrei che prima di farmi portar via lei la ascoltasse. Ha ragione: il piano prevedeva il falso Cero, e la sua sostituzione. Non potevo lasciare in vita quell'ebanista, non potevo essere sicuro che non parlasse. Feci venire una squadra di gente affidabile da Roma dicendo che erano muratori, e mi organizzai. La faccenda del pastore mi diede l'idea di terrorizzare la gente, perché questo mi avrebbe aiutato a confondere le acque al momento buono.

Per questo attaccai il dottor Benelli: non potevo permettere che continuasse a mettere in dubbio la faccenda del Lupo, senza contare che avrebbe potuto ricordare qualche particolare imbarazzante osservato durante l'autopsia. Il suo ferimento terrorizzò tutti e finì di convincere ognuno del fatto che il Lupo esistesse…

Guardavo quell'uomo, lo sentivo parlare, e un sentimento di incredulità cominciò a impadronirsi di me. Permoli rievocava i suoi crimini con un tono quasi di compiacimento e senza una parola di rimpianto, di scusa, per le vite spezzate. Benelli, il cui ferimento descriveva con tanta indifferenza, era un suo amico: aveva giocato a scacchi con lui per anni, eppure non aveva esitato un attimo a fargli del male. Che cosa c'era nel cuore di quell'essere? Era davvero umano? Cominciai a chiedermi se tutto sommato un demonio non fosse davvero coinvolto in quella storia. Non dovevo essere il solo a pensarla così, perché notai lo sguardo gelido di Holmes e quello disgustato di Bencivenga.

— …Quanto a Giorgini aveva l'abitudine di mettersi sul terrazzo a quell'ora, ma ovviamente potevo ucciderlo solo il giorno dei Ceri. Se non fosse andato in terrazza avremmo dovuto ammazzarlo in maniera meno teatrale, sfondando la porta e facendolo fuori. Tuttavia c'è una cosa che lei non ha scoperto, signor Holmes. Il mio segreto più grande.

— Lo so bene. È proprio quello che mi interessa di più, infatti. Chi l'ha mandata.

— Slegatemi le mani, per favore. Ho i polsi doloranti per il rallentamento della circolazione; non vorrete mica amputarmeli, spero.

Gli agenti guardarono interrogativamente l'ispettore, che fece un cenno, poi slegarono i polsi del prigioniero. Lui si lasciò andare in un mugolio di soddisfazione, mosse un poco le braccia per riattivare la circolazione e cominciò a massaggiarsi i polsi socchiudendo gli occhi.

— Allora? — chiese bruscamente Bencivenga.

Permoli sorrise, stringendosi ancora il pugno e sollevando la mano. Fu un attimo: si piegò su se stesso, voltandosi e portando la mano alla bocca.

— L'anello! Maledizione! — urlò Holmes, precipitandosi: ma era già tardi. Permoli, con un folle sguardo di trionfo, si voltò di nuovo. Ebbe il tempo di rimettersi in piedi un secondo, prima di stramazzare al suolo con la bava alla bocca. L'anello che portava all'anulare, un grosso topazio incastonato, era aperto.

— Cianuro di potassio — fece Sherlock Holmes con voce fredda, saggiando il cadavere con la punta della scarpa. — Meglio così, per certi versi. Avrà meno spiegazioni da dare ai suoi superiori, Bencivenga. Tutti questi sovversivi a conoscenza delle ombre di Gubbio... suvvia. Qualcuno potrebbe irritarsi alla prospettiva, non crede?

— Cosa...

— A meno che, naturalmente, non faccia in modo di garantire per loro presso le pubbliche autorità. Il compianto professor Permoli ha reso ampia e piena confessione, e il senatore Alvisi riavrà, se non altro, la sua documentazione.

— Che lei, immagino, non avrà affatto manipolato.

Holmes spalancò gli occhi dalla sorpresa. — Mio caro ispettore! Veramente non riesco a comprendere le ragioni della sua sfiducia. Se sono rimasto fino all'alba a sorvegliare la cassaforte! Quando la aprirà, si renderà conto che non manca nulla di tutto quello che vi era in origine. Ma se ha qualche dubbio, faccia pure frugare la mia roba. Un'ultima cosa: quando farà il suo rapporto alle autorità, la prego di tralasciare il mio piccolo contributo alle indagini. È del tutto evidente che è stato lei, con la sua sagacia, a sospettare fin dall'inizio di Permoli e a svelare il suo diabolico piano criminoso: sarebbe oltremodo indelicato citare i pochi suggerimenti che io abbia potuto darle.

— Ebbene, è molto generoso da parte sua...

— Niente affatto. Io lavoro per il piacere di farlo; amo

l'arte per l'arte e mi è sufficiente il successo. Lei si trova in una situazione piuttosto diversa. E poi le devo delle scuse. Ho dovuto mentirle ed essere anche sgarbato, sostenendo che brancolavo nel buio: era necessario per predisporre la trappola in cui far cadere Permoli.

— Signor Holmes… se sapeva, perché non è intervenuto prima?

— Con quali prove, ispettore? Solo cogliendolo con le mani nel sacco potevate incriminarlo. Per questo ho fatto in modo di dirgli che stamattina sarei andato ad esaminare i Ceri con attenzione: non poteva permettersi questo rischio, ero sicuro che avrebbe tentato di recuperare la cassaforte la notte stessa.

— E con tutto questo, insiste a lasciare a me il merito dell'operazione?

— Mi fa piacere sapere che con un successo del genere lei potrà avanzare nella sua carriera: purché, naturalmente, non commetta l'errore di incolpare il signor Neri e i suoi amici. Anzi, io non li nominerei neppure se fossi in lei…

Quando i gendarmi rimossero il cadavere di Permoli e un ringalluzzito ispettore Bencivenga si precipitò a scrivere il suo rapporto, Holmes fu letteralmente circondato da Neri e dai suoi amici: chi gli stringeva la mano con effusione, chi si complimentava, chi addirittura cercava di abbracciarlo (le donne, naturalmente), con grande imbarazzo del mio povero amico. Il pranzo che seguì fu addirittura luculliano, innaffiato da un vino fantastico e rallegrato da una conversazione brillante. Fu solo al caffè che Neri affrontò di nuovo l'argomento.

— Ma come poteva Permoli lasciare tracce di lupo? E lei come ha fatto a capirlo?

— Che si trattasse di una truffa era ovvio. Ma ne ho avuto la prova quel giorno in cui cercavamo il Lupo, ricordate?

— Sulla strada per il Palazzo Ducale, quando Permoli arrivò dall'alto…

— Se ci fosse stato un lupo avrebbe dovuto vederlo. Se non c'era, significava che non esisteva. Scalai il muro e trovai una traccia sulla cima: qualunque animale si fosse lanciato di lassù avrebbe dovuto lasciare orme anche in terra, ma non ce n'erano. Quindi l'orma era stata lasciata a bella posta, poi qualcuno aveva in qualche modo lanciato il richiamo del lupo e si era allontanato. La stessa orma la trovai sul luogo dell'attentato a Benelli: ma nessun essere vivente poteva avere una zampa macchiata di sangue e lasciare *una sola orma* aggirandosi su quel terreno. Era evidente che si trattava di un trucco. Sono certo che se si perquisirà la casa di Permoli si troverà un attrezzo a forma di zampa di lupo con cui lasciava le impronte, e una specie di tagliola con cui mimava le zanne e i canini del gigantesco animale. Attrezzi in ferro battuto, oserei dire.

— Mio caro Holmes!

— Nulla di strano: il ferro è facile da forgiare e c'erano tracce di ruggine sull'orlo dell'orma. L'idea gli sarà venuta vedendo i marchi degli allevatori. Del resto anche tutta la messinscena preparata con il cadavere dell'ebanista era scoperta: il dottor Benelli ci disse che Gennai aveva le unghie scheggiate e il volto stupito, e la parte posteriore dei suoi vestiti era sporca di terra soprattutto sulle natiche e sulla schiena. Un uomo azzannato alla gola è terrorizzato, non stupito, e tenta di difendersi con le mani: avrebbe dovuto essere pieno di graffi, di morsi. Le unghie si scheggiarono perché il cadavere venne trascinato dopo morto, per far pensare che il Lupo lo volesse portare via per sbranarlo. Lo avevano trascinato per i talloni, però, scuotendolo qua e là come avrebbe fatto un lupo: i vestiti erano sporchi e insanguinati, ma un lupo lo avrebbe sollevato dalla gola, facendo sporcare soprattutto la parte inferiore dei calzoni, vicino all'orlo, che invece era quella più pulita.

— Insomma, Holmes, lei già allora aveva capito... fenomenale!

— Niente affatto. Sono stato tardo. Per esempio, mi ero subito insospettito del fatto che Permoli mi avesse invitato a occuparmi con lui di quel tipo di ricerche che a me interessano più di quanto possa dire: non potevo certo dimenticare che i nostri avversari avevano fatto di tutto per distogliermi dal caso. Decisi perciò di dargli corda, e cominciai a passare con lui moltissimo tempo per vedere dove andava a parare. Ciononostante non pensavo che fosse coinvolto fino a quel punto. Ammetto tuttavia che le ore con lui mi divertirono molto: era piuttosto competente nel suo campo e un affabulatore eccezionale. L'unico rimpianto è che non ha fatto in tempo a confidarmi il segreto dell'*eta* nell'antico umbro... bah. A ogni modo fu solo quando il dottor Watson mi provò che era stata usata una balestra che mi fu chiaro chi era il colpevole. Era stato lo stesso Permoli a parlarci della sua abilità come sbandieratore da giovane, e sapevo che a Gubbio sbandieratori e balestrieri fanno parte della stessa società: era logico pensare che Permoli fosse abile anche con la balestra.

— C'è un altra cosa, signor Holmes — fece la giovane Catiuscia con aria perplessa. — Lei ha detto che il dardo che uccise Giorgini era di ghiaccio e che per questo non fu trovato...

— Esatto, signorina. Quel giorno spirava un vento caldo; il dardo si sciolse in pochi minuti dopo l'impatto col cranio della vittima.

— Ma un dardo, per essere lanciato con precisione, ha bisogno delle alette che gli conferiscono stabilità, e che si ricavano da piume di falco mozzate. Se si prepara un dardo di ghiaccio si possono sempre inserire prima che l'acqua ghiacci... ma che fine hanno fatto?

— Due furono portate via dal vento che spazzava la terrazza. La terza fu trovata dal dottor Watson, che la usò per assicurarsi che nessuno entrasse. Avrei dovuto capire quel che era successo anche solo da quella piuma: come ho detto, sono stato tardo.

— Io credo invece — intervenne di nuovo Neri — che lei abbia fatto sfoggio di una capacità incredibile. Nessuno sarebbe riuscito dove lei è riuscito. Signor Holmes, a nome dei miei amici brindo al miglior detective del mondo!

Holmes si alzò e si inchinò leggermente, rosso in viso come un ragazzo. Solo io, che lo conoscevo bene, sapevo come fosse sensibile all'adulazione e come tenesse alla stima degli altri: quell'uomo che pareva contare solo su se stesso aveva bisogno di essere benvoluto. Sherlock Holmes, pensai, non avrebbe mai potuto essere tale senza un pubblico.

— Miei cari amici — riprese Neri — abbiamo un debito enorme nei vostri confronti. Signor Holmes, dottor Watson, senza di voi avremmo duramente pagato per tutta la faccenda. Io mi auguro che ora, finite le vostre fatiche, possiate cominciare a visitare Gubbio da turisti, come si deve. Basta con lupi e indagini!

— Signor Neri — sospirò il mio amico. — Temo che io e il dottor Watson saremo costretti a ripartire domattina.

— Cosa? Ma non è possibile…

— Importanti indagini ci vogliono a Londra, senza parlare degli affetti familiari del dottore. Tuttavia c'è qualcosa che voi potete fare per me: in particolare lei, Menichetti.

— Di che si tratta?

Holmes, senza rispondere, andò in camera sua. Tornò con in mano il suo *Stradivari,* si avvicinò al pianoforte e invitò l'italiano ad accompagnarlo.

— La *Missa* che ha composto, se non le dispiace. La sua amica Catiuscia ha acconsentito a farmi vedere lo spartito e mi pare davvero notevole. Le suggerirei di darle il nome di *Missa in honorem Beati Ubaldi.*

La mattina successiva c'era mezza Gubbio a salutarci, alla partenza del trenino per Arezzo: dalle autorità cittadine scortate da Bencivenga al dottor Benelli, che sfoggiava un'imponente fasciatura al braccio.

— Mi hanno detto come avete risolto il caso. Non male per due inglesi… pare che mi sia fatto prendere per i fondelli. Qua la mano, dottor Watson!

Gliela strinsi con piacere e fu allora che il burbero Benelli si chinò verso di me e mi sussurrò nell'orecchio: – Grazie per aver taciuto sulla nostra collega. Lei è un gentiluomo. Faccia buon viaggio.

EPILOGO

Pochi giorni dopo giungemmo felicemente a Londra, senza che alcun problema turbasse il nostro viaggio: e venti minuti più tardi, senza neanche passare per Baker Street, ci precipitavamo a Pall Mall.

— Mycroft ci aspetta alle undici in punto, Watson. Il telegramma che ci ha spedito a Parigi era molto preciso a riguardo.

Non era la prima volta che mi recavo al *Diogene's Club*, l'eccentrico ritrovo per misantropi che il fratello maggiore di Holmes aveva fondato e in cui, in pratica, viveva quando non era nel suo ufficio al Ministero degli Esteri, poco lontano di lì. Un severo cameriere ci scortò per le sale immerse in un sepolcrale silenzio. I soci del *Diogene's Club* avevano l'assoluto divieto di parlare, pena l'espulsione: e solo il rumore dei nostri passi, opportunamente attutito dai folti tappeti, ci fece compagnia fino alla *Stranger's Room,* la sala per i visitatori in cui la rigida regola poteva essere violata senza conseguenze.

Il maggiore dei fratelli Holmes, massiccio quanto il mio amico era magro, ci venne incontro con un largo sorriso, stringendo tra le dita un sigaro acceso.

— Buongiorno, dottore. Fratellino, è sempre un piacere vederti.

— Anche per me, Mycroft. Nel mio telegramma ho potuto solo accennarti di cosa si trattava. Ora devo raccontarti tutta la storia.

Mentre Holmes parlava mi trovai a osservare i due fratelli, seduti nelle capaci poltrone del Club e con lo sfondo della finestra che si apriva su Pall Mall. Due intelligenze così simili eppure così diverse: tanto abulica e apatica l'una quanto frenetica e in moto incessante l'altra, eppure intimamente unite da un legame che non ero mai riuscito a definire, e su cui da tempo riflettevo. Mi chiedevo se il sentimento che Sherlock Holmes nutriva per suo fratello non fosse di ammirazione e se nel suo cuore la sua frenetica attività non avesse altro senso che quello di sentirsi all'altezza dell'adorato Mycroft.

— ...E questo è tutto, fatta salva una serie di particolari drammatici a base di lupi fantasma, momenti di tensione, dottoresse che scivolano via nella notte e amenità di questo genere. Ora, se non ti dispiace, veniamo al punto... quello vero.

— Che è ovviamente ciò che hai scoperto nella cassaforte.

— Ovviamente. Come sai io non sono un esperto in contabilità, e non lo è Watson. Ma non ce n'era bisogno: proprio in cima ai pacchi di documenti svettava un promemoria di Giorgini... una specie di riepilogo generale che sottolineava i punti di maggior interesse...

— E tu conosci bene l'italiano. Nostro padre fece benissimo a fartelo imparare.

— In pratica pare che la *Banca Romana* abbia stampato denaro in maniera a dir poco truffaldina.

Mycroft saltò letteralmente sulla poltrona, e la cenere del sigaro cadde sul tappeto: inaudito, al *Diogene's*.

— Giusto cielo! Ma ti rendi conto di cosa significa?

— Sono venuto appunto a chiedertelo.

Mycroft Holmes socchiuse gli occhi, distendendosi sul dorso della poltrona e assaporando ancora il suo sigaro, prima di riprendere lentamente a parlare.

— Nel giovane Regno d'Italia ci sono tre banche autorizzate a battere moneta, e la *Banca Romana* è una di queste. Può battere naturalmente solo quantità ben note al governo: se ha emesso banconote in più, significa che non sono garantite dal Tesoro di Stato: è come se fossero false. E sai per che quantità?

— Una cinquantina di milioni di lire.

Il più anziano dei fratelli Holmes soppesò l'informazione per un attimo.

— È una somma enorme. Suppongo che quel danaro sarà servito per scopi poco puliti, come corrompere qualche uomo politico.

— Molti, non qualcuno. Il più esposto è il Primo Ministro, Crispi. Giorgini scrive che se ne è servito per finanziare il suo giornale.

— *La Riforma*. Giusto mi chiedevo come facesse ad andare avanti quel fogliaccio. Bene, capisco che abbiano messo a tacere questo Giorgini: una notizia del genere turberebbe fortemente i mercati. È uno scandalo enorme, Sherlock, roba da far cadere governi e forse nazioni intere. Il che mi porta a rispondere alla domanda che non hai ancora formulato...

— Berlino?

— Hai visto bene, fratello. Devono essere stati loro a fornire l'appoggio al tuo Permoli, ed è a loro che lui pensava di vendere i documenti. Dalle mie informazioni è saltato fuori che un italiano era in stretto contatto con la Cancelleria tedesca e c'era un fitto scambio di messaggi tra loro.

— Aspettate un attimo, voi due — interloquii. — Non capisco: mi state dicendo che Permoli era un uomo dei prussiani?

Holmes mi si rivolse con un sorriso, scuotendo lievemente il capo. — Be', vecchio mio... doveva pur venderli a qualcuno, no?

— Ma perché i prussiani avrebbero interesse a compromettere Crispi? È il loro alleato migliore, lo sanno tutti. È lui l'alfiere della politica antifrancese in Italia! Ha un culto per Bismarck!

— Mio caro dottore — intervenne Mycroft — lei non è aduso ai misteri della politica. Il vecchio Bismarck è stato silurato dal suo Kaiser – un giovanotto un po' troppo pieno di sé, a mio avviso – e il nuovo Cancelliere sta pensando a un...

raffinamento, sì, della vecchia politica. Crispi è un alleato fedele, ma proprio per questo è bene avere la possibilità di ricattarlo senza pietà, tenendolo legato al carro di Berlino con un laccio a cui può strozzarsi se tira troppo. No, non c'è da stupirsi se dietro questa faccenda ci sono i prussiani. Non ti vedo molto convinto, Sherlock.

Il mio amico guardò il fratello con i suoi profondi occhi grigi, riflettendo per qualche secondo.

— Non ho alcun motivo di dubitare che i burattinai siano i prussiani... eppure sono convinto che non si tratti solo di loro. Vedi, qui in Inghilterra ha agito un'organizzazione capillare e potente, non un semplice gruppo di spie: ed è da tempo che mi sembra di sentire nel corpo della criminalità di Londra un cuore che pulsa... una mente che organizza, trama e si tiene nascosta. Avverto un nemico potente, Mycroft, un nemico che vive nell'ombra.

— Se hai ragione, Sherlock, nulla di strano che Berlino si sia rivolta a questa fantomatica mente per identificare Salimbeni e toglierlo di mezzo. Hai idea di chi si tratti?

— Non ne sono ancora sicuro, ma tutti gli indizi convergono su un certo professor Moriarty.

— Cosa? — strabiliai. — Quel capostazione?

— No, Watson. Quello è il fratello, una brava persona. Ci sono altri due Moriarty: un colonnello della riserva in ritiro e un professore di matematica che si tiene in disparte, un uomo però dall'intelligenza acutissima nel suo campo.

— Moriarty... — fece Mycroft Holmes meditabondo. — Potrebbe essere. Sarà bene che lo tenga d'occhio. Ti terrò informato, Sherlock: sono proprio curioso di vedere cosa salterà fuori dalla Commissione d'inchiesta Alvisi.

Era tuttavia destino che la curiosità di Mycroft Holmes dovesse andare delusa. Non si sentì più parlare della famosa inchiesta per molti anni: e quando lo scandalo finalmente scoppiò, nel 1892, fu solo perché Alvisi, in punto di morte, aveva confidato il segreto a Napoleone Colajanni, un deputato assai più coraggioso e intransigente di lui. A quel tempo però, come il lettore ben sa, Sherlock Holmes era stato creduto morto, precipitato nelle fatali cascate del Reichenbach avvinghiato al suo mortale nemico, l'arcicriminale professor Moriarty con cui proprio in questa avventura si era ritrovato per la prima volta a incrociare la lama. Neppure io, il suo migliore amico, sapevo della pericolosa e segretissima missione di cui Holmes era incaricato e che per due anni e mezzo lo portò in giro per tutto il mondo. Così, all'epoca, mi limitai a leggere i resoconti dei giornali, bofonchiando tra me e me che le cose stavano in maniera ben diversa. Ma presto il silenzio coprì ancora una volta lo scandalo, il processo si chiuse con un'incredibile assoluzione e Crispi riuscì a salvarsi perfino quando emerse una parte dei documenti che lo compromettevano: Holmes intanto era tornato da qualche settimana e commentammo insieme con disgusto l'accaduto. Giunse poi da Benelli la notizia che il marito della dottoressa Roncolai era deceduto.

— Forse la soluzione migliore — osservò Sherlock Holmes, e io fui d'accordo.

È stato soltanto l'anno scorso che la questione di Gubbio è tornata prepotentemente alla nostra attenzione, quando ricevetti una lettera da Arthur Conan Doyle, il mio agente letterario, che mi riempì d'angoscia. Doyle mi scriveva entusiasta di aver ricevuto un'offerta dal Primo Ministro italiano per pubblicare sul suo giornale la mia *Avventura del Trattato Navale*, offrendo in ricompensa per me il titolo di Cavaliere della Corona d'Italia: sciaguratamente Doyle aveva subito risposto di sì, certo del mio assenso. Come è ovvio mi precipitai a scrivergli che non ne volevo assolutamente sapere: e lui rispose con il laconico biglietto che riporto qui sotto.

Caro Watson,

non riesco a comprendere i motivi del tuo categorico rifiuto, ma l'autore sei tu e la decisione spetta a te. Ho scritto a riguardo in Italia, e mi è stato risposto che comunque l'offerta è sempre valida. Nel frattempo hanno concesso l'onorificenza a me, nella speranza, suppongo, che io riesca a convincerti in futuro.

Tuo,

Arthur Conan Doyle

Quando il mese scorso i giornali riportarono la notizia della disastrosa battaglia di Adua, della conseguente caduta del governo Crispi, e del ritiro ufficiale di quest'uomo dalla vita politica, Sherlock Holmes mi picchiettò leggermente sulla spalla.

— Ebbene, vecchio mio, questo la mette al riparo dalle continue pressioni di Doyle per pubblicare sul giornale di Crispi. Senza le sovvenzioni più o meno lecite del Primo Ministro, *La Riforma* chiuderà i battenti in men che non si dica.

— Non credo che la stampa internazionale avrà a soffrirne troppo.

— Il suo amico Doyle non la pensa così.

— Per forza! Non potevo mica raccontargli come stanno davvero le cose. Holmes, suo fratello ci ha obbligato al segreto... ma, a parte questo, si immagini se *io* avrei accettato un'onorificenza da un farabutto come Crispi!

Sherlock Holmes mi sorrise stringendosi nelle spalle, come a suggerirmi di prenderla con filosofia. Poi appoggiò la pipa sulla mensola del camino e afferrò la tuba per uscire.

— Tuttavia è un peccato che la memoria di quell'avventura non venga scritta. Perché non prova a buttarla giù per il futuro, quando i tempi saranno maturi per consegnare al pubblico la verità? A ogni modo parlarne mi ha fatto venire nostalgia per l'Italia. Che ne dice dell'Opera? Ho un palco per stasera al *Royal Italian Opera House,* al Covent Garden: canta Adelina Patti, e non me la perderei per nulla al mondo. Posso pregarla di esser pronto tra mezz'ora, così da concederci una sosta da *Marcini* per uno spuntino, cammin facendo?

RINGRAZIAMENTI

Mio caro Filippo Rossi, fu proprio lei, raccontandomi una leggenda dell'ovest dell'Inghilterra, a suggerirmi l'idea di questo romanzo. Per il suggerimento, e per l'aiuto che mi ha dato a svilupparlo, la ringrazio moltissimo.

Questo romanzo non sarebbe mai nato senza la gentilezza, la disponibilità e l'entusiasmo del Comune di Gubbio e degli amici eugubini citati nel testo.

Un grazie di cuore anche ai miei amici traduttori da lingue sconosciute: l'umbro per Renzo Menichetti, il tedesco per Eva Widmer.

E.S.

Finito di stampare nel mese di settembre del 2008
Grafica Veneta S.p.A. - Trebaseleghe (PD)